光文社古典新訳文庫

神を見た犬

ブッツァーティ

関口英子訳

kobunsha classics

光文社

『神を見た犬』　目次

1 天地創造 7
2 コロンブレ 21
3 アインシュタインとの約束 35
4 戦の歌 47
5 七階 57
6 聖人たち 87
7 グランドホテルの廊下 99

8 神を見た犬 107
9 風船 165
10 護送大隊襲撃 175
11 呪われた背広 205
12 一九八〇年の教訓 217
13 秘密兵器 231
14 小さな暴君 241
15 天国からの脱落 257
16 わずらわしい男 267
17 病院というところ 279

18　驕らぬ心　287
19　クリスマスの物語　299
20　マジシャン　307
21　戦艦《死《トート》》　317
22　この世の終わり　367

解説　関口英子　376
年譜　396
訳者あとがき　400

1

天地創造

La creazione

想像力も豊かに、恒星や星雲、惑星や彗星などをあちこちにちりばめ、ようやく宇宙創造の作業を終えた全能の神は、満足げに出来ばえを眺めていた。すると、壮大なアイデアの実現を任されていた大勢の技術士の一人が、いかにも自分は気が利くのだという顔で歩み寄ってきた。

その名も、天使オドゥノム。*前衛的《ヌーヴェルヴァーグ》な天使のなかでも、もっとも頭が切れ、きびきびしたタイプだった（天使とはいっても、翼を生やし白いチュニックをまとっているなどと考えてもらってはこまる。翼もチュニックも、装飾美術に都合のいいように、昔の画家が勝手に考え出したものなのだから）。

「なにか用でもあるのか？」創造主がやさしく訊《たず》ねた。

「はい、わが主よ」オドゥノムは答えた。「あなたがこのすばらしき作品を完成とし、祝福を与えられるまえに、われわれ若手グループで立案したちょっとしたプロジェクトをお見せしたいのです。宇宙全体から見たら他愛ない縁飾りにすぎず、ないも同然の些細《ささい》なものではありますが、それなりのおもしろ味があるように思えましてね」

そう言うと、彼は小脇に抱えていたファイルから紙を一枚とりだした。そこには、球体のようなものが描かれている。

「見せてごらん」むろん、全能の神はあらかじめすべてお見通しではあったが、そんなプロジェクトのことなどつゆ知らぬという顔をして、いかにも興味深そうにのぞきこんだ。秘蔵っ子の建築士たちをがっかりさせたくなかったのだ。設計図は微に入り細を穿《うが》つもので、必要とされるいっさいの数値が書きこまれていた。

「して、これはなんだね?」創造主はあいかわらず如才ない演技を続けている。「私には惑星のようにも見えるが……。惑星ならば、すでにいくつもいくつも創ったではないか。なにもわざわざ、もうひとつ付け加える必要もあるまい。しかもこの小ささでは、ほとんど目立たんだろうに」

「おっしゃるとおり、小さな惑星ではあります」オドゥノムはうなずいた。「ですが、数多《あまた》ある他の星とは違う特徴の惑星なのです」

そして、その惑星がほどよく暖まるよう、近からず遠からずの距離で恒星の周囲を回転させたいと考えていることを説明した。さらに惑星を構成する各成分の、分量と

＊ODNOM　世界を意味するイタリア語MONDOのアナグラム。

必要経費を算出した見積もりを示した。いったい彼らの目的はなんなのか？　種々の条件を勘案すると、その小さな球体には、きわめて興味深く、楽しい現象があらわれるらしかった。

それはすなわち、生命。

当然ながら創造主には、それ以上の説明など不要だった。建築士、棟梁、左官……いかなる天使の力を合わせたところで、創造主の知恵にははるかにおよばない。主は微笑《ほほえ》んだ。果てしない宇宙に浮かぶ小さな点のごとき惑星のうえで、多くの生命が誕生し、成長し、実を結び、繁殖し、死んでゆくというアイデアは、なかなか愉快に思われた。

まあ、当たり前といえば当たり前だ。形のうえでは、天使オドゥノムとその仲間が立案したことになっているが、突きつめて考えるなら、そのプロジェクトも、万物の源である神から生じたものに他ならないのだから。

プロジェクトが好意的に受けとめられたのを見ると、オドゥノムは意を決し、鋭い口笛を吹いた。すると、たちまち数千……いや数千なんてものではない、数十万、はたまた数百万もの天使が集まってきた。

それを見た創造主は、さすがに驚いた。企画を売りこむ者が一人ならば構わない。だが、ここに集まった輩《やから》がめいめい、変わり種の企画を見せながら説明をはじめたら、膨大な時間がかかるだろう。それでも、至高善である神は、試練をすすんで受け入れることにした。どちらにしても、厄介者には永遠につきまとわれる運命なのだ。神はただ、長いため息をひとつ吐《つ》いた。

心配しないでほしい、とオドゥノムは言った。彼らは皆、デザイナーなのだから。《新惑星制作実行委員》は、プロジェクトを成功させるため、数え切れないほどの種類の植物や動物を考え出すよう、彼らに依頼したのだった。オドゥノムとその仲間たちは用意周到だった。漠然としたアウトラインを提示するだけでなく、すべてを見越したうえで、緻密《ちみつ》な計画を練っておいたほどだ。気合を入れて仕事をした彼らは、すでに完成している設計図を見せれば神も嫌とは言うまいと、ひそかに期待していたのだろう。だがそんな心配は、はなから必要なかった。

企画を売りこむ者たちの、いつ果てるとも知れぬ長い行列にはうんざりしはじめていた神だったが、その夜は一転して、にぎやかで楽しいものとなった。

おびただしい数の動物や植物のデザインを見ながら、すべてとまではいかなくとも、大半を審査するという自らの立場に満足するだけでなく、神はデザイナーのあいだで頻繁《ひんぱん》に交わされる議論にもすすんで参加した。もちろん、デザイナーは皆、自分の作品が認められることを切望していただけでなく、あわよくば褒められたいと願ってもいた。

作品ひとつひとつに、デザインした者の個性が如実に反映されている。あらゆることに共通して見られる傾向だが、まずは大勢の控えめな性格の者たちが地道に仕事をこなし、自然界の生物の強靭《きょうじん》な基盤固めをする。彼らは、想像力こそあまり豊かではないものの、細かい技術を誇るデザイナーばかりで、ありきたりの微生物や藻や苔、昆虫など、ほとんど目立たない生き物を、たんねんに考え出した。

いっぽう、非凡な才能に恵まれた者や自己顕示欲の強い者たちは、奇抜なアイデアで皆の関心を惹《ひ》きたがる。そのため、複雑怪奇で驚異的な、ときには常識を覆すような生物が考案された。ただし、十の頭を持つ竜など、あまりに突拍子もないアイデアのいくつかは却下されることになった。

デザイン画はそれぞれ、上質紙に実物大で描かれ、色も塗られていた。そのため、小さい生物を考えた者ほど、肩身の狭い思いをする。バクテリアやウイルスなどの考案者は、確実な功績をあげたにもかかわらず、無視も同然の扱いしか受けなかった。彼らが手にしていたのは、切手よりも小さな紙であり、人間の目には見えないくらい

（彼らには見えていた）微細な図しか描かれていなかったのだから、まあ仕方があるまい。

なかに、クマムシを考案した者もいた。蚊の目玉ほどの大きさのデッサン帳を持ってうろうろし、輪郭だけ見たならば熊の赤ん坊に似ていなくもない、未来の微小動物たちの美しさを認めてもらいたがったのだ。だが、誰ひとり相手にしてくれない。幸いなことに、どんな小さなことでもけっして見逃さない神が、そんな彼に片目をつぶってよこした。温かい握手に勝るとも劣らない価値を持つそのウインクに、彼は大いに勇気づけられた。

フタコブラクダの考案者とヒトコブラクダの考案者のあいだでは、派手な口論が繰りひろげられた。背中にコブをつけることを最初に思いついたのは自分だと、互いに一歩も譲らない。これ以上のアイデアはない、と言わんばかりのこだわりようだ。だが周囲の反応は、フタコブラクダに対してもヒトコブラクダに対しても、同じく冷ややかなものだった。最低の趣味だというのが、大方の意見だったのだ。それでもぎりぎりのところで、どうにか審査に合格できた。

恐竜類のデザインが披露されると、いっせいに異議が唱えられた。競争心をむきだしにした野心家天使の一団が、たくましい恐竜たちの姿を描いた巨大なデザイン画を高く掲げながら、行進をはじめたのだ。その大げさなパフォーマンスに、あたりはどよめいた。

明らかに度を超したスケールだ。いくら背丈や体格が立派でも、これでは長く繁栄するとは思えない。それでも、一生懸命に考えた優秀なデザイナーたちをがっかりさせたくなかった神は、承認したのだった。

象のデザイン画が掲げられると、会場は笑いの渦に包まれた。鼻がグロテスクなほどに長い。すると、デザイナーは即座に反論した。それは鼻ではなく、特殊な道具です。だから「プロボシデ*」と名付けようと思います、そう主張した。その新しい言葉の響きが気に入ったのか、数か所からぱらぱらと拍手が起こる。全能の神が微笑み、象もぶじ審査に合格した。

たちまち大好評を博したのは、クジラだった。六人の天使が宙に浮遊しながら、怪物のように巨大な姿が描かれたとてつもなく大きな紙を広げてみせる。親しみを感じる動物だということで意見が一致し、大喝采とともに承認された。

いずれにしても、延々と続いた審査の詳細をひとつ残らず語るのは不可能である。注目を集めた生物をいくつかあげると、色鮮やかな大型の蝶、大蛇ボア、巨木のセコイア、始祖鳥、孔雀、そして、犬とバラと蚤《のみ》。とりわけ最後の三つの生物には、輝ける長い未来を与えることが、満場一致で可決された。

そのあいだにも、自分の作品を褒めてもらいたい一心から、全能の神のまわりで押し合いへし合いしている大勢の天使たちのあいだを縫うように、行ったり来たりしている天使が一人いた。丸めた製図を小脇に抱えている。じつにうとましい存在でもある。頭がよさそうな顔をしていることは認めるが、あまりにも執拗だった。少なくとも二十回ほど、彼は肘で群衆をかきわけながら最前列まで出て、神の注意をひこうとした。だがそのたびに高慢な態度を嫌がられ、同僚たちにも鼻先であしらわれ、後列に押し返されるのだった。

だが彼は、そんなことで挫《くじ》けるほどヤワな性格ではない。何度もしぶとく挑戦するうちに、ようやく創造主の足もとまでたどり着くことができた。仲間に阻止されるより早く、巻いてあった紙をひらき、自分の努力の成果を神の視線にゆだねる。

それは、どう考えても気持ちの悪い姿をした動物で、見ていると嫌悪感をもよおすほどだった。しかしながら、それまで見てきた生物とはまったく様相が異なるため、

＊イタリア語で「象の鼻」を指す言葉。

強烈なインパクトを与えた。

片側にはオスの個体が、その隣にはメスの個体が描かれている。多くの動物と同様に四本の肢があるのだが、デザイン画から判断するかぎりでは、そのうちの二本だけを用いて歩行するらしかった。体毛は数か所にまとまって生えているだけだが、頭にだけはたてがみのようにふさふさの毛があった。二本の前肢が身体の両脇に垂れさがっていて、どことなく滑稽でもある。

顔つきは、さきほど多くの支持を得て審査に合格した猿に、よく似ていた。身体の輪郭は、鳥や魚やコガネムシのような滑らかで均整のとれた形ではなく、ぶかっこうで統一性に欠け、中途半端な感じがした。まるで、間もなく完成というところでデザイナーが疲れはて、やる気を失くしてしまったかのようである。

全能の神は、その絵をちらりと見て言った。「美しいとは言えないな」そして辛《から》い評価を和《やわ》らげるように、やさしい口調で言いたした。「だが、おそらくなにか特別な役に立つ動物なのかもしれない」

「ええ、そうなのです。わが主よ」うとましい天使はうなずいた。「けっして自慢するわけではありませんが、すばらしい発明だと思います。これは《人間》といいまして、こちらが男で、こちらは女。たしかに外形には議論すべき点があるでしょう。ですが、厚かましいのを承知で言わせてもらいますと、わが主よ、なんとかあなたに似せて創ろうとしたものなのです。ありとあらゆる創造物のなかで、理性を持ち、あなたの存在を理解し、崇《あが》めることのできる唯一の生物となるでしょう。主を讃《たた》えるために壮麗な神殿を建立し、主の御名のもとに血なまぐさい戦いも辞しません」

「それは困ったものだ！　知識《インテリ》のある動物だと言いたいのかね？」全能の神は言った。「私の言うことを聞くがよい。インテリなどというものは、ろくなことをせぬ。幸い、いまの宇宙にそのようなものは存在していない。このまま幾千年も、ずっと存在しないことを私は祈っている。たしかにおまえの発明はすばらしい。だが、はたしてどれほどの成果をもたらすというのか。おまえの言うとおり、なみはずれた資質があるのかもしれぬ。だが外見から判断するに、厄介ごとを際限なく招くような気がしてならないのだ。むろん、おまえの優れた才能は誇りに思う。喜んでメダルも与えよう。しかし、この動物は断念したほうが賢明ではないだろうか。こいつらは、ちょっとでも好きにさせたら、いつの日か多くの難題を引き起こす。いや、よそう。やめておくべきだ」

そう言うと、父親らしい仕草で彼を下がらせた。

「人間」の発案者は、同僚のくすくす笑いを背に、むっとした顔つきで引き下がった。

あまり強く望みすぎると、うまくゆかないものと相場が決まっている。こうして、雷鳥のデザイナーの番となった。

それは、記念すべき、満ち足りた一日だった。いまはまだ実現していないが、必ずやすばらしいことが起こるだろうと、心躍らせ待ち望む、あの輝かしい時間。まるで青春の真っただなかにいるような時間……。

まもなく地球が生まれようとしている。おとなしいものから残忍なものまで、多種多様な驚異的生命。快楽や苦悩、愛や死。大ムカデに樫の木、サナダ虫に鷲、エジプトマングースにガゼル、石楠花《しゃくなげ》。そしてライオン！

そんななか、あのうとましい天使は、紙切れを抱えたまま性懲《しょうこ》りもなくうろついていた。そうして、ときどき上を見あげては、先ほどの決定が覆《くつがえ》りはしないかという期待をこめて、神の瞳を見つめるのだ。だが、神のお気に入りは人間以外の生物だった。鷹、ゾウリムシ、アルマジロ、ツンベルギア、ブドウ球菌、カイナンノアズキ、ケンミジンコ、そしてイグアノドン……。

ついに地球上は、多種多様の生物でいっぱいになった。愛すべきもの、憎々しいもの、やさしいもの、野蛮なもの、おぞましいもの、取るに足らないもの、目が覚めるほど美しいもの……。まもなく、ふつふつという音や、心臓の鼓動、うめき声やうなり声、歌声が森や海から生まれようとしていた。

夜が更けてゆく。神の承認を得ることのできたデザイナーたちは、満足げな顔で思い思いの方向へ散っていった。数多の星が瞬く無限のひろがりのなか、心地よい疲労とともに神がひとり残された。心穏やかに、眠りにつこうとしていたのだ。

そのとき、マントの裾がかすかに引っ張られたような気がした。神はふたたび目を開け、下を見る。

しぶとく挑戦にきた、あのうとましい天使だった。自分の設計をもういちど説明し、すがる眼差しで神を見つめる。人間だなんて！　なんてたわけた発想なんだ。これほど危険な思いつきはない。だがよくよく考えてみると、もしかすると、じつに魅力的な賭けでもあり、耐えがたい誘惑を感じずにはいられなかった。やってみるだけの価値はあるのかもしれぬ。なるようになるだろう……。天地を創造するからには、楽観的な発想も必要だ。

「こっちに寄こせ」全能の神は宿命の設計図をつかむと、承認のサインをしたためた。

2 コロンブレ

Il colombre

十二歳になったステファノ・ロイは、誕生日のプレゼントとして、船に乗せてほしいと父に頼んだ。ステファノの父は船長であり、美しい帆船を所有していた。「ぼく、大きくなったらね」ステファノは言った。「父さんみたいに、海をあちこち旅したいな。父さんのよりも、もっと大きくて立派な船の船長になるんだ」

「きっと神様が、おまえのことをお守りくださるだろうよ」父親は言った。ちょうどその日、船が出航することになっていたので、息子を連れてゆくことにした。

太陽がさんさんと輝く好天で、海も凪《な》いでいた。これまで一度も船に乗ったことがなかったステファノは、大はしゃぎで甲板を歩きまわり、複雑な帆の仕組みに感心していた。そうして、あれやこれやと船員たちに質問した。船員たちはやさしく微笑《ほほえ》みながら、ていねいに説明してやるのだった。

船尾までやってくると、ステファノは足をとめ、海にじっと目をこらした。船から二、三百メートルの距離を保ち、航跡をたどるかのように、海面に浮かんだり沈んだりしているものが見える。

船は絶好の追い風に運ばれ、飛ぶような速さで進んでいたにもかかわらず、その物体は、船との距離を一定に保ちつづけていた。それがどのような性質のものなのか、ステファノにはわからなかったが、言葉では形容できない何かに強烈に惹《ひ》きつけられるのだった。

ステファノの姿が見当たらないので、父親はしばらく大声で呼んでいたが、返事がない。そこで、ブリッジから下りて探しはじめた。

「ステファノ、そんなところで何をしてるんだい?」船尾で立ちつくし、波間をじっと眺めるステファノをようやく見つけた父が訊《たず》ねた。

「父さん、ちょっと来て、あれを見てよ」

父親は隣に行き、息子の指差す方角を見たが、何もない。

「船の跡に、ときどき黒いものが見えるんだ」ステファノは説明した。「ぼくたちのあとをつけてくるみたい」

「いくら父さんが四十を過ぎたとはいえ、まだ視力は衰えていないはずだ。なのに、何も見えないぞ」父親は言った。

それでも息子が言いはるので、父親は双眼鏡をとりにゆき、航跡をたどりながら、食い入るように水面を見た。と、父親の顔がみるみる青ざめるのにステファノは気がついた。

「どうしたの？　どうしてそんな顔をしてるの？」

「ああ、おまえの言うことになど耳を貸さなければよかった」父親は、悲痛な叫び声をあげた。

「父さんは、おまえの身が心配でたまらない。海面から出て船のあとを追ってくるとおまえが言うのは、もの《ヽヽ》ではない。コロンブレだ。世界中の海で、船を操る男たち誰もが恐れているサカナだよ。謎に包まれた恐ろしい鮫《さめ》なんだ。人間よりもずっとずるがしこい。あいつは餌食《えじき》にする人間を選ぶ。だが、その理由は誰にもわからないんだ。いったん決めると、何年も何年もつけ狙う。相手を呑み込むまでな。奇怪なことに、あいつの姿を見ることができるのは、餌食として選ばれた本人と、その血を分けた家族だけなんだ」

「そんなの、作り話でしょ？」

「いいや、そうじゃない。父さんも姿を見るのははじめてだが、話には何度も聞いていたから、すぐにわかった。あの野牛のような顔といい、絶えずあけたり閉じたりしている口や恐ろしげな歯といい、間違いない。ステファノ、じつに無念だが、おまえはコロンブレの犠牲者に選ばれてしまったようだ。おまえが海にいるかぎり、あいつはおまえをつけ狙うだろう。いいか、よく聴け。ただちに船を岸に戻す。おまえは陸にあがり、いかなる理由があろうとも二度とふたたび海に出てはならぬぞ。父さんと約束してくれ。おまえには海の仕事は無理だ。あきらめるんだ。陸でだって、りっぱに出世することはできる」

そう言うと、父親はすぐさま針路を反転させ、船を港に戻した。そして、急に気分が悪くなったことにして息子だけを船から下ろし、ふたたび出航していった。

ステファノはひどくショックを受け、マストの先端が水平線に吸い込まれるまで、身じろぎもせず海岸で父の船を見送っていた。港を囲う防波堤のむこうは、だだっぴろい海原が続くばかり。船影ひとつ見えない。

だが、瞳をよく凝らすと、水面に浮かんでは消える黒い点が、ステファノには見えた。「彼の」コロンブレが、行きつ戻りつしながら悠然と泳ぎまわり、執念深く待っているのだ。

その日から、ステファノの海への憧れを断ち切るため、あらゆる手段が講じられた。父親は、息子を数百キロ離れた内陸の町に行かせ、勉強させることにした。しばらくはステファノも新しい環境に気をとられ、海の怪物のことを忘れていられた。ところが、夏休みに入って家に戻ってくると、ひとりになるや、とるものもとりあえず防波堤の先端まで行ってみた。心の底では無駄なことだと思いつつも、確かめなければ気がすまなかったのだ。父親から聞いた話がたとえ本当だったとしても、これだけの月日が流れたのだから、さすがのコロンブレも、自分をつけまわすのは断念したに決まっている。

しかし、ステファノはその場で立ちすくんだ。心臓だけがどくどくと鳴っている。防波堤から二、三百メートルほど離れた沖合いで、忌まわしいサカナがゆったりと浮かんだり沈んだりしていた。水面からときどき頭をもたげ、ステファノ・ロイが海に出てくるのを待ち焦がれるかのように、岸の方角をうかがうのだった。

こうして、昼も夜も自分のことをつけ狙い、待ちつづける生き物がいるという脅迫観念が、ステファノをひそかに苦しめるようになった。海から遠く離れた町にいても、真夜中、言い知れぬ恐怖に襲われ、目を覚ますことがあった。

たしかに自分は安全な場所にいた。数百キロという距離が、コロンブレと自分とを隔てている。それでも彼にはわかっていた。山を越え、森を越え、平原を越えたところに、自分を待ち受けている鮫がいる。たとえもっとも遠い大陸に逃げたとしても、コロンブレはそこからいちばん近い海に移動し、宿命だけが持つことのできる冷酷な執念で、自分のことを待ち続けることだろう。

真面目でなにごとにも熱心だったステファノは、学業でもよい成績を収め、卒業するとすぐに、その町の大きな商店に就職した。給料もよい、立派な職場だった。やがて父親が病死。あとに残された母親は父の立派な帆船を売り払い、ステファノもそこそこの額の遺産を手にすることができた。

仕事、友人関係、趣味、そして恋……。着実に人生を築きあげていった。にもかかわらず、コロンブレに対する思いが、不吉な、それでいて抗《あらが》いがたい魅力を放つ蜃気楼のように、頭から離れない。それは時が経《た》つにつれ、消えてゆくどころか、より執拗になっていった。

仕事が充実し、裕福で穏やかな暮らしは、大きな満足感を与えてくれるものだが、暗渠《あんきょ》が放つ魅力は、それにも増して大きい。ステファノは、弱冠二十二歳にして町の友人たちに別れを告げ、仕事を辞め、故郷の村に帰ることにした。そして、父の仕事を継ぐという揺るぎない決意を、母に告げた。不気味な鮫の話などまったく知らされていなかった母は、そんな息子の決心を、手放しで喜んだ。それまで彼女は胸の内で、町で暮らすために海を捨てた息子の行為を、先祖代々受け継いできた家のしきたりに対する裏切りのように思っていたのだ。

こうして、ステファノは航海に出た。彼は船乗りとしての資質を備え、労苦をものともせず、強靭《きょうじん》な精神力を持っていた。来る日も来る日も航海をつづける船の航跡の白い線を、昼だろうが夜だろうが、嵐だろうが凪《なぎ》だろうが、しぶとくコロンブレがついてまわった。彼は、それが自分に災いをもたらすものであり、死の宣告であることを知っていた。しかし、だからこそ、そこから逃れる力を持たなかったのだろう。そいっしょに船に乗り組む者たちは、誰ひとりその怪物の姿を見ることはなかった。そう、彼のほかは。

「むこうの方角に何か見えないか？」ステファノはときどき、航跡を指差して仲間に訊ねた。

「いいや。何も見えないぞ。どうかしたのか？」

「なんでもない。何か見えたような……」

「まさか、コロンブレでも見たんじゃないだろうな」仲間たちはそう言って笑い、厄《やく》除《よ》けのまじないに鉄に触るのだった。

「何がおかしいんだ。どうして鉄に触る？」

「コロンブレは、いちど狙った獲物はけっして逃がさない怪物だぞ。この船をつけられたらたまらんよ。俺たちの誰かが命を落とすってことだからな」

それでも、ステファノはくじけなかった。終始つきまとう脅威に意志はますます強くなり、海への情熱が深まり、戦いや危険に立ち向かう勇気が湧いた。

船乗りという仕事に自信がつくと、父親の残した財産を元手に、仲間と二人で小型の貨物船を買った。その後、単独で船を所有するようになり、何度かの航海で幸運に恵まれ、本格的な商船を手に入れることができた。

そうしてますます野心的な航海に挑んでいったが、いかに成功を収めても、何百万という儲けをあげても、つねにステファノは心につきまとう強迫観念から逃れることがない。だからといって自分から船を売り、陸にあがってほかの事業を始めようなどとは、けっして考えなかった。

頭にあったのは、明けても暮れても航海のことばかり。長い船旅を終え、港に入り、陸にあがったとたん、すぐまた出港したくてたまらなくなる。

沖に出れば、彼を待つコロンブレがいることを知っていたし、コロンブレが身の破滅を意味することもわかっていた。だが、どうすることもできない。どうにも抑えることのできない衝動が、大海原のあちらこちらへ彼を引きまわし、心が安らぐことはなかった。

こうしてある日のこと、ステファノはふと、もはや自分がすっかり年老いてしまったことに気づいた。彼の身近にいる者はみな、不思議に思っていた。彼ほどの富を築いた人物が、なぜいつまでも、つらい海の仕事から引退しようとしないのか。

年老いた彼は、ひどく不幸でもあった。その生涯はすべて、つきまとう敵をふりはらうために、とても正気とは思えない大海から大海への逃避行に、費やされてきたのだから。それでも、安穏とした豊かな暮らしから得られる喜びより、奈落の底をのぞいてみたいという誘惑のほうが、彼の胸の内ではいつだって勝っていた。

やがてある晩、生まれ故郷の港の沖合で豪華な船を碇泊させていたとき、ステファノは、自分の死期が間近に迫っていることを感じた。そこで、深い信頼を寄せていた副船長を呼び、自分がこれからすることをけっして止めないように命じた。副船長は、名誉にかけて誓った。

約束を取り交わしたうえで、困惑しながら聴いている副船長に、ステファノはコロンブレのことを打ち明けた。自分は、もう五十年近くコロンブレに追いまわされているのだが、いちども捕まったことはない。

「世界の果てから果てまで、あいつは私に、いつもついてまわっていた」ステファノは言った。「もっとも情の厚い友でさえ、あそこまで忠実にはなれないというほどに。私はまもなく死ぬ。あいつも、もはや恐ろしく年をとり、疲れはてていることだろう。

私には、あいつを裏切ることはできない」

そう告げると、ステファノは別れの挨拶をし、海に小舟を下ろさせ、銛《もり》を片手に舟に乗り込んだ。

「私のほうからコロンブレのもとに出向いてやる」彼は言った。「あいつを失望させたくないんだ。だが、最後の力をふりしぼって闘ってみせるさ」

ステファノは、さも重たげにオールを操りながら、船から遠ざかっていった。そして、航海士や船員たちが見守るなか、夜の闇に包まれ、穏やかな海のむこうへと姿を消した。空には、三日月が細く光っていた。

それほど漕ぐ必要もなかった。コロンブレの恐ろしげな顔が、舟の脇から、いきなりあらわれた。

「来たぞ。待たせたな」ステファノは言った。「さあ、一対一の対決だ」そして、残されたエネルギーを奮い起こすと、銛をかざし、コロンブレに一撃をくらわせようとした。

「ウオォ」哀願するようにコロンブレは声をあげた。「ずいぶん長いこと、おまえを追いまわしたもんだ。わしもすっかり疲れはてたよ。おかげで、どれだけ泳がされたことか。おまえはいつでも逃げまわるばかりだった。何ひとつわかろうとせずにな」

「どういうことだ？」ステファノは、不意をつかれて言った。

「わしが世界の果てから果てまでおまえを追いまわしたのは、おまえのことを丸呑みにするためだと思い込んでいたようだが、そうではない。わしはただ、海の王から、これをおまえに渡すように命じられていたのだ」

そう言うと、巨大鮫は舌を伸ばし、青白く輝く小さな珠を、年老いたステファノに差し出した。

ステファノはその珠を指でつまみあげ、じっと見つめた。それは、桁外れに大きな真珠だった。ステファノはひと目で、それが有名な《海の真珠》であるとわかった。それを持つ者は、幸運、名声、愛、心の平穏がすべて約束されると言い伝えられている。だが、もはや遅すぎた。

「なんてことだ！」ステファノは、悲しげに首を横にふった。「なにもかも間違いだったなんて……。私は自分の人生を台無しにしてしまった。それだけでなく、おまえの命まですり減らしたのだ」

「さらばだ、哀れな男よ」コロンブレはそう言って、真っ黒な海の底へと沈んでゆき、二度と浮かびあがることはなかった。

それから二か月ののち、寄せる波に運ばれ、一葉の舟が、ごつごつした岩場に打ちあげられた。見つけた数人の漁師が、奇妙に思って近寄った。すると舟には、座ったままの姿で白骨化した、ひとりの男の亡骸《なきがら》があった。指の骨のあいだには、小さな丸い石が、大事そうに握りしめられていた。

コロンブレというのは、見るからに恐ろしげな、巨大なサカナだ。姿を見せることはめったにない。海域によって、あるいは海岸に住む人びとによって、呼び方が異なり、コロンバー、カルーブラ、カロンガ、カル・バル、チャルン・グラなど、いろいろになる。

だが不思議なことに、科学者は、誰もがその存在を無視するばかりか、なかには、存在するわけがないと主張する者もいる。

3 アインシュタインとの約束

Appuntamento con Einstein

去る十月の夕刻、一日の仕事を終えたアルベルト・アインシュタインは、ニュージャージー州プリンストンの街を散歩していた。すると、一人だった彼に、おどろくべきことが起こった。

なにか特別な理由があったわけでもない。鎖を解かれた犬のように、思考が自由に駆けめぐり、それまではずっと、どんなに望んでも知覚できずにいたものが知覚できたのだ。いわゆる「ねじれた空間」が自分のまわりに見え、しかも、さまざまな角度から眺めまわすこともできた。ちょうど読者の皆さんが、この本をいろんな角度から眺められるように。

通常、われわれ人間の脳は、空間のねじれを知覚できないと言われている。縦・横・奥行きまではよいとして、もうひとつ、存在は証明されていながらも人間には手の届かない、四次元という謎の空間がある。まるでわれわれを閉じ込める大きな壁が存在していて、人間はけっして満足することのない思考にまたがって飛びながら、どんどんと高みにあがってゆくうち、その壁にぶちあたってしまうかのように。たとえピタゴラスやプラトンやダンテが生きていたとしても、誰もその壁を越えることはできないだろう。真実は、われわれよりも偉大なのだから。

なかには、空間のねじれを知覚できると主張する者もいる。何年も何年も訓練を重ね、頭脳を最大限に働かせば可能になるはずだ、と。人びとがあくせくと働き、煙を吐きながら汽車が走り工場の炉がフル回転しているのも、また数え切れないほどの命が戦争で失われてゆくことや、街角の公園で夕闇に紛れて恋人たちが口づけしていることなど、いっさいの世の中の出来事を後目《しりめ》に、孤独な科学者が果敢にも人類のために自分の頭脳を提供したあげく、けっして説明のつかない森羅万象のきわみである「ねじれた空間」の知覚に、成功したこともあるらしい（ほんの一瞬の出来事だったのかもしれない。あたかも身を乗りだして奈落の底をのぞきこんだところを、何者かにぐいと引き戻されたかのような……）。

たとえそれが事実だとしても、公の場で語られることはなく、勇者のためにパーティーが開かれることもなかった。華やかなファンファーレも、インタビューも、功績を称えるメダルもない。それは、きわめて個人的な勝利でしかなかった。なぜなら、「ねじれた空間を知覚した」と言明することはできても、それが事実であることを証明できる資料や写真など、何ひとつないのだから。

そのような瞬間が訪れ、ひとたび思考が、崇高な助走とともに微細な通気孔をすり抜けるようにして、われわれ人間には禁じられていたあちら側の世界に飛躍すると、われわれには無関係な外の世界で生まれ、外の世界だけで機能していた法則が、われわれの生そのものとなるのだ。すると、これまで抱えていた三次元の苦悩がにわかに氷解し、永遠にも似た何かに身をゆだねているような気分になってくる（ほかでもない、それが人類の叡智というものなのだろう！）。

秋晴れの十月の夕刻、アルベルト・アインシュタイン教授が襲われた感覚は、まさにこのようなものだった。クリスタルのように澄みきった空に輝く金星に負けじと、街のあちこちのイルミネーションが光りはじめるころ、彼の心臓、その不可思議な筋肉の塊は、ついに神の恩恵を手にした喜びにどくどくと高鳴った。

アインシュタインは聡明な人物であり、栄誉などにはこだわらない性質《たち》だったが、その瞬間、自分は群れ集う多くの人間どもとは格が違うと感じたのだった。同類の集団にいた貧者のひとりが、ふいにポケットに金《きん》がたくさん詰まっているのを発見したようなもので、彼の心は自尊心という感情にあまねく支配された。

そのとたん、罰でも当たったのか、神秘的な真実が、あらわれたときと同じように忽然《こつぜん》と消えた。ふと気がつくと、アインシュタインはそれまで一度も見たことのない場所にいた。生垣がどこまでも続く通りを歩いている。家も屋敷もバラックもない。黄色と黒の縞模様のガソリンポンプがひとつ、ぽつんとあるだけだった。その上部には、ライトが点《とも》っている。ポンプの脇にある木製のベンチでは、黒人の男が腰掛けて、客を待ちわびていた。サロペットをはき、赤の野球帽をかぶっている。

アインシュタインが通り過ぎようとすると、黒人は腰を上げ、近寄ってきた。そして、「旦那!」と声をかけた。立つと、背の高さがきわだった。どちらかというと整った顔立ちで、アフリカ人特有のみごとな体格をしている。紺碧の空が果てしなく続く日暮れどきに、彼の白い笑顔が輝いた。

「旦那。ちょっと火を貸してくれませんか」そう言うと、男は、煙草の吸いさしを見せた。

「あいにく煙草は吸わないのだ」びっくりして足をとめたアインシュタインが答えた。すると男は重ねて言う。「じゃあ、飲み物代でも恵んでもらえませんかね」

男は、見れば見るほど背が高く、若さが満ちあふれ、野性的でもあった。

アインシュタインはむなしくポケットの中を探った。「それが……持ち合わせがないんだ……。申しわけないが、金は持ち歩かない主義でね」そう言ってその場を立ち去ろうとした。

「いや、気になさらずに」男は言った。「ところで、ちょっと……」

「まだ何か？」

「じつはあなたに用があるんですよ。ここでお待ちしていました」

「私に用だって？　いったいどんな？」

「内々の話なもので、耳をお貸しいただけませんかね」あたりはいつの間にか暗くなり、男の白い歯がいっそう白く見える。彼は腰をかがめ、アインシュタインの耳元に口を近づけて囁《ささや》いた。「私の名は悪魔《イブリース》。死の天使だ。おまえの魂をもらいにきた」

アインシュタインは一歩さがり、冷ややかな声で言った。「どうやら……きみは飲みすぎているらしいな」

「私は死の天使だ」男は繰り返す。「よく見ていろ」

彼が生垣のところへ行き、ひと枝折ると、たちまち葉が変色し、しわくちゃに縮んだかと思うと、灰の塊と化した。息を吹きかけると、枝も葉も茎も細かい塵《ちり》となって飛び散った。

アインシュタインは頭《こうべ》を垂れた。「これは参った。では、ついに来たのか……。だが、なにも今日、ここで……こんな道ばたでなくとも……」

「私は、任務を全うするまでだ」

アインシュタインはあたりを見まわしたが、人っ子ひとりいない。通りには街灯が点り、突き当たりの十字路を行き交う車のライトが見えるだけ。空を見あげた。澄んだ夜空に、いつもと同じ星が瞬《またた》いている。おりしも、地平線の向こうに金星が沈もうとしていた。

アインシュタインは言った。「頼む。ひと月だけ、待ってくれないか。やりかけの仕事が、ちょうどあと少しで終わるところなんだ。一か月でいい。それ以上は望まない」

「おまえが発見しようとしていることなど、あの世に行けばすぐにわかる。黙ってついてくればよいのだ」男は言った。

「だが、それでは意味がない。あの世でなんの努力もしないで知ることに、どんな価値があるというのか。私がいま進めている研究は、じつに興味深いものだ。三十年も骨身を削って努力してきた。それが、あと少しで実を結ぶところなんだ……」

男は冷ややかな笑いを浮かべた。「一か月と言ったな？　ひと月たったら逃げるつもりではあるまいな。いいか、たとえおまえが鉱山の奥深くに身を隠したとしても、すぐに見つけ出してやるからな」

まだ訊きたいことがあったが、男の姿はすっと消えていた。

　愛する人を待って過ごすひと月は長いが、やってくる相手が死の使者となると、同じひと月がとても短く感じられるものだ。文字通り、あっという間に過ぎてしまう。その一か月が過ぎた日の夕刻、アインシュタインは一人になると、約束の場所にやってきた。ひと月前と同じようにガソリンポンプがあり、脇のベンチに黒人の男が座っていた。違いがあるとすれば、男がサロペットの上にミリタリーコートを羽織《はお》っていたことくらいだ。たしかに、だいぶ冷え込むようになっていた。

「来たぞ」アインシュタインは、男の肩に手をかけて言った。

「それで、例の仕事はどうした？　完成したのか？」

「それが、まだ終わっていない」アインシュタインの口調は沈んでいた。「私にもう一か月の猶予をくれ！　あとひと月でいい。約束する。こんどこそ間違いなくやりとげる。ここひと月、寝る間も惜しんで研究に専念したが、間に合わなかった。だが、あとほんのわずかで完成なんだ」

　男はアインシュタインの顔を見ようともせずに、肩をすくめた。「おまえら人間は、どいつもこいつも同じだよ。満足というものを知らない。どいつもこいつも、死期を延ばしてくれとひざまずいて頼みやがる。もっともらしい口実を何かしら見つけて」

「だが、私がしている研究はきわめて難しいものだ。これまで誰も……」

「ああ、わかっている。わかっているとも」死の天使は言った。「宇宙の鍵を探しているのだろう?」

二人は黙り込んだ。周囲には霧がたちこめ、早くも冬を思わせる物哀しい夜……。こんな夜は、できることなら家にいたい。

「で……どうなんだ?」アインシュタインは訊いた。

「よかろう。だが、一か月はあっという間に過ぎてしまうぞ」

その言葉どおり、あっという間に過ぎた。これほどの勢いで四週間という時間が流れ去ったことは、かつてないほどに。

十二月のその晩、木枯らしが吹きすさび、アスファルトの上にわずかに残った落葉が、かさかさと音を立てていた。ベレー帽の下からはみ出したアインシュタインの豊かな白髪《はくはつ》が、風に震えている。やはりその日もガソリンポンプがあり、脇のベンチでは、防寒帽をかぶった例の黒人の男が、眠るようにうずくまっていた。

アインシュタインは男に近寄り、遠慮がちに肩をつついた。

「来たぞ」

男は寒さのあまりコートの中で身を縮め、歯をがちがち鳴らしていた。

「おまえか」

「ああ、私だ」

「それで、仕事は完成したのか？」

「ああ。神のご加護で、無事に最後までやりとげることができた」

「戦いは終わったのか？　探し求めていたものは見つかったのかね？　宇宙の法則は発見できたのか？」

アインシュタインは咳払いをし、「ああ。これで、少しは宇宙にも秩序が生じたかもしれない」と、冗談めかして言った。

「それじゃあ、私と一緒に来るのだな？　旅の準備はできているのだろうな？」

「ああ、もちろん。約束だからな」

すると男はやにわに立ちあがり、高笑いをした。そして、右手の人差し指でアインシュタインのみぞおちを強く突いた。おかげで、アインシュタインは危うくバランスを崩しかけた。

「こいつめ、肺炎になりたくなかったら、とっとと家に帰るがいい。もう、おまえに用はない」

「私を見逃すのか？　だったら、なぜ何度も呼び出したりした？」

「おまえが早く研究を完成させるようにだ。ほかに理由などあるはずがない。しかし、うまいことといったもんだ。死の恐怖が間近に迫っていなければ、完成まで、あとどれほどの年月を要したことか」

「私の研究？ それが悪魔のきみとどう関係がある？」

男は笑った。「私にはぜんぜん関係ない。だが、私のボスたち……地獄の大悪魔たちの望みなのだ。これまでのおまえの発見も、じつに有益だったと感心している。もちろんおまえに責任はないが、それが事実だ。大先生よ、おまえが望むと望むまいと、とにかく冥界にとっては、ありがたい貢献だったんだ。そこで、新たな発見にも大いに期待を……」

「バカなことを！」アインシュタインは苛立《いらだ》った。「私の発見ほど、罪のないものはない。ちょっとした法則を見つけただけじゃないか。それも抽象的で、人畜無害で、私利私欲とは無関係なものだろう」

「あきれた男だ！」イブリースは声を張りあげ、またもやアインシュタインのみぞおちを指で突いた。「まったく、あきれた男だ！ つまり、私の任務なぞ無駄だったと言いたいのか？ 大悪魔たちの勘違いだと言うのか？ いいや、そんなはずがない。おまえは、じつに立派な仕事をしてくれた。地獄の大悪魔はみな、さぞご満悦のことだろう……。いいか、おまえが知らないだけなんだ！」

「私が、何を知らないと?」

だが、すでにイブリースの姿はなかった。ガソリンポンプも忽然と消えている。もちろん、ベンチもない。ただ夜風が吹きすさび、突き当たりの十字路を車が行きかうだけ……。

そこは、ニュージャージー州のプリンストンだった。

4

戦の歌

La canzone di Guerra

王が、鋼鉄と金剛石でできた大きな執務机から顔をあげ、訊《たず》ねた。

「わが軍の兵士どもは、いったい何を歌っておるのじゃ」

国境に向かって進軍する大隊が、外の戴冠式広場から次つぎに発《た》ってゆく。王の言うとおり、兵士たちは歌を口ずさみながら行進していた。

彼らの心は軽やかだった。敵軍はすでに敗走しており、はるか彼方《かなた》の原野では、確実に勝利が待ち受けていたのだから。凱旋《がいせん》のあかつきには、さぞや武勲が称えられることだろう。兵士たちの気持ちが伝染したのか、王まですこぶる体調もよく、自信にみなぎっていた。世界を征服する日も間近だ。

「兵士たちの歌でございます。陛下」主席大臣が答えた。この大臣も、全身を鉄の鎧《よろい》で覆っている。それが戦時のしきたりだった。

王は重ねて訊ねた。

「それにしても、もっと陽気な歌はないのか？　わが軍のためにシュレーダーがすばらしい軍歌を作曲したではないか。余も聞いてみたが、いかにも兵士にふさわしい歌であったぞ」

「いたし方ないことでございます。陛下」身につけた武具の重みで、実際よりもさらに腰が曲がった老齢の大臣が答えた。「兵士というのは、子どものようなところがございまして、おかしなことにこだわるものなのです。世界一すばらしい軍歌を与えても、自分たちの歌ばかり好んで口ずさむ……」

「だが、あれでは軍歌とは言えんだろう。兵士どもの歌声は悲しげに聞こえるぞ。悲しむ理由などあるようには思えんが……」

「おっしゃるとおりでございます」大臣は、媚《こ》びるような笑みを浮かべながら、相槌《あいづち》を打った。「おそらく、たんなる恋の歌なのでしょう。とくに他意はないものと思われます」

「歌詞はどのようなものなのじゃ？」王は、なおも訊ねた。

「恥ずかしながら、私もよくは存じません」グスタボ老伯爵が答えた。「すぐに調べさせましょう」

大隊は、戦闘が繰りひろげられている国境地域に到達し、猛烈な勢いで敵兵を打ち倒し、その血で領土を肥やしていった。勝利の大歓声が世界に響きわたり、銀色に輝く王宮の円屋根から遠く離れた平原に、軍靴《ぐんか》の音がこだました。しかし、見知らぬ星座がひろがる野営地には、あいもかわらず例の歌が流れている。

それはけっして陽気ではなく、悲しげな調べであり、戦意をかきたてる勝利の歌ではなく、苦悩に満ちた歌だった。兵士たちはじゅうぶんに栄養をとっており、ふかふかとしたラシャの軍服に、アルメニア産の革でできた軍靴、暖かな毛皮の外套で身を包んでいる。そして、馬たちは、ますます遠くなる戦場から戦場へと軽やかに駆けめぐった。打ち負かした敵軍の旗を運ぶ馬の荷だけが、ずしりと重かった。

将軍たちは怪訝《けげん》に思った。

「兵士どもは、いったい何を歌っているのだね？　もっと陽気な歌はないのか？」

「兵士というのは皆、そのようなものなのです。閣下」参謀本部の軍人が、姿勢を正して答えた。「勇敢な若者ぞろいですが、おかしなこだわりを持っておりまして……」

「あまり賢いこだわりとは思えぬ」将軍たちは、苦虫を嚙みつぶしたような顔をした。

「まったく、泣いているように聞こえるではないか。これ以上、何が望みだというのか？　何か不服があるようだが……」

不服どころか、勝利を収めた連隊の兵士たちは、一人残らず満足していた。じっさい、これ以上なんの望みがあるというのだろうか。次から次へと敵陣を制覇し、山のような戦利品を手に入れ、若い女も思いのまま、凱旋も間近だった。地上から敵軍の最後の一人となった兵が消える光景が、兵士たちの若々しく勇ましい顔つきから、早くも読みとることができた。

「いったいどんな歌詞なんだ?」不思議に思った将軍が訊ねた。

「ああ、あの歌詞ですか? まったくくだらぬ歌詞でして……」もはや身に染みついた慎重で控えめな態度で、参謀本部の将校が答えた。

「くだらないかどうかはともかく、なんと歌っているのだ?」

「私も、正確には存じませぬ。閣下」一人が答えた。

「ディーレム、おまえはどうだ?」

「あの歌の歌詞ですか? 私にはさっぱり。ですが、こちらにおりますマレン大尉でしたら、きっと……」

「いや、大佐どの。自分も歌には疎いものでして……」マレン大尉は答えた。「ペーターズ准尉に訊ねれば、わかるかと……」

「まったく、そろいもそろって無駄口ばかりたたきおって。その歌の歌詞は、おそらく……」そこまで言いかけて、将軍は口をつぐんでしまった。

代わりに、心持ち上気したペーターズ准尉が、棒のようにこわばったまま質問に答えた。

「第一節の歌詞は、将軍閣下、このようなものです。

野から野へ　村から村へ
軍鼓《ぐんこ》を響かせ
過ぎゆく歳月
誰ぞ知るや
故郷への道
故郷への道

そして、次のような二節が続きます。『でんこへ、どんこへ……』」

「なんと申した？」将軍が訊ねる。

「『でんこへ、どんこへ』でございます。将軍閣下」

「だが、『でんこへ、どんこへ』とは、どのような意味なのだ？」

「私にはわかりません。将軍閣下。ですが、たしかに兵士たちはこのように歌っておりまして」

「わかった、よいから全部言ってみろ」

「でんこへ　どんこへ
ひたすら進み

過ぎゆく歳月
君と別れし彼《か》の土地に
十字架ひとつ
佇《たたず》むばかり

さらに、三節がございますが、これが歌われることはほとんどありません。第三節の歌詞は……」

「もうよい、もうよい」将軍が言うと、准尉は敬礼をした。

「あまり陽気な歌とは思えぬ」准尉が出てゆくと、将軍は言った。「とにかく、戦にはふさわしくない」

「まったくふさわしくないものです」参謀本部の大佐たちは、然《しか》るべき敬意をこめて同意するのだった。

毎晩、戦闘が終わると、地表にまだ硝煙が立ちこめているうちから、勝利の朗報を伝えるため、俊足の使者たちが飛ぶように戦地を発ってゆく。町のあちこちに旗が飾られ、街かどでは人びとが勝利を祝って抱擁し合い、教会の鐘という鐘が鳴り響いた。それでも、夜に下町を横切ろうものなら、男や女、娘たち……誰というでもなく、いつ作られたかもわからないあの歌を口ずさむのが聞こえるのだった。

それは、たしかにずいぶんと悲しげな響きで、底知れぬあきらめの気持ちが内にこもっているようだった。若い金髪の娘たちが出窓にもたれ、もの想いにふけりながら、その歌を口ずさむ。

世界史をひもとき、何世紀もさかのぼってみたところで、このたびの戦ほどみごとな勝利はないだろう。これほど武運にめぐまれた軍隊も、これほど有能な将軍も、これほど迅速な進軍も、これほど多くの敵陣を制覇したことも、いまだかつてなかったのだ。

この調子で進んだならば、戦が終結した暁には、歩兵の最後の一人まで豊かに暮らすことができるだろう。みなで分配すべき戦利品は、それほど多かった。希望は際限なくふくらんでゆく。都では人びとが狂喜し、夜になると家々はワインに浸《つ》かり、物乞いまでが踊りまくった。カラフェとカラフェの合間には、歌でも口ずさみたくなるものだ。すると、仲間どうし、例の歌を歌う。「野から野へ　村から村へ……」こうして、第三節まで歌われた。

戦地を目指し、新たな大隊が戴冠式広場を発ってゆくたびに、王は羊皮紙の書類や勅書の山からふと顔をあげ、歌に耳を傾けた。その歌を聞くと、なぜか胸がざわつくのだった。

　野から野へ、村から村へ、軍隊は、一年また一年と、ますます遠くまで進み続け、どこまで行っても、向きを変えよとの命令が下されることはなかった。こうして、待ちに待った凱旋の知らせがまもなく届くだろうと賭けた人びとは、そのたびに、賭けに負けてしまった。たびかさなる戦闘、勝利、そしてふたたび勝利、また戦闘……。いまや、軍は想像を絶するほど遠方の、発音するのも難しいような名の土地を進みつづけていた。

　しまいには（勝利に次ぐ勝利ののち！）、戴冠式広場が空になる日が訪れた。王宮の窓という窓はかたく閉ざされ、都の家々の前を、見たこともない外国の軍用馬車が、音を轟《とどろ》かせて近づいてきた。そして、はるか遠方の平原の、負け知らずの軍隊が進んだあとに、かつては存在しなかった森が姿をあらわした。地平線まではてしなく続く、単調な十字架の森……。ほかには何もなかった。

　そう、運命が潜んでいたのは、剣のなかでも、戦火のなかでも、逆上した騎兵の怒りのなかでもなく、王や将軍たちが戦にはふさわしくないと感じていた、あの歌のなかだったのだ。運命は、悲しげな調べを通して、定めというものを人間たちに予告しつづけてきた。何年も何年も、じつに執拗に。

ところが、歴代の王も、軍の指揮官たちも、知恵に溢《あふ》れる大臣たちも、岩のごとく耳を閉ざしたままで、あの歌の意味を理解できた者は誰ひとりいなかった。

百戦全勝の栄誉に輝く兵士だけが、知らず知らずのうちにあの歌を口ずさんでいた。

疲れた足取りで、夜道を、死にむかって行軍しながら……。

5

七階

Sette piani

まる一日列車に乗り続け、三月のある朝、ジュゼッペ・コルテは有名な療養所のある町に降りたった。いくらか熱っぽかったものの、旅行鞄《かばん》を提げたまま、駅から療養所までの道のりを歩くことにした。

彼の病状は初期のごく軽いものだったが、評判の高いその療養所で見てもらうようにと勧められた。その病気だけを専門に扱っているため、医師たちの腕もずば抜けていいし、治療の効果が期待できる合理的な設備も整っているからと。

療養所の建物を遠くから見たとき――広告の写真で知っていたので、ひと目でそれとわかった――、ジュゼッペ・コルテは好印象を抱《いだ》いた。七階建ての白いビルの外壁には規則的な凹凸があり、どことなくホテルのような雰囲気が漂っている。そして、ぐるりと建物をとり囲むように、背の高い木が植えられていた。

ひと通り診察が終わると、より精密な検査を受けるまでのあいだ、ジュゼッペ・コルテは、七階、つまり最上階にある感じのよい病室をあてがわれた。調度品も壁紙も明るくて清潔感のある色だったし、木製の肘掛け椅子があり、クッションにはにぎやかな色あいの布カバーがかかっている。窓からは、町でもっとも眺めの美しい一帯を見渡すことができた。穏やかで、心地よく、安心して過ごせる環境がすべて整っていたのだった。

ジュゼッペ・コルテはすぐベッドに入り、枕もとのライトを点《つ》け、持ってきた本を読みはじめた。ほどなく看護婦が入ってきて、何か用はないかと訊《き》く。

これといって用もなかったが、若い看護婦と話をするのは少しも嫌でなかったので、病院のことをあれこれ質問した。こうして、その病院が変わったシステムを採り入れていることを知った。入院患者たちは、病気の程度によって、各階にふりわけられているという。七階、つまり最上階は、ごく軽い病状の患者たち。六階は、重症ではないものの、けっして侮るわけにもいかない患者たち。五階あたりになると、それなりに病状が深刻になるというぐあいに、一階下がるごとに重くなってゆく。そして、二階に入院しているのはきわめて重症の患者ばかり、一階ともなると、一縷《いちる》の望みもなくなってしまう。

ほかに類のないこのシステムの利点は、病院側のサービスの大幅な効率化を図るだけではない。症状の軽い患者が、末期にある闘病仲間と同室になることで、いらぬ不安をあおられる心配もなく、それぞれの階に均質の空気をかもしだすことができた。

同時に、段階的な治療を徹底することも可能となる。

そのため、入院患者はカースト制度のように、画然とした七つのグレードに分けられていた。それぞれの階ごとに排他的な小さな世界が形成され、その階でしか意味を持たないような独自の決まりごとやしきたりが存在している。また、階ごとに担当医が異なっているため、多少ながらも、明らかな治療方針の相違が見られた。総院長が定めた統一基本方針が存在しているにもかかわらず。

看護婦が部屋から出てゆくと、熱も下がったように感じたジュゼッペ・コルテは、窓辺に立ち、外を見た。といっても、町の景色を眺めようと思ったわけではない。はじめて訪れた町の景色よりも、窓越しに下の階の患者のようすをうかがってみたかったのだ。

療養所の建物は大きな凹凸のある構造になっているため、別の階の窓を見ることができた。彼の視線はとりわけ、やたらと遠く感じられる一階の窓に集中した。しかし、斜めからちらりと見えるだけで、興味を惹《ひ》かれるようなことは何もない。大多数の窓には、灰色のブラインドがぴったりと下ろされていた。

コルテは、隣の部屋の窓からも、一人の男が外を見ていることに気づいた。互いの顔をしばらく見やるうちに、二人は親近感が湧いてきたが、なかなか会話を切り出せない。ようやくジュゼッペ・コルテが沈黙を破った。

「あなたも入院されたばかりなのですか？」

「いやとんでもない。もう二か月になります……」と男は答え、しばらく黙り込んでいたがほかに話題も見つからず、付け加えた。「下の階にいる弟を見ていたのです」

「弟さんを？」

「ええ」初対面のその男は説明した。「きわめて珍しいケースですが、私たちはいっしょに入院したのです。ところが、弟の病状だけがどんどん悪化し、いまではなんと四番目まで下がってしまった……」「四番目まで、といいますと？」

「四階ですよ」短いその言葉を発したときの男の声に、あまりに深い哀れみと恐怖心がこもっていたため、コルテは思わずぎくりとした。

「ですが、四階の患者さんたちは、そんなに悪いのですか？」彼は、おそるおそる訊《たず》ねてみた。

「いや、そうは言っても……」男はゆっくりと首をふる。「まったく希望がないわけではありませんが、予断は許されないといったところです」

「だとすると……」コルテは、自分とはかかわりのない悲劇について語るかのような気軽さを装いながら、重ねて質問した。「四階の患者からしてそれほど重症だとすると、一階に入院しているのは、どんな人たちなのです？」

「ああ、一階にいるのは、いまにも死にそうな患者ばかりですよ。もう医者でさえ手の施しようがない。司祭だけが忙しく立ち働いています。当然のことながら……」

「でも、一階にはほとんど人がいないようですよね」男が喋《しゃべ》り終わらないうちに、ジュゼッペ・コルテが口をはさんだ。まるで同意を待ち望むかのように。「一階は大半の窓が閉まっています」

「いまはほとんど人がいませんが、今朝がたは、かなりの人数がいましたね」初対面のその男は、かすかな笑みを浮かべて言った。「ブラインドが下りている部屋は、患者が亡くなったばかりだということです。ほかの階の窓はどこもブラインドが上がっているでしょう？　失礼」

男はおもむろに顔をひっこめながら言った。「そろそろ寒くなってきたようなので、ベッドに戻ります。どうかお大事になさってください」

窓ガラスがバタンと閉まり、男の姿は消え、部屋に明かりが灯《とも》った。コルテはといえば、あいかわらず窓辺で身じろぎもせずに、ブラインドの下ろされた一階の窓々を見つめている。その眼は異常なほど窓に執着し、死の宣告を受けた患者たちが入れられるという恐怖の一階にひそむ、陰鬱な光景を思い描こうとしていた。そして、そこから遠い場所にいる自分に胸を撫《な》でおろしていたのだ。町がだんだんと夕闇に包まれてゆく。

ひとつ、またひとつと、数多《あまた》ある病院の窓に明かりが灯りはじめた。遠くから見たら、にぎやかなパーティーが催されている館のようにも思えるだろう。奈落の深淵にある一階に数十と並ぶ窓だけが、明かりもなく暗澹《あんたん》としていた。

各種の検査結果を聴いて、ジュゼッペ・コルテは安堵《あんど》した。悪いほうに悪いほうに考える性分の彼は、内心、きびしい診断が下されるのではないかと腹をくくり、ひとつ下の階に移ってくれと言われても驚かない覚悟でいたのだ。事実、体調はまあまあよかったが、熱は一向に下がる気配がない。ところが意外にも医者の言葉は温かく、彼を元気づけるものだった。たしかに、初期の徴候は見られますが——医者は言った——ごく軽いものです。二週間か三週間もすれば完治するでしょう。

「ということは、私は七階にいていいのですね？」コルテは、勢いこんで訊ねた。

「当然ですよ！」医者は、彼の肩を親しげにぽんとたたきながら答えた。「どこに移るつもりでいたのですか？　まさか四階とか？」そして、そんなバカげた話はないとでもいうように、笑うのだった。

「いや、移らないに越したことはないのですが……」コルテは言った。「病気になると、ついつい悪いほうにばかり考えてしまいましてね」

こうしてジュゼッペ・コルテは、最初にあてがわれた部屋に留まることになった。たまに起きて出歩く許可がもらえる午後には、ほかの入院患者たちとも言葉を交わすようになった。医者の指示を几帳面に守り、できるだけ早く治るよう、治療に専念した。だがそんな努力にもかかわらず、病状は良くなる兆しをまったくみせなかった。

入院から約十日が過ぎようというころ、コルテの病室に七階の婦長がやってきた。内々に頼みたいことがあるというのだ。明日、二人の子どもと母親が入院することになっている。彼の部屋の隣が二部屋空いているのだが、あと一部屋足りない。悪いが別の部屋に移ってもらえないだろうか。もちろん、この部屋と同じように快適な部屋を用意する……。

当然のことながら、コルテは快諾した。彼にしてみれば、どの病室だろうが大差なかったのだ。あわよくば、いまよりももっと美人の看護婦に新しく担当してもらえるかもしれない……。

「心から御礼を言いますわ」婦長は軽くお辞儀をした。「じつは、コルテさんのような紳士的な方でしたら、きっと快く承諾していただけると思っていましたの。では、異存がなければ、一時間後に部屋替えにかからせていただきます。下の階に下りることになりますが……」彼女は最後のひと言を、ごく些細《ささい》なことであるかのように小さな声で言い足した。「残念ながら、いま七階にはほかに空いている部屋がないのです。あくまでも一時的な措置ですから」

コルテが、むくっとベッドから身を起こし、抗議するために口をひらこうとしたのを見て、婦長はあわてて弁明した。「あくまでも一時的な措置なのです。部屋が空きしだい……二日か、長くても三日ぐらいだと思いますが、すぐにまたこの階に戻っていただきますので」

「正直なところ……」コルテは、自分が駄々をこねる子どもではないことを示すため、笑みを浮かべて言った。「この手の部屋替えは、少しも好きになれませんね」

「ですが、今回の移動に医学的な根拠はいっさいないのです。おっしゃることはよくわかりますが、たんに子どもたちと離れた部屋では困るという女性への、親切にすぎないのです。お願いですから……」婦長は朗らかに笑いながら言った。「ほかに理由があるのかもしれないだなんて、疑わないでくださいね」

「そうかもしれません」とジュゼッペ・コルテは言った。「ですが、私にはどうも縁起が悪いように思えてならない……」

こうして、コルテは六階の病室に移った。自分が部屋を替えたのは、病気が悪化したからではないと頭では納得していたが、健康な人々が暮らす外の普通の世界と自分とのあいだに明らかな障壁が存在していると思うと、よい心地はしなかった。七階は、いわば船着き場のようなところであり、まだなんらかの形で人間社会との接点が感じられた。むしろ、普通の世界の延長線上にあると考えることができたのだ。だが六階ともなると、これはもう病院の本体に足を踏み入れたことを意味する。医師や看護婦たちの考え方だけでなく、患者たちの心の持ちようもいくらか違う。その階には、重症とはいえないものの、まぎれもない病人が収容されているのだと誰もが認めていた。

近くの病室の患者やスタッフ、医師たちと少し会話を交わしただけで、この階の人間が七階の患者をどう見ているか、コルテにも伝わってきた。七階なんてたんなるおふざけにすぎず、思い込みという病に冒されたアマチュアの患者が入るところであり、病院が本格的にはじまるのは六階から下だと考えていたのだ。

ともあれ、自分の病状にふさわしい場所であるはずの上の階に戻るのは、ひとすじ縄ではいかないことなのかもしれないと、コルテは思いはじめていた。七階に戻るためには、たとえごく些細なことを変更するにしても、複雑きわまる組織を動かさなければならない。彼自身が声をあげずにいたら、彼を上の階の「ほぼ健康」な患者グループに戻そうだなんて、誰も考えないだろうことは明らかだった。

そこでコルテは、自分の権利をぜったいに放棄するまいと心に誓った。惰性に流されてはいけない。同じ階の患者仲間には、自分がこの階で一緒に過ごすのはほんの数日間なのだと力説した。あとから入院してきた女性に病室を譲るという親切心から、自主的に下の階に移ることを決めたのであり、部屋が空きしだい、また上の階に戻るのだからと。しかし聞いている者たちは、半信半疑でうなずくばかり。

新しく担当になった医師の診断は、ジュゼッペ・コルテの確信を裏づけるものだった。彼もまた、病状からすれば、コルテは七階にいて然るべきだと認めてくれたのだ。コルテの病状は「う・た・が・い・の・よ・ち・な・く・か・る・い」ものだと、医師は一音節ずつ区切りながら強調した。だが六階に留まれば、よりよい治療を受けることができるだろうとも言った。

「そんな話はかんべんしてください」コルテは医師の話をさえぎり、きっぱりと言った。「七階こそが私のいるべき場所だと、いま先生もおっしゃったばかりじゃないですか。私は七階に戻りたいのです」

「誰も、戻るなとは言っていません」医者は反論した。「私はただ『い・しゃ』としてではなく、『し・ん・ゆ・う』として率直な意見を述べたまでです。先ほども言ったとおり、あなたの病状はごく軽い。病気ではないといっても過言ではないくらいです。ですが同じようなケースに比べて、病変が広範囲にわたっている点が気にかかります。つまり病気の程度はごく軽いものなのですが、その広がり方が顕著なのです。細胞の破壊プロセスが……」

コルテがそんな不吉な言葉を耳にするのは、療養所に入って以来のことだった。

「細胞の破壊プロセスが、きわめて初期の段階にあるのは確かで、まだ完全には始まっていないと言ってもいいぐらいなのですが、傾向として……、いいですか、傾向があると言っているだけですよ、全身の広い範囲を同時に蝕《むしば》んでいるようなのです。その点を考慮すると、この階で治療を続けたほうが、あなたにとっては有効だと思いますね。六階のほうが、より専門的な治療を集中して受けられますから」

そんなある日、総院長と医師団の長時間にわたる審議の結果、入院患者の分類方法を変更することになったという噂が、コルテの耳に入ってきた。要するに個々の患者のグレードが、〇・五ポイントずつ下げられるらしい。それぞれの階の患者たちが、症状に応じて二つのグループに分けられ（各階の担当医がじっさいのふるい分けにあたったが、いっさい部外秘とされた）、病状の芳しくないほうの半分が、みんなひとつ下の階に移されることになったのだ。

たとえば六階の入院患者のうち、病気がいくらか進行していると思われるほうの半分は、五階に移動することになる。その代わり、七階の患者のうち、比較的軽くないほうの半分が六階に移ってくる。そのニュースを聞いて、コルテは喜んだ。病院全体でそれほど大規模な移動がおこなわれるのなら、自分が七階に戻ることくらいたやすいだろうと思ったからだ。

そんな胸の内の期待を看護婦に打ち明けてみて、彼は愕然《がくぜん》とした。たしかに病室を移ることになるけれど、七階ではなく、下の階に行くと知らされたのだ。詳しい根拠は彼女にもわからないが、コルテは六階の入院患者のなかでも、「症状の重い」ほうの半分に振り分けられたらしく、五階に下がらなければならない。

最初はただただ驚くばかりのコルテだったが、やがて怒りがむらむらとこみあげてきた。みんなで寄ってたかって自分のことを騙《だま》そうとしている、またしても下の階に移るつもりはまったくない、こうなったら退院して家に帰ってやる、患者にだって権利というものがある、療養所の事務局は医師の診断をあからさまに無視すべきではない……などと、どなりだしたのだ。

医師がやってきて、叫ぶコルテをなだめようとした。そんなに興奮すると熱が上がる、おそらくどこかで行き違いがあったのだと医師は説明した。そして、コルテが七階にいてもおかしくない病状であることを改めて認めたうえで、きわめて個人的な見解ではあるが、彼のケースにはいくぶん異なった印象を抱いていると説明した。彼の場合、症状が広範囲にわたっていることを考慮するならば、第六グレードにあると診断するのも、ある意味正しいかもしれないというのだ。

そうはいっても、当の医師でさえ、なぜコルテが六階のなかでも症状が重いほうのグループに入れられたのか説明がつかないらしかった。もしかすると今朝、コルテの正確な医学的評価を訊ねるために電話をしてきた事務局のスタッフが、記入ミスを犯したのかもしれない。あるいは、医師の判断よりもいくぶん「悪い」評価を事務局のほうで意図的に書き入れたとも考えられる。彼は、ベテラン医師との誉《ほま》れが高かったが、診断が甘いことでも知られていた。

どちらにしても不安材料はまったくないから、あまり逆らわずに病室を移ったほうが得策だ、と医師はコルテを諭した。肝心なのは病気であり、病室はどこであろうとさほど問題でない。

それに、治療に関して言うならば――医師はさらに言い足した――、むしろ喜ぶべきだろう。下の階を担当しているのは、自分よりもさらに経験豊かな医師なのだ。少なくとも事務局側の判定からすれば、下の階に行けば行くほど担当医の腕が上がるというのが、当院の常識となっている。室内はここと同じように快適で上品だし、窓からは遠くの景色まで楽しむことができる。まあ、さすがに三階より下は、周囲の植え込みで眺めがさえぎられるが……。

ジュゼッペ・コルテは、夕方になって上がりはじめた熱のせいで、医師の事細かな釈明を聴いているうちに、だんだんと疲れてしまった。しまいにはその理不尽な部屋の変更に対し、抵抗を続ける気力も体力もなくなっている自分に気づいた。こうして、それ以上の抵抗はせずに、下の階に移されていった。

五階に移ったコルテの、些細ながらも唯一の慰めは、医師も看護婦も患者もみな、その階では彼の病状がいちばん軽いという見解で一致していたことだった。要するに五階にいるかぎり、自分は群を抜いて恵まれた人間だと思うことができた。だが、自分のいる場所と普通の人が暮らす外の世界とのあいだには、もはや二つもの障壁が介在する、そう考えると、陰鬱な気持ちになった。

春もうそこまで来ており、外の空気にもだんだんと温《ぬく》もりが感じられるようになったが、コルテは入院当初ほど、好んで窓から外を見なくなっていた。じつに馬鹿げた恐怖心だとわかっていたものの、あいかわらず大半はブラインドの下りている一階の窓をながめ、以前よりもだいぶ近くにあるのを見ると、異様に身体が震え、動揺するのだった。

いっぽうで、病状は少しも良くならなかった。それどころか、五階に移って三日ほどしたころから、右足に湿疹《しっしん》のようなものができて消えなくなった。たんなる皮膚の疾患で、本来の病気とはまったく無関係のものですよ。医師はそう説明した。この類《たぐい》の皮膚のトラブルでしたら、どんなに健康な人にだって起こりうる。ディガンマ線を照射する療法を集中的におこなえば、数日で完治するのですが……。

「この病院では、ディガンマ線療法は受けられないのですか？」コルテは訊いた。

「できますとも」医者の答えには誇りが感じられた。「当院にはあらゆる機器が揃っています。ただし、ひとつ面倒なことがありまして……」

「といいますと？」質問しながらも、コルテはなんだか嫌な予感がした。

「いや、面倒というほどでもないのですが……」医者は自分の言葉を訂正した。「じつは、ディガンマ線照射装置は四階にしかないのです。四階まで、日に三度も行ったり来たりするのは、おすすめできません」

「では、治療はしないのですか？」

「いや、そうではなく、湿疹が治まるまで四階の部屋に移っていただいたほうがよい、ということです」

「いいかげんにしてください！」コルテは憤慨して声を荒らげた。「これ以上、下の階への移動はごめんです！　私は、死んだって四階には移りませんから！」

「では好きになさってください」医者はコルテをあまり興奮させないよう一歩譲った。「ですが、主治医としましては、日に三回も下の階に通うことは許しません」

困ったことに、湿疹は治まるどころか、じわじわと拡がってゆく。コルテは痒《かゆ》くてたまらず、ベッドのなかで寝返りばかりうっていた。なんとか三日間は耐えたものの、とうとう我慢できなくなった。結局、下の階に移るからディガンマ線の治療を受けさせてほしいと、自分から主治医に頼んだのだ。

四階に下りてきたコルテは、口にこそ出さなかったものの、自分が例外的な存在であることを感じ、気分がよかった。ほかの患者たちは、見るからに病状がかなり深刻で、ベッドから起きあがることもできない人ばかり。それに対し、彼は病室からディガンマ線照射室まで、自分の足で歩いてゆく贅沢を享受することができる。そんな彼の姿を見て、看護婦までが驚き、口々に褒めちぎった。

新たに担当となった医師に、コルテは、自分がきわめて特殊な事情で四階に送られてきたことを繰り返し説明した。七階に入院して当然の患者が、たまたま四階に居合わせているだけなのだ。湿疹が治まりしだい、自分は上の階に戻るつもりでいる。いかなる口実であろうと、これ以上は受け入れられない。本来ならば、自分はまだ七階にいるのが道理なのだから……。

「おやおや、七階ですって！」ちょうどコルテを診察しおえた医師は、笑って言った。「まったく、あなたたち病人は、そろいもそろって大げさなんだ。たしかに、あなたの病状が満足できるものだという点は、私も請け合います。カルテを見るかぎり、急激に悪化したわけでもない。ですが、七階にいるのが妥当だというのとは、はっきり言わせてもらいますが、わけが違います！　あなたがさして憂慮すべき状態でないことは、私も認めます。それでも、病人であることには変わりないのです」

「それならば……」コルテは怒りで顔を真っ赤にして言った。「私は、何階にいるのが妥当だと先生はお考えですか？」

「それは非常に難しい質問ですな。まだ簡単な診察しかしていませんしね。きちんとした診断を下すには、少なくとも一週間は様子を見る必要があります」

「だとしても……」コルテは引き下がろうとしない。「だいたいの見当ぐらいはつくでしょう」

医師はコルテを落ち着かせようと、しばらく考えるふりをした。そして自分の見解に小さくうなずきながら、やんわりと言った。「そうですねえ。あなたをがっかりさせないために、六階ぐらいが妥当だとしておきましょうか！」そして自らを納得させるかのように、付け加えた。「……まあ、六階ならよしとしましょう」そう言ってやれば、患者は喜ぶと思ったのだ。

だが、ジュゼッペ・コルテの顔には狼狽《ろうばい》の色が浮かんだ。彼は、上階の医師たちに騙されていたことに気づいたのだ。新しく担当になったこの医師は、まちがいなくこれまでの医師よりも腕がよく、率直だった。それでも内心では、七階なんてとんでもない、五階がせいぜいだと思っていることは火を見るよりも明らかである。しかも、五階でも病状の悪いほうのグループだろう。そんな絶望を味わうことになるなんて予想だにしていなかったコルテは、完全に打ちひしがれ、その晩は熱がかなり上がった。

四階で過ごした日々は、ジュゼッペ・コルテの入院生活のなかでもっとも穏やかなものとなった。主治医はたいそう感じがよく、親切で、気配りも細かかった。病室に長いこととどまっては、コルテとさまざまな世間話をしてゆく。

コルテも、弁護士としての日常や、人生経験豊かな暮らしから話の種を探しては、喜んで自分のことを語った。彼は、いまだに自分は健康な人びとからなる社会の一員で、仕事と切っても切れない関係にあり、世の中の出来事に大いに関心があると思い込もうとしていたのだ。だが、すべては徒労だった。どんなに努力してみても、決まって、いつしか話題は病気のことになった。

快方に向かっている徴候が表れてほしいという願いが、強迫観念のようにコルテを苛《さいな》んだ。残念なことに、ディガンマ線療法は、湿疹のさらなる拡大を食いとめこそしたものの、消し去ることはできなかった。

彼は連日、自分の病気について、主治医と長いこと話した。そんなとき、けっして弱気を見せないようにしていた。むしろ、皮肉をまじえてユーモラスに語ろうと心掛けるのだが、うまくいったためしはない。

「ところで先生……」ある日のこと、コルテは主治医に言った。「私の体内の細胞破壊プロセスは、その後どんなぐあいでしょうかね？」

「なんでまた、そんなに恐ろしい言葉を使うのですか！」医者は、おどけた調子で叱ってみせた。「いったいどこで教わったのです？　そんな表現はふさわしくありません。とくに病人には似合いません。そんな言葉は二度と口にしないように」

「たしかにそうかもしれませんが……」コルテは反論に出た。「それでは、私の質問に対する答えになっていません」

「そうおっしゃるのでしたら、すぐにもお答えしましょう」医師は逆らわずに言った。

「あなたの言う細胞破壊プロセスは、いまのところ最小限度にとどまっています。きわめて軽度ではあるのですが、しつこいといったらいいのでしょうか……」

「『しつこい』とは、治らないということですか？」

「そんなことは言っていません。私はただ、しつこいと言っているのです。ですが、この病気にはこのようなケースが非常に多い。ごく軽い疾患でも、徹底的な治療を長期にわたっておこなう必要が生じる」

「でしたら、先生。私の病気が良くなるのはいつごろですか？」

「いつごろか、ですって？　この手のケースは、予測が非常に難しい。いいですか……」考えるように間をおいたのち、医師は続けた。「あなたは病気を治すことにばかり執着しているようですね。けっして怒らせるつもりはありませんが、ひとつ言わせていただいてもいいですか？」

「どうぞ、先生。おっしゃってください」

「では、はっきりと申しあげます。たとえごく軽い程度であるにしろ、もし私自身がこの病気にかかり、最高レベルを誇る当療養所に入院することになったとします。そうしたら、最初の日から——いいですか、最初の日からですよ——自ら進んで、できるだけ下の階に入れてもらえるように頼みます。具体的に言うならば……」

「一階ですか？」コルテは、とりつくろった笑みを浮かべながら口をはさんだ。

「いや、一階は遠慮しておきましょう」医師は、冗談めかして答えた。「一階ということはありませんが、まちがいなく三階か、あるいは二階ぐらいを希望しますね。下の階に行けば行くほど、治療のレベルが高くなるのです。嘘ではありません。高性能の医療機器が完備されているし、医師や看護婦の腕もあがる。当院の中心人物が誰かご存じですか？」

「たしか、ダーティ教授だと……」

「そのとおり、ダーティ教授です。彼こそ、当院で実施している治療法を生み出し、施設全体を考案した人物なのです。いいですか、その中核的な存在であるダーティ教授ご自身が、一階と二階を診ていらっしゃる。彼の指導力はそこから波及してゆくのですが、その効果は三階ぐらいまでしかうまく伝わっていない。四階から先となると、彼の指示も拡散してゆき、効果が薄れ、歪《ゆが》められてしまうのです。当院の心臓部は下の階にあり、下の階にいなければ、よりよい治療を受けることはできません」

「ということはつまり……」ジュゼッペ・コルテの声がうわずった。「先生のご意見にしたがうと、私は……」

「もうひとつ、考慮すべき点があります」医師は事もなげに続けた。

「あなたに関して言えば、湿疹の治療も考えなければいけない。病状そのものになんら影響がないことはたしかですが、かなりやっかいなものです。あまり長く放置しておくと、あなたの気分をめいらせてしまうことになりかねない。治癒に精神のバランスが大きく左右することはご存じのとおりです。私が施したディガンマ線の照射は、半分しか効果をもたらさなかった。なぜだと思いますか？　たまたま効かなかっただけかもしれませんが、ディガンマ線が弱すぎたとも考えられます。後者だとすると、三階に行けば、より高性能の照射装置が備わっていますから、あなたの湿疹が治る可能性は格段に高くなる。いいですか？　いったん症状が快方に向かい出せば、最大の難関は越えたことになります。良くなりはじめれば、ぶり返すことなんてあり得ませんよ。病状さえよくなれば、問題なくこの四階に戻ってくることができますし、さらにその上の階に行くことだって考えられる。『成績』しだいでは、五階や六階、あるいは七階に移ることだって夢ではありません……」

「そうすれば、病気は早く治ると先生はお考えなのですか？」

「まちがいなく、そう断言できますね。私があなたの立場だったらどうするかは、先ほどもお話ししたとおりです」

主治医は毎日のように、このような類の話をコルテにした。ある日、とうとう湿疹の辛《つら》さに耐えきれなくなった彼は、下の階に行くことに本能的な抵抗を感じていたにもかかわらず、医師の助言を受け入れ、病室を移ることにした。

三階に移ってほどなく、きわめて重篤な症例の患者ばかりを相手にしているはずなのに、その階では医師も看護婦もどことなく陽気であることに、コルテは気づいた。しかも、日を追うごとにますます陽気になってゆく。不思議に思った彼は、いくらか親しくなった看護婦に、なぜそれほど楽しそうなのか訊いてみた。

「あら、ご存じないのですか？」看護婦は答えた。「あと三日で、あたしたちは休暇に入るんです」

「休暇に入る、ですって？」

「ええ、十五日ほど。そのあいだ三階は閉鎖し、担当職員は全員、お休みさせていただだくんですよ。当院では、各階が交替で休暇を取ることになっています」

「そのあいだ、私たち患者は、どうしたらいいのですか?」

「それほど数も多くないので、二つの階の患者さんたちを、ひとつの階でまとめて担当させていただきます」

「ということは、三階と四階の患者をいっしょにするのですか?」

「いえ、そうではなくて……」看護婦は訂正した。「三階と二階の患者さんたちをいっしょにするのです。いまこの階にいる患者さん方には、ひとつ下の階に移っていただかなくてはなりません」

「二階に移るということですか?」死人のように青ざめた顔で、コルテが言った。

「つまり、私も二階に下りなければならないのですね?」

「当然です。なにか腑に落ちないことでもおありですか? 十五日たって、あたしたちが休暇から帰ったら、あなたにもこの部屋に戻っていただきますから、そんなに怯《おび》えなくても大丈夫ですよ」

それでも妙に嫌な予感がして、ジュゼッペ・コルテは烈《はげ》しい恐怖に襲われた。だからといって、病院のスタッフに休むなと言うわけにもいかないし、三階でのディガンマ線照射療法は、効果が出はじめているという確信があったので(湿疹はほぼ完全に消えつつあった)、今回の移動に対してあからさまに抵抗することはなかった。ただ、看護婦にからかわれるのもかまわず、新しく入ることになった病室のドアに、「三階の入院患者ジュゼッペ・コルテの臨時病室」というプレートを貼り付けるよう、つよく求めた。

そのような要望は、療養所創立以来はじめてのことだったが、医師たちは、些細な食い違いからでも深刻な精神的打撃を受けかねないコルテの過敏な性分を考慮し、目をつぶることにした。

要するに、十五日きっかり待てばいいことなのだ。ジュゼッペ・コルテは、早く時が過ぎてくれないかとばかり考えながら、日にちを数えた。そうして、身じろぎひとつしないまま何時間もベッドのうえに座り、部屋の調度品をじっと見つめていた。

二階の家具は、上階ほど明るくモダンなものではなく、より大きく、重苦しい雰囲気を醸しだしていた。ときに瀕死の病人がうめく声や、断末魔のあえぎのような声が下の階から洩れてくるような気がして、耳を澄ます。下の階には、死の宣告を受けた患者ばかりが収容されているのだ。

当然、どれをとっても落ち込むことだらけで、不安定な精神状態に病気の威力は増すようだった。熱もしばしば上がり、目に見えて身体が衰弱してゆく。窓の外を見ても——すでに夏の盛りで、窓ガラスはいつも開け放たれていた——家々の屋根や遠くの街並みが望めるわけもなく、ただ療養所を囲む緑の生垣が見えるだけだった。

　こうして七日が経過した日の午後二時ごろ、いきなり総婦長が三人の看護婦を連れて、病室に入ってきた。ストレッチャーを押している。

「お部屋を替わる準備はできましたか？」総婦長が、とりつくろった優しさで言った。

「部屋を替わるだって？」かすれた声でコルテは訊き返した。「ふざけるのもいいかげんにしてください。三階の医師たちが戻ってくるまで、あと七日もあるのに」

「三階……？」総婦長は、三階という言葉が理解できないかのような顔をしている。

「私は、コルテさんのことを一階にお連れするようにと言われたのです。ここにも書いてありますでしょ？」そう言いながら、印刷された下の階への移転指示の書類をひらいて見せた。ほかでもない、ダーティ教授じきじきのサインがある。

　それを見るなり、ジュゼッペ・コルテの凄《すさ》まじい怒りと恐怖が、長い絶叫となって爆発し、二階じゅうに響きわたった。

「お静かに。お願いですから静かにしてください」看護婦たちが必死になってコルテをなだめる。「苦しんでいらっしゃる患者さんもいるのですよ！」だが、それくらいでは彼を落ち着かせることはできなかった。

そのとき、ようやく騒ぎに気づいた二階の医局長がやってきた。たいへん親切で、物腰の柔らかな人物だ。彼は看護婦たちの話を聴き、書類を調べ、コルテの言い分にも耳を傾けた。そのうえで総婦長に向きなおり、怒り出した。これは何かの手違いだ。自分はそのような指示はいっさい出していない。ここのところの混乱は目にあまるもので、自分の知らないところですべて勝手に決められてしまう……。さんざん総婦長に憤懣《ふんまん》をぶちまけたあげく、ていねいな口調でコルテに話しかけ、手違いを深く詫《わ》びるのだった。

「ですが、間の悪いことに……」局長は言い足した。「ダーティ教授は一時間ほど前に臨時休暇に出られたばかりで、病院に戻られるのは二日後になります。たいへん申しわけありませんが、教授の指示に許可なく背くことはできません。教授ご自身もさぞ遺憾に思われるだろうことは、この私が請け合います。このような手違いが生じるだなんて！　なぜこんなことになったのか、見当もつかない……」

ジュゼッペ・コルテの身体は、哀れなほどにがくがくと震えていた。もはや彼は、まるで幼子のように恐怖に囚《とら》われ、完全に自制の利かない状態だった。病室には、打ちひしがれた彼のすすり泣きが鈍重にこだました。

　こうして、忌まわしい手違いのため、彼はとうとう終着駅まで来てしまった。病状からすれば、もっともきびしい医師の診断でも、七階とまではいかなくともせめて六階にいる権利はあるはずの彼が、棺桶に片足を突っ込んだ病人ばかりがいる階に入れられたのだ！　自分がおかれた状況があまりにも奇怪《きっかい》だったため、コルテは周囲の目などかえりみず、高笑いしたい気持ちにかられた。

　彼はベッドに身を投げ、暑い夏の午後が広大な町の上をのろのろと通りすぎてゆくあいだ、窓越しに緑の木々を見つめていた。非現実の世界に迷いこんでしまった気がする。殺菌されたタイルの埋め込まれた不条理な壁と、死へと続く冷たい廊下、そして魂の抜けた白い人の影でできた架空の世界……。窓の外に見える木々までが、偽物のように思えてくるのだった。ぴくりともそよがない葉を眺めているうちに、やがてそれは確信となっていった。

　形容しがたい焦燥感に駆られたコルテは、ブザーを鳴らして看護婦を呼び、ふだんベッドでは使わない近眼用の眼鏡を持ってこさせた。眼鏡をかけると、ようやくいくらか安堵した。レンズのおかげで、どれも本物の木であり、ごくかすかではあるが、ときおり葉も風に揺れていることが見てとれたからだ。

　看護婦が出てゆくと、彼は十五分ほど黙りこくっていた。たとえ事務的な手違いからにしろ、六つもの階が、六つものおぞましい障壁の重みが、コルテの頭上に容赦なくのしかかっている。この奈落の深淵から這《は》いあがるには、いったい何年——まさしく年単位で考える必要があった——いったい何年かかることだろう。

それにしても、病室が不意に暗くなったのはなぜだろう。まだほんの昼下がりだというのに……。

奇妙な脱力感のせいで全身が麻痺したように感じていたジュゼッペ・コルテは、力をふりしぼって、ベッド脇の小テーブルに置かれた時計を見る。三時半。反対側に目をやった。すると、窓のブラインドが、まるで不可思議な力に操られるように、ゆっくりとさがりはじめ、光を閉ざしつつあるのが見えた。

6

聖人たち

I Santi

聖人たちはみな、海岸沿いに、ひとり一軒の小さな家をあてがわれている。どの家にもバルコニーがあり、大海原が望めるようになっていた。その大海原こそが、神なのだ。夏の暑い日、聖人たちは涼を求めて冷たい海水に浸かる。その海水こそが、神なのだ。

新しい聖人がやってくるという知らせがあるとすぐに、家々の列の端にもう一軒、小さな家が建てられる。こうして、海岸線には聖人たちの家が長い列をなしていた。むろん、スペースが足りないなんてことはない。

聖人に列せられてやってきた聖ガンチッロにも、ほかと同じような小さな家があてがわれた。家具もそろっているし、寝具や食器、良書など、すべてが整っている。壁には趣味のよい蠅《はえ》よけまで掛かっていた。そのあたりは蠅が多かったが、けっしてしつこい蠅ではなかった。

聖人といっても、ガンチッロは、世間を驚かせるようなことをしたわけではない。農夫として慎ましい一生を終えたが、死後になってようやく、よく考えてみれば彼のまわりには恩恵が満ちあふれ、少なくとも三、四メートル四方が明るく照らされていたことに気づいた者がいた。そこで司祭長が、正直なところ半信半疑ではあったものの、聖人に加えてもらえるように手続きをしたのだった。それから、二百年ばかりが過ぎた。

そのあいだにも、教会という深い懐のなかで、一歩一歩、じつにゆっくりと、手続きは進んでいった。司教や法王が順に死に、次つぎと代替わりしたが、ガンチッロの書類は自動的に部署から部署へと受け継がれ、だんだんと上にあがった。すでに色褪《あ》せたその書類には、不思議なことにわずかながらの恩恵がくっついていたらしく、どのような聖職者であろうと、書類を手にすれば気づく。手続きが途中でうやむやにならなかったのは、そのためである。

とうとうある朝、聖ピエトロ寺院に、黄金の光輪を放つ農夫の聖画像が高々と掲げられ、その下で法王がじきじきに栄光の賛歌を捧げ、ガンチッロを聖人の列に加えた。

ガンチッロの生地では、祝賀祭が盛大に催された。郷土史研究家は、ガンチッロが生まれ育ち、生涯を閉じた家を突き止めたと主張した。その家は、田舎の美術館のようなものに改装された。だが、彼のことを憶えている者など誰ひとりいなかったし、親類縁者ももう生きていなかったので、新しい聖人の人気は数日しか続かなかった。はるか昔からその村では、マルコリーノという名の、別の聖人が守護者として崇《あが》められてきた。奇蹟の噂がひろまり、マルコリーノの聖像に口づけしようと、遠くの村からも巡礼者が訪れる。

そんな聖マルコリーノの荘厳な礼拝堂には、奉納品や蠟燭《ろうそく》がところ狭しと飾られているのだが、その隣にガンチッロの祭壇が新しく造られた。だが、誰がそんな祭壇に目を向けるだろうか。その前にひざまずき、祈りを捧げる者など誰もいなかった。死後二百年も経《た》ったいまとなっては、すっかり影の薄れた存在であり、人びとに感銘を与えるようなことは何ひとつなかった。

いずれにしても、このような栄誉を手にすることなど想像もしていなかったガンチッロは、あてがわれた家に落ち着いた。そして陽の当たるバルコニーに座り、至福を感じながら、大海原の、穏やかな、それでいて力強い息づかいを眺めていた。

ところが翌日、朝早く目を覚ましたガンチッロは、自転車にまたがってやってきた制服姿の男が、近くの家に大きな包みを届けにゆくのを見た。かと思うと、今度はその隣の家に別の包みを届ける。そんなふうにして、すべての家をまわり、やがてその姿は見えなくなった。だが、彼のもとには何も届けられない。

そんなことが、翌日も、またその翌日も続いたので、奇妙に思ったガンチッロは、そばまで来るよう男に合図し、訊《たず》ねてみた。

「ねえ、ちょっと。毎朝、仲間たちに何を配達してるのかい？　私には何も届けてくれないが……」

「郵便物ですよ」男は、帽子をとってていねいに挨拶しながら答えた。「私は、郵便を配達しているのです」

「どんな郵便なのかな？　誰から送られてくるんだい？」

ガンチッロが重ねて質問すると、郵便配達人は笑みを浮かべ、向こうの世界に住む人びとを指差すような仕草をした。彼岸で暮らす、かつての世界の人間たちを。

「嘆願書なのか？」聖ガンチッロは、ようやく状況が呑みこめたらしい。

「嘆願書……まあ、そうですね。あらゆる種類の願いごとや頼みごとです」配達人は、まるでそれが取るに足らない問題であるかのように、無関心を装って答えた。新米の聖人を傷つけたくなかったからだ。

「毎日たくさん届くのかい？」

郵便配達人は、どちらかというといまは閑散期にあたり、繁忙期になると軽くこの十倍や二十倍は届くのだと言いたかった。しかしそんなふうに言ったら、ガンチッロがきっとショックを受けるだろうと思い、「まあ、その日によっていろいろですけどね」と言うにとどめておいた。それから、なんとか口実を見つけて、その場から立ち去った。

要するに、聖ガンチッロに頼みごとをするような人間は、一人もいなかったわけだ。まるでそんな聖人など存在しないかのように。手紙もなければ、カードもない。葉書一枚すら届けられることはなかった。

彼は、毎朝手紙の束が同僚たちに届けられるのを見て、けっして嫉妬《しっと》を感じていたわけではない。聖人である以上、そのような見苦しい感情は持ちえなかった。だが、ほかの聖人たちが数多くの仕事をこなしているかたわらで、自分だけが何もせずにぼーっとしているような自責の念をおぼえ、落ち込んでしまった。言い換えれば「聖人のパン」をただ食いしているような気がしたわけである（それは特別なパンで、普通に天国に召された者が口にするパンよりもちょっとばかりおいしいものだった）。

そんなふうに考えあぐねていたガンチッロは、ある日、近所の家のすぐそばまで行き、中の様子をうかがってみた。なにやら、カシャカシャと耳慣れない音が聞こえてくる。

「どうぞ、遠慮なく中に入ってくれよ。なに、そこのソファーはなかなか座り心地がいいもんだよ。悪いけど、この仕事だけ終わらせてしまうから、ちょっと待っててくれないかな」同僚は愛想よく言うと、隣の部屋に行ってしまった。そして、舌を巻くほどのスピードで、十数通の手紙と、職務上の指示を速記者に書きとらせた。書くそばから、秘書がてぎわよくタイプで打ってゆく。それがすむと、彼はガンチッロの待つ部屋に戻ってきた。

「まったくねえ、こう郵便物ばかり届くと、きちんと整理しておかないとたいへんなことになるよ。向こうの部屋にある、新しい電子カードシステムを見せてあげよう。パンチカードを差しこむようになってるんだ」

とにもかくにも、じつに親切な同僚だった。

もちろん、ガンチッロにパンチカードなど必要ない。自宅に戻った彼は、ずいぶんめいっていた。彼は考えた。――まったく、誰も私のことを必要としていないなんて、そんなことがあっていいのだろうか。もちろん、私だって人の役にぐらい立ってるさ。そうだ。ちょっとした奇蹟を起こして、みんなの注目を集めてみるというのはどうだろう――。

思い立ったが吉日《きちじつ》とばかり、彼はさっそく、生地の教会に飾られている自分の肖像画の瞳を動かすという名案を、実行することにした。聖ガンチッロの祭壇の前には、ふだんは誰もいないのだが、たまたまそのときにかぎって村いちばんの愚か者、メーモ・タンチャが通りかかった。そして肖像画の瞳がくるくるとまわるのを見て、大声で「奇蹟だ！」と叫んだ。

とたんに、二、三人の聖人が稲妻のようなスピードで――それは聖人という社会的地位にある者にのみ許された早業だ――ガンチッロのもとにやってきた。そして、ごく温和な口調で、そのような行動は慎んだほうがよいことをわからせたのだ。けっして悪いことではないが、その手の奇蹟は、どことなく軽薄な印象を与えるため、上層部《ゴッド》があまり好まないらしい。

彼らの口調には悪意などこれっぽっちも感じられなかった。だが、新米であるガンチッロが、いとも簡単に即興で奇蹟を起こしてのけたので、きっとたまげてしまったのだろう。彼らにとって、奇蹟を起こすことは地獄の苦しみだったのだから。

もちろん、聖ガンチッロは忠告に従い、瞳を動かすことをやめた。下界の村では、愚か者の叫び声を聞いた人びとが肖像画を長いこと観察していたが、いつもと違う様子はいっさい認められない。そのため、みんながっかりして散ってゆき、メーモ・タンチャはすんでのところで袋叩きに遭いかけた。

仕方なくガンチッロは、より小さな、それでいて詩的な奇蹟を起こして、人びとの関心を自分に向けようとした。そこで、古びた自分の墓碑に美しいバラの花を咲かせた。ガンチッロの墓は、聖人の列に加えられたときいったん修復されたものの、ふたたび荒れるがままになっていた。

しかしどうやら、ガンチッロはみなに理解してもらえぬ運命にあるらしい。墓石から草が生えてきたのを見た墓地の主任司祭が、急いで墓掘り職人のところへ行き、襟首をつかみあげながら言った。

「聖ガンチッロの墓ぐらい、きちんと手入れをしたらどうなんだ！　恥ずかしいと思わんのか、この怠け者め！　いま脇を通りかかったのだが、雑草だらけだったぞ」

墓掘り職人は、大慌てでバラの花をむしり取ってしまった。

それならば無難にいこうと、ガンチッロは奇蹟のなかでも、もっとも伝統的なものを選ぶことにした。そして、祭壇の前を通りかかった最初の盲人に、即座に視力をよみがえらせた。

だが、このときも思惑どおりには運ばなかった。すばらしいその奇蹟がガンチッロの手によるものだとは誰も考えず、すぐ隣に祭壇のあった聖マルコリーノの加護によるものだと思ったのだ。それればかりか、熱狂した村人たちは重さ二百キロあまりあるマルコリーノの聖像を担ぎあげ、鐘を鳴らしながら、村じゅうを練り歩いた。そのため、聖ガンチッロの祭壇は、いつにも増して忘れ去られ、誰ひとり寄りつく者はいなかった。

ここに至り、ガンチッロは独りごちた。どうやら、あきらめたほうがよさそうだ。私のことなど誰も思い出してくれやしない。彼はバルコニーに座り、大海原を眺めていた。それはまた、たいへん心の安らぐ光景でもあった。

こうして、ガンチッロがぼーっと波に見とれていると、コッ、コッと扉をノックする音が聞こえた。開けにいくと、なんとマルコリーノ本人ではないか。言い訳をしたくてやってきたらしい。

マルコリーノは堂々たる巨躯《きょく》の持ち主で、エネルギッシュで陽気な聖人だ。

「まったく、しょうがない話だよ。そうだろ、ガンチッロ。私のせいでもないし……。とはいえ、おまえさんに誤解されても困ると思って来てみたってわけさ」

「誤解するわけがないだろう」マルコリーノがわざわざ訪ねてきてくれたことで気持ちが軽くなったガンチッロは、笑みを浮かべて言った。

「まったく……」マルコリーノは話を続けた。

「私はこんながさつ者だというのに、朝から晩まで人びとに追いまわされている。おまえさんは私よりもずっと聖人君子だが、誰にも相手にされない。なあ、兄弟よ。こんなひどい人間界を相手にするには、辛抱というものが必要なんだ」そして、ガンチッロの肩を親しげに叩くのだった。

「どうだい、あがっていかないか？　もうすぐ日が暮れて寒くなる。火をおこすから、夕飯を食べていったらいい」

「そいつは喜んで。いや、じつにありがたい」マルコリーノは答えた。

こうして二人は中に入り、薪《まき》を割り、火をおこそうとした。だが薪が水分を含んでいたので、なかなか火がつかない。二人して懸命に息を吹きかけると、ようやく威勢のいい炎があがった。ガンチッロはスープを煮込むため、水をたっぷり入れた鍋を火にかけた。

お湯が沸くのを待つあいだ、二人は腰掛けに座り、膝がしらを暖めながら、仲むつまじくおしゃべりをはじめた。煙突から細長い煙がたなびく。

その煙もまた、神なのだった。

7
グランドホテルの廊下

Il corridoio del grande albergo

夜もかなり更けてからホテルの自室にもどった私は、服をなかば脱ぎおえたところで、トイレに行きたくなった。

私の部屋は、果てしなくつづく薄暗い廊下の、ほぼ突き当たりにある。およそ二十メートル間隔に点《とも》っている薄紫色の常夜灯が、赤い絨毯《じゅうたん》のうえに光のすじを投げているだけだった。ちょうど真ん中の電灯のあたりに階段があり、向かい側のガラスの二枚扉がトイレだ。

ガウンを羽織《はお》ると、誰もいない廊下に出た。ところがもう少しでトイレというところで、やはりガウン姿の男と鉢合わせになった。

薄暗がりからぬっと現れたその男は、廊下の反対側から歩いてきたらしい。背が高く、体格もがっしりとしており、エドワード七世のような丸っこい鬚《ひげ》を生やしていた。彼も同じ場所に向かっているのだろうか。ありがちなことだが、私たち二人は一瞬たじろいだ。あやうくぶつかりそうになったのだ。どういうわけか私は、彼が見ている前でトイレへ入ることに気おくれを感じ、ほかの場所に行くふりをして、そのまま通りすぎてしまった。彼も同じことをした。

ところが数歩も行かないうちに、私は愚かなことをしたものだと気づいた。トイレを素通りしたのはいいものの、行き場を失ってしまったのだ。

できることはふたつにひとつ。廊下の突き当たりまで行き、そのあいだに鬚の男がいなくなっていることを祈りながら、あともどりをする。だが、先方がどこかの部屋に入り、廊下を空けてくれるとは限らなかった。もしかすると彼もトイレに入るつもりだったのだが、私と鉢合わせになったため、入りそびれたのかもしれない。ちょうど私がそうであったように。そしていま、私とまったく同じ窮地に立たされているのかもしれなかった。

だとすると、引き返したりすれば、もういちど彼と鉢合わせになる危険があった。そんなことになったら、恥の上塗りだ。

もうひとつ、たくさん並んでいる部屋のドアは、どれも廊下の壁よりだいぶ奥まっているから、なるべく暗そうなところを選んで、そのスペースに隠れるという手がある。そこから廊下のようすをこっそりうかがい、誰もいなくなったと確信できるまで隠れていればいい。

私は、状況をしっかりと見きわめもせずに、あとの手をつかうことにした。

その狭いスペース（九〇号室のドアの前だった）に、まるで泥棒のようにへばりついているうち、ようやく私はいろいろな可能性に思いが至りはじめた。なによりも、この部屋に宿泊している人がいるとして、その人が部屋にもどってきたり、あるいは部屋から出てきたりしたら、自分の部屋のドアの前で身を潜めている私を見て、いったいなんと言うだろう。

いや、さらに気まずいことに、いま私が隠れているのが、あの鬚の男の部屋だという可能性も否定できない。彼が引き返してきたら、容赦なく私のことを問いつめるだろう。たとえ相手が猜疑心《さいぎしん》の強い性分でなかったとしても、私のきわめて奇妙な行動には疑いを抱《いだ》くに決まっている。とにかく、そうして隠れつづけているのは軽率に思われた。

私はおそるおそる壁のくぼみから顔を出し、廊下のようすをうかがった。こちらの端から向こうの端まで、まったく誰もいなかった。物音もしなければ、足音もしない。話し声も、ドアがギイとひらく音も聞こえてこなかった。よし、いまがチャンスだ。私は隠れていた場所を出て、大股で自分の部屋へ向かった。途中でトイレに寄ってから、部屋にもどればいい。

ところが、ちょうどその瞬間、鬚の男も廊下の反対側の奥のドアの陰――ひょっとすると私の部屋かもしれない――から姿をあらわし、紛れもなくこちらに向かって歩いてきた。私と同じように考えたうえでの行動であることは、間違いなかった。気づいたときにはすでに遅く、ふたたび身を隠すことは不可能だった。

先ほどよりもさらに気まずいことに、私たちはトイレの前で二度目の鉢合わせとなり、やはり相手に見られることに気おくれを感じて、二人とも中に入ろうとしなかった。まさに愚の骨頂だ。

こうして、他人の目を気にする自分を心のなかで呪《のろ》いながら、私はげっそりと疲れはてて自分の部屋へもどった。自室まで行くと、ドアを開ける前に私はふりむいた。すると廊下の反対側の薄暗がりで、鬚の男が私と完全にシンメトリックな動きで部屋に入ろうとし、こちらの動きを見ようとふりむいた。

まったく癪《しゃく》にさわる話だ。だが、すべて自分が悪いのかもしれない。新聞を読もうとしたが、少しも集中できないまま三十分ばかりやりすごした。それから、慎重に部屋のドアを開けた。ホテルは、使われていない兵舎のように、ひっそりと静まりかえっている。廊下には人っ子ひとりいない。よかった！　私は一刻も早く例の場所に行きたくて、小走りで廊下に出た。

ところが、廊下の反対側の奥から、まるでテレパシーで結ばれているとしか思えないタイミングで、例の鬚の男が部屋から出てきた。そして、びっくりするようなすばやさでトイレに向かった。

こうして、すりガラスの扉の前で、私たちは三度鉢合《みたび》わせとなった。そして、三度体裁をとりつくろい、三度トイレを素通りした。

じつに滑稽な状況だった。会釈でも、微笑みでも、何気ない仕草ひとつで緊張がほぐれ、すべてを笑い話にしてしまうこともできたろう。しかし私も、そしておそらく彼も、それを笑う気にはなれなかった。それどころか、烈《はげ》しい怒りがこみあげた。悪夢でも見ているかのように、あるいは私たち二人を憎むものが、極秘で陰謀を企んでいるかのように感じられたのだ。

最初のときと同じように、私は適当なドアの前のスペースに身を隠し、状況が変わるのを待った。

立場がこれ以上悪くなるのを避けるには、まちがいなく廊下の反対側で私と同じように身を潜めている鬚の男が、さきに隠れ処から出てくるまで、じっと待つべきだった。そして、彼が廊下のこちらのほうまで歩いてくるのをぎりぎりまで待ってから、私も歩きはじめればいいのだ。そうすれば、トイレの前ではなく、もっとこちら側で彼とすれ違うことができる。そのあとでなら、誰に見られる心配もなく、自由にふるまうことができるというものだ。

もし彼が、私とすれ違うよりも早くトイレに入ることにしたならば、それはそれでけっこう。用さえすませば、彼は自分の部屋にもどり、朝まで部屋から出てくることはないだろう。

壁の陰から片目だけのぞかせながら（だいぶ距離があったので、先方も同じことをしているかどうか確かめることはできなかった）、私はかなり長いこと待った。やがて立っているのにも疲れたので膝をついて座ったが、片ときも見張りを怠ることはなかった。

ところが、いつまでたっても男が出てくる気配はない。それでも、彼が廊下の向こう側で、私とまったく同じ体勢で隠れていることは間違いない。

やがて、二時半の時が打つのを聞いた。三時、三時十五分、三時半……。私はとうとう耐えられずに、眠りこんでしまったらしい。

ふと、身体のふしぶしが痛くて目を覚ました。朝の六時。一瞬、頭のなかが真っ白だった。いったい何ごとだ？　なぜ自分はこんなところに寝転がっているのか？

そのとき、私と同じように、ガウン姿の人びとが大勢、各部屋の前のくぼみに身を隠し、眠っているのが見えた。

立て膝のまま眠る者、床に座りこんで眠る者、ラバのように立ったまま居眠りしている者……。皆がみな、まるで夜を徹して戦ったあとのように疲れはて、青ざめた顔をしていた。

8

神を見た犬

Il cane che ha visto Dio

1

ティスの村でパン屋を営んでいる裕福な老人がいた。名前はスピリト。彼は、甥《おい》のデフェンデンテ・サポーリに財産を遺すにあたり、たんなる意地悪心から、条件をひとつ付けた。五年のあいだ、毎朝おおやけの場で、五十キロ分の焼きたてのパンを貧しい人びとに配らなければいけない——。不信心者の多い村のなかでも、とりわけ神を信じず、ふた言めには冒瀆《ぼうとく》の言葉を口にする図体ばかり大きな甥が、村人たちの見守るなかでいわゆる善行に勤《いそ》しむ姿を想像して、死を目前にした伯父のスピリトは、さぞや腹を抱えたことだろう。

唯一の遺産相続人であるデフェンデンテは、子どものころから伯父のパン屋で働いてきたこともあり、自分には老人の財産をすべて相続する権利があると信じて疑わなかった。それで、こんな条件が付けられていると知ったとき、彼は激怒した。

だが、果たしてどうしたものか。神の恵みとしか思えない、店をはじめとする莫大な財産をみすみす捨てろというのか？　さんざん悪態を吐《つ》いたあげく、デフェンデンテはしぶしぶ遺言に従うことにした。おおやけの場とはいいながら、できるだけ目立たない場所を選んだ。店の裏手にある、小さな中庭の片隅だ。以来そこでは、毎日早朝になると、決められた重さのパンを量り（遺言状に書かれていたとおりの目方）、大きな籠《かご》に盛り、山のように群がる貪欲《どんよく》な貧しい人びとにひとつずつ配るデフェンデンテの姿を見ることができた。亡き伯父を罵《ののし》り、恩をないがしろにした悪口をたたきながら。毎日、五十キロのパンだなんて！　彼にはそれが、道義に背く歪《ゆが》んだ行いに思えてならなかった。

遺言執行者であるスティッフォロ公証人といえども、朝があまりに早いため、一連の光景を見に出かけることはめったになかった。とはいえ、見張りなどあってもなくても同じことだ。約束が忠実に守られているかどうかは、パンをもらう人たち自身がじゅうぶん監視できたのだから。にもかかわらず、ほんの一部ではあるものの、損を取り返す方法をデフェンデンテは思いついた。

五十キロのパンが山と盛られた籠は、建物の壁に接するように置かれていた。デフェンデンテは、内緒で籠の底のほうに細工して小さな扉をつくり、閉めておきさえすれば誰にもわからないようにした。彼は率先してパンを配りはじめるのだが、しばらくすると妻と見習いの職人にあとを任せて、どこかへ行ってしまうようになった。

パン焼き窯と店のようすを見てくるというのが口実だったが、じつのところ急いで地下室にもぐりこみ、椅子によじのぼると、中庭の地面よりもやや高い位置にある、天窓の格子をそっと外す。いうまでもなく窓の向こう側には籠が置かれている。そこで籠に細工しておいた扉を開け、底のほうからできるだけたくさんのパンを抜き取る。もちろん、籠に盛られたパンはぐんぐんと減ってゆく。だが、パンをもらいに来る者たちは気づきようもなかった。次から次へと、ものすごい勢いでパンが手渡されてゆくのだから、たちまち籠が空っぽになるのも当然だった。

はじめのうち、デフェンデンテの友達が何人か、わざわざ朝早くに目覚ましをかけ、彼の新しい仕事を冷やかしに来た。中庭の門のところにたむろし、彼の仕事ぶりを観察しながらからかうのだった。「さぞや、神のご加護があることだろうよ！」彼らは口々に言った。「そうやって天国に召される準備でもしているのかい？　まったく、たいした博愛家だね！」

「スピリトのじじいめ！　地獄へ堕ちやがれ！」デフェンデンテは文句を言いながら、押しよせる大勢の人びとの真ん中にパンを投げた。みな、先を争うようにパンに飛びつく。デフェンデンテは、そんな哀れな連中と亡き伯父、双方の裏をかくことのできる飛びきりのアイデアに、胸の内でほくそ笑んだ。

2

その年の夏、ティスの村では神の影があまりに薄いと知り、年老いた隠修士のシルヴェストロが近くにやってきた。村から十キロほどのところに、ぽつんとひとつ丘があり、そこに廃墟となった古い礼拝堂が建っている。礼拝堂というよりも、どちらかというと、石がただ積まれているだけの場所だ。シルヴェストロはそこを住処《すみか》とした。近くの泉で水を汲《く》み、崩れかかった円天井でかろうじて覆われている一角を寝床とし、草やイナゴマメを食べ、昼間はたいてい大きな岩にのぼり、頂にひざまずき、神を慕って瞑想するのだった。

その高みから、隠修士はティスの家々や、フォッサ、アンドロン、リメーナといった近隣の集落の屋根を見わたすことができた。そうやってむなしく村人が訪ねてくるのを待っていたが、罪人《つみびと》たちの魂を救うために熱く祈る彼の声だけが、天へと昇《あが》ってゆくばかり。それでも、シルヴェストロは神を崇めつづけ、断食の行を積み、寂しくなると鳥とおしゃべりをしていた。訪ねてくる者は誰ひとりいない。ある日の夕刻、遠くからようすをうかがう二人の子どもの姿を見かけたことがあった。シルヴェストロがやさしく声をかけると、二人は逃げてしまった。

3

近隣の農民たちは、廃墟となった礼拝堂のあたりが、夜になると不思議な光に包まれるのを目にするようになった。山火事にしてはあまりにほの白く、あでやかに瞬《またた》いている。

ある晩、煉瓦工場を営むフリジメリカが、たまりかねて見にゆくことにした。ところが半分ほど行ったところで、バイクがエンストを起こしてしまう。かといって残りの道のりを歩いてゆく気にもなれない。村に引き返してきたフリジメリカは、隠修士が住む丘から光の輪が洩《も》れているのだと語った。炎でもなく、ランプの灯りでもない。それを聞いた村人たちは、神の光であることを容易に悟った。

ときには、ティスの村から光が見える夜もあった。だが、隠修士が移り住んだという噂も、そのいっぷう変わった暮らしぶりも、さらには夜の光も、村人たちの平素からの無関心に埋没してしまった。

村人は、たとえかすかであっても宗教臭いものに対しては、いつもそのような態度をとる。例の光が話題にのぼっても、ずっと昔からわかりきっていることのように話すだけで、誰もその理由をつきとめようとはしない。そして「隠修士のところから明かりが洩れている」というフレーズが、「今夜は雨だ」とか「今夜は風が吹く」といったのと同じように、ごく自然に用いられるようになった。

このような無関心が、村人たちの飾らない心そのものであることは、シルヴェストロが完全に孤独のまま放っておかれたことからも明らかだった。彼らにとって、隠修士のもとに祈りに行くなどという行為は、滑稽の極みでしかなかった。

4

ある朝、デフェンデンテ・サポーリが貧しい人びとにパンを配っていると、一匹の犬が中庭に入ってきた。見るからに野良《のら》といった風貌で、毛並みのこわそうな大型犬だが、顔つきは穏やかだった。

順番を待つ人びとのあいだにするりと潜りこみ、籠のところまで行くと、パンをひとつ口にくわえ、悠然と歩き去ってゆく。そのふるまいは、泥棒というよりもむしろ、正当な自分の分け前を取りに来たという感じだった。

「おい、フィード、こっちに来い。しょうもない犬め！」デフェンデンテは当てずっぽうの名前を呼びながら、犬を追いかけた。「ここにいるろくでもない連中だけだって手に負えないのに、犬の面倒までみろっていうのかよ！」だが肝心の犬は、すでに手の届かないところに行ってしまっていた。

翌日も、同様の光景が繰り返された。同じ犬がまったく同じことをしたのだ。この日、デフェンデンテは通りまで犬を追いかけ、石をいくつか投げつけたものの、一個も当たらなかった。

驚くべきことに、犬はそれから毎朝欠かさず、パンを失敬しにくるようになった。好機をうまく見計らう犬の知恵といったら、みごととしか言いようがない。あまりに絶妙なタイミングで、すべてをゆったりとやってのける余裕すらあった。それだけでなく、犬めがけて物を投げつけても、ひとつとして命中しない。そのたびに、パンを求めて群がっている人びとのあいだから、これ見よがしの笑い声がいっせいに沸きおこり、パン屋を激怒させた。

怒り心頭に発したデフェンデンテは、翌朝、中庭の入り口付近の植え込みに身を隠し、棍棒を持って待ち伏せることにした。だが、それも徒労だった。犬は群がるたくさんの人びとにうまく紛れ、誰からも咎《とが》められることなく中に入り、そして出ていった。みな、パン屋を愚弄するような犬の行動を楽しんでいたため、わざわざ告げ口する理由もなかった。

「今日もまたうまいことやったな！」通りで見ていた者が言った。

「どこだ？ どこへ行った？」大あわてで隠れ処《が》から飛び出してきたデフェンデンテが訊《たず》ねる。

「ほら、あっちに逃げてゆくぞ！」貧困者たちは、犬が去っていった方角を指差しながら、怒り狂うデフェンデンテを愉快そうに眺めるのだった。

じつのところ、犬は逃げていたわけではない。パンを口にくわえ、少しも良心にやましいところはないといった落ち着きはらった足取りで、リズミカルに身体を揺すりながら遠ざかってゆく。

見て見ぬふりをすればよいのだろうか。いいや、デフェンデンテは、この手の悪ふざけに我慢ができない性質《たち》だった。中庭では捕まえられそうにない。この次は隙《すき》をうかがって、去ってゆくあとを追ってみよう。もしかすると完全な野良ではなく、どこか定まった棲《す》み処《か》があるのかもしれない。あるいはまた飼い主がいて、盗まれたパンの代金を請求できるかもしれない。いずれにせよ、このまま放っておくわけにはいかない。あの野良犬にかまけていたおかげで、ここ数日、地下室にゆくのが遅くなり、ふだんよりもずっと少しのパンしか回収できなかった。まったく大損だ。

毒を仕かけたパンを中庭の入り口近くに置き、犬を誘《おび》き寄せようとしてみたが、それもうまくゆかなかった。見ていた人の話によると、犬はほんの一瞬臭いをかいだだけでそのまま素通りし、籠のほうに歩いていったということだ。

5

手抜かりなく事を運ぶために、デフェンデンテ・サポーリは自転車と猟銃を準備し、通りの反対側の家の門の陰で待ち構えることにした。自転車は犬を追いかけるため、二連銃は、弁償を要求できるような飼い主がいないとわかったときに、犬を殺すためのものだ。唯一心が痛むとすれば、その朝は、籠のなかのパンをそっくり、連中に持っていかれてしまうことぐらいだった。

いったい犬は、どちらの方角からどのようにしてやってきたのだろう？ まったくもって謎だった。目を凝らしてずっと見張っていたはずだったのに、デフェンデンテは犬が中庭に入るところを見なかった。ところが、気づいたら、パンをくわえた犬が悠然と出てくるではないか。中庭からは、連中の高笑いが聞こえてくる。デフェンデンテは、犬に警戒されてはまずいので、少し距離があくまでじっと待った。そして自転車のサドルにまたがると、犬のあとを追った。

デフェンデンテは最初、少し歩いたところで犬が立ちどまり、パンをがつがつと食べてしまうだろうと思っていた。だが、いっこうに立ちどまる気配はない。そこで、しばらく歩いたところにある家に入るのかと想像してみた。ところが、どこにも入ってゆこうとしない。自分のパンをしっかりとくわえたまま、家々の塀に沿って、一定の速さでとことこと歩いてゆく。どんな犬でもよくするように、立ちどまって臭いを嗅《か》いだり、小便をしたり、なにか余計なものに鼻をつっこんだりするようなこともない。いったい、どこまで行くつもりなのだろうか。デフェンデンテは灰色の空を見あげた。いまにも雨が降りだしそうだ。

やがて、聖アニェーゼ広場を通りすぎ、小学校も、駅も、共同の洗濯場も通りすぎ、村のはずれまで来た。ついには競技場も通り越した。その先には畑や草地がひろがるばかり。犬はといえば、中庭を出てからというもの、一度もふりかえることはない。どうやら、あとをつけられていることに気づいていないらしかった。

ここまで来たからには、パン代を弁償してくれる飼い主がいるという期待は捨てたほうがよさそうだ。こいつが野良であることは間違いない。農家の麦打ち場を荒らしまわり、鶏を盗み、子牛に食らいつき、老女を怯《おび》えさせ、あげくの果てには町に出て汚《けが》らわしい病をまきちらす野良犬なのだ。

もはや、撃ち殺すしかないだろう。だが撃つためには、いったん止まり、自転車から降りて二連銃を肩からおろさなければならない。そんなことをしていれば、犬は歩みを速める必要もなく、射程距離から外れてしまう。仕方なく、デフェンデンテは追跡を続けた。

6

ひたすら歩きつづけ、森にさしかかった。犬は脇道にそれてしばらくすすみ、やがて、道幅は狭いながらも平坦で歩きやすい道に入っていった。

いったいどれほど歩いただろうか。八キロか、おそらく九キロばかりはあったろう。それにしても、なぜ犬は歩みをとめてパンを食べようとしないのか。何をためらっている？　誰かのところにパンを持ってゆくつもりなのか？

あれこれ考えるうちに、勾配がきつくなりだし、犬が山道に分け入ったので、もはや自転車で追いかけることはできなくなった。ありがたいことに傾斜が急なため、犬の足取りも若干のろくなっている。デフェンデンテは自転車から飛び降りると、歩いて追跡を続けた。しかし、犬との距離は少しずつひらいていった。

憤ったデフェンデンテが、一発撃ってやろうと思ったとき、山肌があらわになっている急勾配の頂に、大きな岩が見えた。岩のうえには男が一人ひざまずいている。デフェンデンテは、隠修士のことや、夜になると洩れてくる光といった、人びとのくだらない噂話を思い出した。犬は穏やかな足取りで、まだらな草地を、とことこと登ってゆく。

すでに銃を構えていたデフェンデンテは、五十メートルばかり離れたところで立ちどまった。見ていると、隠修士は祈りを中断し、軽やかに大きな岩をすべりおりて、犬のそばに歩み寄る。

すると犬は懸命に尾をふりながら、隠修士の足元にパンを置いた。隠修士はパンを拾いあげ、端っこを少しちぎると、肩からかけているずだ袋のなかに切れ端をしまった。そしてにっこり微笑むと、残りを犬に返してやった。

隠修士は小柄で痩せこけており、法衣のようなものをまとっていた。どこかしらいたずらっ子のような、親しみやすい顔をしている。そこで、デフェンデンテは近づいてゆき、自分の思うところを言ってみることにした。

「兄弟よ、よくぞ来てくれた」自分のもとへやってくるデフェンデンテの姿を見た隠修士のシルヴェストロが、先に声をかけた。「それにしても、なぜわざわざこんなところまで？　狩りの途中なのか？」

「率直に言わせてもらいますが……」デフェンデンテは、けわしい口調で応じた。

「悪い獣《けもの》を追いかけて、ここまで来たんです。そいつは毎日……」

「ああ、そなただったか」終わりまで待たずに、隠修士が口をはさんだ。「毎朝、このおいしいパンを私に届けてくれていたのは、そなただったのだね？　これはじつに高級なパンだ。私にはもったいない贅沢品だよ！」

「おいしいだって？　そりゃあ、おいしいに決まってますよ！　窯から出したばかりの焼きたてですからね。旦那、わしだって自分の仕事の仕方くらい心得ています。ただし、盗ませるためにパンを焼いてるんじゃない！」

シルヴェストロは、頭を垂れて、足元の草をじっと見つめながら「気持ちはわかる……」と、どことなく寂しげに言った。「文句を言われて当然だ。だが、私は何も知らなかったんだ……。わかった。ガレオーネはもう二度と村に行かせない。いつもここで、私のそばに置いておくことにしよう……。犬だって、良心が痛むようなことはすべきでないしな。もう、そなたの店には行かせない。約束しよう」

「ああ、いや……」怒りが収まったパン屋は言った。「そういうことなら、犬には来てもらっても構いませんよ。まったく、やっかいな遺言を授かったばかりに、わしは毎日五十キロものパンを、捨てるというか……貧民どもにやらなければならないんです。あの、仕事も働く能力もないごろつきどもにね。だから、ひとつばかりのパンがここに運ばれたとしても、パンを受け取るやつが一人減るだけで……」

「兄弟よ、かならずや神のご加護があるだろう。遺言だろうがなんだろうが、そなたの行いは立派な慈善事業だ」

「こっちにしてみれば、しないですむならこんなありがたいことはないんですがね」

「そなたがなぜそんなふうに言うのかはわかっておる……。そなたたち人間には一種の見栄があるからな……。自分を悪く見せかけ、じっさいよりも悪者を気どる癖がある。それが世の常というものだ」

喉元まで出かかっていた罵詈雑言《ばりぞうごん》を、デフェンデンテはなぜか口にしなかった。当惑したからか、あるいは肩すかしをくらったせいか、とにかく怒る気になれなかったのだ。村で最初に、しかも自分だけが隠修士に近づけたことに、気をよくしていた。もちろん彼は、しょせん隠修士なんてただのみすぼらしい男にすぎず、何も要求などできまいと考えていた。

だが、未来のことは誰にもわからない。ここでひそかにシルヴェストロと親しくなっておけば、いつか何かの得にならないともかぎらない。たとえば、シルヴェストロが奇蹟を起こしたとする。すると、無知な大衆が騒ぎたて、都会から大司教やら枢機卿《ききょう》やらが訪れ、祝典や行列や祭りが催されるだろう。そうなったら、新しい聖人にかわいがられていたデフェンデンテ・サポーリは、村じゅうの人から羨《うらや》ましがられ、うまくするると村長に祭りあげられるかもしれない。そうならないとは、誰にも言い切れまい。

するると、シルヴェストロが「すばらしい銃を持っているのだね！」と言いながら、デフェンデンテの手からおもむろに銃をとりあげた。その瞬間、いきなり弾が一発飛び出し、谷間に銃声が響きわたった。デフェンデンテには、なぜ弾が飛び出したのか理解できない。それでも隠修士は、銃を放そうとはしなかった。

「弾をこめた銃を持ち歩くだなんて、怖くないのかね？」隠修士が訊ねた。

するると、デフェンデンテはむっとした表情で隠修士を見返した。「わしはもう、子どもではないのでね！」

「そういえば……」銃を返しながら、シルヴェストロは、間をおかずに話しかけた。「ティスの教会は、日曜日でも席が空いていることもあるというのは、本当かね？教会から人が溢れるほどではないと耳にしたが……」

「というより、まったくのがらんどうですよ」デフェンデンテは、さも愉快そうに言ってから、言いなおした。「ええ、真面目に教会に通っているのは、わしら数人だけでして……」

「それで、ミサにはたいてい何人くらい参列しているのかね？　そなたのほかに、何人ぐらい来ている？」

「そうですねえ、多い日曜日で、三十人といったところでしょうかね。クリスマスには五十人」

「もうひとつ教えてほしいんだが、ティスの村人たちは、神を冒瀆するような言葉をよく口にするのかね？」

「そりゃあもう、神を冒瀆するのは得意です。みんな頼まれなくとも、神を罵ってばかりいますとも」

隠修士はデフェンデンテを見つめると、力なく首を振った。

「つまり、あまり神を信じてはいないということだな」

「あまり？」デフェンデンテは、心のなかであざ笑いながら強調した。「どいつもこいつも、まったく信仰心のない奴らばかりですね」

「それで、そなたの子どもたちはどうなんだ？　教会には、しっかり行かせているのだろうね……」

「そりゃあ行かせてますとも！　洗礼に、堅信式、初聖体拝領式に第二聖体……」

「本当か？　二回目の聖体拝領まで祝うのか？」

「もちろん、二回目も祝うに決まってます。いちばん末の息子なんて……」そこまで言いかけたデフェンデンテは、とんでもないことを口走ったような気がして、口をつぐんだ。

「ということは、そなたはすばらしい父親というわけだな」隠修士は厳かに言った（それにしてもなんだってあんなふうに笑ってるんだ?）。「兄弟よ、また訪ねてきておくれ。帰途は神がお守りくださる」そう言うと、祝福を与える仕草をした。

思いがけない言葉に、デフェンデンテはどう応えたらよいかわからず、とまどった。そして無意識のうちに軽く頭をさげ、胸の前で十字を切っていた。幸い、それを見た者は誰もいなかった。そう、犬をのぞいては。

7

他人《ひと》に知られず隠修士と仲良くなったのは、なかなか悪くない気分だった。しかしそれも、いつか村長になれるかもしれないとデフェンデンテが夢見ていられるうちの話。現実問題としては、しっかり眼を見ひらいて注意すべきことがたくさんあった。好き好んでやっているわけではないものの、貧しい者たちにパンを配ることじたい、村人にはあまり評判がよくなかった。そのうえ隠修士の前で十字を切ったことまで知られたら、どうなるか知れたものではない。

神の思《おぼ》し召《め》しか、デフェンデンテが村はずれまで行ったことに気づいた者は、ありがたいことに誰もいなかった。店の者たちにも気づかれていないようだ。だが、本当にばれていないのだろうか？　さらに、犬のことはどうとりつくろったらよいのだろう。こうなった以上、毎日パンをやるのを拒むわけにもいくまい。だが、連中の見ている前で犬にパンをやりつづけたら、とんだ笑いぐさになるばかりだ。

そこで翌朝、太陽が昇るよりも早く、デフェンデンテは家の外に立ち、丘に続く道を見張った。そして、ガレオーネの姿があらわれるや、口笛を吹いて呼んでみた。犬はデフェンデンテの顔を憶えていたらしく、そばに寄ってきた。彼はパンを片手に、パン焼き窯に隣接している木造の薪《たきぎ》小屋に犬を誘いこんだ。そうして、腰掛けの下にパンを置き、明日からはそこに食べ物を取りにくるようにと教えたのだ。

次の朝、犬のガレオーネは言われたとおり、決められた腰掛けの下にパンを取りにきた。当のデフェンデンテですら、その姿を見かけなかったし、パンをもらいにくる連中の目に触れることもなかった。

デフェンデンテは毎朝、陽がまだ昇らぬうちに、薪小屋にパンを置きにゆくようになった。だんだん秋も深まり、日が短くなってきたため、犬の姿は明け方の薄闇に容易に紛れ、人目につくことはない。こうしてデフェンデンテ・サポーリは心穏やかな日々を送り、貧困者たちに分け与えるはずのパンを、籠に細工した秘密の扉からこっそり取り返すことに専念するのだった。

8

数週間、数か月と時が過ぎ、やがて冬となった。窓ガラスには霜の結晶がはりつき、煙突からは一日じゅう煙が立ちのぼる。道行く人びとはみな着ぶくれし、明け方には生垣の根元で凍え死んでいる雀がときおり見つかるようになった。そして、丘はうっすらと雪化粧していた。

星空のきれいな凍《い》てつく晩のこと、北の方角、つまり廃墟となった礼拝堂のあたりで、見たこともないほど大きな白光がきらめいた。ティスの村人はみな慌てふためいた。ベッドから跳ね起きる者、開け放たれる鎧戸《よろいど》、窓越しに隣家の住人を呼ぶ声……。通りからも、人びとのざわめきが聞こえてくる。だが、それがシルヴェストロのところから洩れてくるいつもの光であり、隠修士シルヴェストロを訪ねてきた神の輝きにすぎないと知ると、男も女もみな窓をしっかりと閉めなおした。そして、いくぶんがっかりし、いたずらに騒がされたことを罵りながら、ふたたび暖かいベッドにもぐりこんだ。

翌日、誰が言いだしたかは知らないが、老いたシルヴェストロが夜のあいだに凍死したという噂が、物憂げに村にひろまった。

9

死者の亡骸《なきがら》は土葬にすることが法律で義務付けられていたため、墓掘り職人と石工、それに二人の人足が、司祭長のドン・タビアに連れられ、隠修士を埋葬しに行った。ドン・タビアはこれまでずっと、自分の司教区のはずれに移り住んできた隠修士を無視しつづけていた。柩《ひつぎ》は荷車に載せ、ロバにひかせた。

五人は、雪のうえに横たわるシルヴェストロを見つけた。腕を十字に組み、まぶたを閉じたその姿は、まさに聖人そのものだった。亡骸のかたわらでは、犬のガレオーネがうずくまり、鳴いていた。

遺体を柩に納め、祈りを捧げると、礼拝堂の崩れかかった円天井の下あたりに埋葬した。軽く土を盛りあげたところに、木切れで十字架を立てた。そうして、ドン・タビアらは村へ戻ってゆき、犬だけがあとに残された。墓の上にうずくまったまま……。

村人たちは誰も、シルヴェストロの最期について訊ねようとはしなかった。その日から、犬が村におりてくることもなくなった。

翌朝、デフェンデンテがいつものように腰掛けの下にパンを置きにゆくと、前日のパンが残されていた。次の日になっても、やはりパンはそこにある。いくぶん干からび、早くも蟻たちがトンネルやら穴やらを掘りはじめていた。

こうして日々が過ぎてゆき、やがてデフェンデンテも犬のことを考えなくなった。

10

それから二週間が過ぎたある日のこと。カフェ・デル・チーニョで、デフェンデンテは、棟梁のルチョーニと名士のベルナルディスの二人とカードゲームに興じていた。そのとき、表の通りを眺めていた若者が、声を張りあげた。

「見ろよ、あの犬だぞ！」

デフェンデンテはぎくっとし、すぐに通りを見やった。痩せこけた醜い犬が、めまいがしているのではないかと思うほど右や左にふらつきながら、通りを歩いてゆく。飢えて死にかけているようだ。隠修士の犬は――デフェンデンテの記憶では――間違いなくもっと大きく、たくましかった。だが二週間も何も食べずにいると、どれほど痩せ衰えるものだろう。デフェンデンテは、あの犬の面影を見たような気がした。おそらく、墓のそばで長いこと嘆きつづけたあと、空腹をこらえきれなくなり、主人のもとを離れ、食べ物を探しに村までおりてきたのだろう。

「いまにも野垂れ死にしそうな犬だな」デフェンデンテは、自分にはまったく無関係であることを強調するために、にたにた笑いながら言った。

「まさか、あいつじゃないだろうな」するとルチョーニ棟梁が、つかみどころのない薄笑いを浮かべながら、扇形に開いていたカードを閉じた。

「あいつって、誰のことだ」

「いや、まさか……」ルチョーニが答えた。「隠修士の犬じゃあるまいな」

すると、頭の回転の鈍《のろ》いベルナルディスが、素っ頓狂な声をあげた。

「あの犬なら前にも見たことがあるぞ。ちょうどこの近くで見かけたんだ。デフェンデンテ、ひょっとするとおまえの犬じゃないのか？」

「わしのだと？　そんなわけないだろう」

「俺の見間違いかもしれんが……」ベルナルディスは言い張った。「おまえの店のそばで見たような気がする」

デフェンデンテは困惑した。「まあ、犬なんてたくさんうろついてるから、そうかもしれんが、わしはまったく見おぼえがないね」

ルチョーニは、まるで自分に言い聞かせるように深くうなずきながら、繰り返している。

「そうだそうだ。隠修士の犬に違いない」

「いったいなんだって、隠修士の犬だなどと言い切れるんだ？」デフェンデンテは、笑い飛ばそうとしながら言った。

「ぴったり合うんだよ、わかるかい？　あの痩せぐあいがぴったりなんだ。考えてもごらんよ。何日もずっと、墓の上にうずくまっていた。犬ってのは、よくそんなふうにするもんだ。だが、腹が減ってたまらなくなり……こうして村までやってきたってわけさ」

デフェンデンテは黙り込んでしまった。犬はきょときょととあたりを見まわしていたが、一瞬、座っている三人の男たちを、カフェの窓ガラス越しにじっと見据えた。デフェンデンテは洟《はな》をかんだ。

「そうだ」名士のベルナルディスが言った。「間違いなく、あの犬は見たことがある。おまえの家のすぐそばで、たしかに何度か見かけたよ」そして、デフェンデンテの顔を凝視するのだった。

「そうだとしても、わしはぜんぜん見おぼえがない」とデフェンデンテ。

ルチョーニの口もとに、狡猾そうな笑みが浮かんだ。「あんな犬、俺だったら世界中の金《きん》をもらっても、ぜったいに飼わないね」

「狂犬病なのかい？」ベルナルディスが警戒して言った。「まさか、あの犬が狂犬病だっていうんじゃないだろうね？」

「そんなわけないさ！ ただあんなに怪しい犬、俺はごめんだね……。神を見た犬、だなんてよ！」

「神を見たって、どういうことだ？」

「隠修士の犬だったんだろ？ 例の光が差していたときも、隠修士といっしょにいたんじゃないのか？ あの光の正体は、誰もが知っているとおりだ。犬は、隠修士のそばにいたんだろ？ それなのに、見てないとでもいうのか？ 一連の光景を目の当《ま》たりにして、眠ってたとでもいうのか？」そう言うと、ルチョーニはさもおかしそうに笑った。

「そんなのでたらめだ！」ベルナルディスは反論した。「あの光の正体は、誰にもわからんね。どのみち、神のわけないさ！ 昨夜《ゆうべ》だって光ってたんだから……」

「昨夜もだって？」デフェンデンテは、漠然とした期待を抱いた。

「たしかに、この目で見た。以前みたいに強い輝きじゃなかったが、くっきり明るかったよ」

「そいつは本当か？　昨夜見たのか？」

「そう言ったろう。前に見たのとまったく同じ光だ……。昨夜も、神がいたっていうのか？」

それを聞いたルチョーニは、ますます狡《ずる》そうな顔をした。「でも、わからないじゃないか。昨夜の光は、あいつのために光ったのかもしれないぞ」

「あいつって誰だ？」

「犬に決まってるだろう。もしかすると、昨夜は神がじきじきに訪れたんじゃなくて、隠修士が天国から降りてきたのかもしれん。自分の墓でじっと動かない犬を見て、哀れに思ったにちがいない。ごらんよ、あのかわいそうな私の犬を、ってね。それで、もう自分のことは気にかけないでいい、涙はじゅうぶん流してくれたじゃないか、さあ、村へ行っておいしい肉でも探しておいでと、言いに降りてきた……」

「だけど、あいつはこのあたりの犬なんだぞ」ベルナルディスも譲らない。「パン屋のまわりでうろうろしているのを見たんだ。誓ってもいい」

11

頭のなかがすっかり混乱したまま、デフェンデンテは帰途についた。まったく、なんてやっかいな話だ。そんなはずがないと、自分に言って聞かせれば聞かせるほど、あれは隠修士の犬に違いないという確信が強くなった。むろん、だからといってとりたてて心配することもない。だが、待てよ……。自分はこれから毎日、あの犬にパンをやらなければいけないのか？

彼は考えた。もしも餌をやらなければ、犬はふたたび中庭に忍びこみ、パンを盗むようになるだろう。そうしたら、どうすればいい？　蹴っとばして、追い出せとでもいうのか？　とにもかくにも、神を見た犬なんだ。どんな不可思議な力を隠し持っているか、わかったもんじゃない。

たやすく答えが出せるような問題ではなかった。それにしても、昨夜はほんとうに、隠修士の魂がガレオーネの前にあらわれたのだろうか。だとしたら、いったい犬に、なんと告げたのだろう。

なんらかの魔術をかけたのかもしれない。もしかすると、あの犬は人間の言葉がかるなんてこともあり得る。いつか、あの犬も人間みたいにしゃべりださないともかぎらない。神がかかわってくると、何が起こるか知れたもんじゃない。巷《ちまた》ではじつにいろんな話を耳にするからな……。それでなくとも彼は、いやというほど村人の物笑いの種になっていた。このうえ、こんなくだらないことに恐怖心を抱いていることが知られたら、どうなるかわかったものではない。

デフェンデンテは、家に入る前に薪小屋をのぞいてみた。腰掛けの下にあったはずの、十五日前に置いたパンが消えている。ということは、犬がここに来て、中にいた蟻ごとパンを持っていったのか？

12

ところが、翌日は、犬がパンを取りにきた気配はなかった。その翌日も。それは、デフェンデンテがひそかに期待していたことでもあった。シルヴェストロが死んでしまった以上、彼と親しくなっておけばいずれ役に立つかも、という淡い期待もなくなった。だったら、犬も寄りつかないでいてくれればそれに越したことはない。なのに、誰もいない小屋で、ぽつりと犬を待ちわびているパンのシルエットを見ると、デフェンデンテは、心なしかがっかりした。

そして、ふたたびガレオーネの姿を見たとき――あれから三日が過ぎていた――彼は、さらにショックを受けた。どことなく退屈したような風情で、広場の冷気のなかを歩いてゆく犬は、カフェの窓ガラス越しにながめた犬とは見違えるように元気だったからだ。四本の足でしっかりと立ち、ふらついてもいない。あいかわらず痩せてはいたが、毛並みもふっくらし、両耳をピンと立て、尾もだらんと垂れ下がってはいなかった。

誰に餌をもらっているのだろう。デフェンデンテはあたりを見まわした。通りかかる人たちはみな、まるでそこに犬などいないかのように、少しも関心を示さずに行ってしまう。昼前、デフェンデンテは、焼き立てのパンにチーズをひと切れ添えて、例の腰掛けの下に置いてみた。犬は姿をあらわさなかった。

日一日とガレオーネは元気になり、まるで裕福な家の犬のように毛並みに光沢が出て、ふさふさになった。つまり、あの犬の世話をしている者がいるということだ。しかも、おそらく同時に何人もが互いに知らないまま、なんらかの目的のために、面倒をみているらしかった。

あまりに多くを見てきた犬に、畏《おそ》れを抱いていたのかもしれない。あるいは、村人の嘲笑を買うことなく、神の恩恵を手軽に手に入れようという魂胆なのかもしれない。もしやティスの村の人たちがみな、同じことを考えているのではあるまいか。どこの家でも、夜になると暗闇に紛れて犬を誘《おび》き寄せ、おいしい食べ物をやり、機嫌をとっているのかもしれない。ガレオーネがパンを取りにこなくなったのもそのためだろう。きっともっとおいしいものを食べているに違いない。

だが、犬の話題を口にする者はひとりもいなかった。隠修士の話もしない。たまたま誰かが口にすることがあったとしても、すぐに話を変えてしまう。そして、例の犬が通りに姿をあらわすと、世界じゅうの村を荒らしまわる無数の野良犬の一頭にすぎないかのように、誰もがわざと視線をそらすのだった。

いっぽうのデフェンデンテは、天才的なアイデアを最初に思いついたのは自分なのに、図々しい連中が名案をこっそり横取りし、不当な利益を得ようとしていることに気づいた者のように、ひとり悶々《もんもん》としていた。

13

神を見たかどうかはともかく、ガレオーネはたしかに奇妙な犬だった。いかにも人間のような落ち着きはらった態度で村の家々をまわり、中庭や仕事場や台所に入ってゆき、何分でもじっと動かずに人間たちを観察している。そして、物音も立てずに立ち去ってゆく。

あの、哀愁の漂うおとなしそうな二つの瞳の裏に、何が隠されていたのだろうか。あの瞳は、ほぼまちがいなく、神の姿を映したものだ。そのとき、神はいったい何を残したのだろう。村人たちは震える手で、ケーキの切れ端やら鶏の腿肉《ももにく》やらを差し出した。すでに満腹のガレオーネは、相手の考えを見抜くように、じっと目を見据える。すると、人間のほうが視線に耐えられなくなり、部屋から出てゆく。ティスの村では、厚かましい野良犬たちは棍棒で殴られ足蹴《あしげ》にされるのが常だったが、ガレオーネにそんなことをする者は、誰もいなかった。

しだいに村人たちは、秘密の策略に嵌《は》められたような気がしてきたが、それを口にする勇気はなかった。古くからの友人同士、互いに瞳をのぞきこんでは無言の告白をさぐりあい、秘密を共有する者を見つけだそうとしたが、しょせん無駄だった。最初に口に出す勇気のある者など、いるわけがない。

ただ一人、棟梁のルチョーニだけは、悪びれるようすもなく、平気で犬の話題を口にしていた。「ほら、見ろ！　神を見たっていう噂の、忠犬さまのお出ましだぞ！」ガレオーネの姿があらわれると、周囲に気兼ねすることもなく、大声で知らせる。そして、いわくありげな眼差しでみんなの顔を代わる代わる見つめ、にたにたと笑うのだった。

そんなとき、たいていの人たちは彼の言うことが理解できなかったふりをするか、わざと気のなさそうな質問をしたり、かわいそうにといった面持ちで、うなずいてみせたりした。なかには「何を言ってやがる！　くだらん話だ。そんなの女どもの迷信だね」とうそぶく者もいた。押し黙ったり、ましてやルチョーニにつられて笑いを浮かべたりしようものなら、自分の立場が危うくなりかねない。ばかげた冗談として受け流すのがいちばんだ。

しかし、その場に名士のベルナルディスが居合わせると、いつも一人だけ、みんなとは違う反応をした。「隠修士の犬なもんか。あいつはこの村の犬だよ。何年も前からティスにいただろう。毎日まいにち、パン屋のまわりをうろついてるのを、俺はたしかに見たぞ」

14

ある日のこと、例のごとくパンを回収するために地下室におりていったデフェンデンテが、窓の格子を外し、パン籠の扉を開けようとした。窓の向こうの中庭からは、順番を待つ連中の喚《わめ》き声や、並ばせようと叫んでいる妻や職人の声が聞こえてくる。デフェンデンテが慣れた手つきで掛け金を外すと、扉がひらき、パンが次々に袋のなかへ滑り落ちていった。そのとき。彼は、暗い地下室のなかで動く黒いものを視界の隅で捉えた。どきっとして振り向くと、あの犬だった。

ガレオーネが地下室の入り口でじっと動かず、一部始終を見つめていたのだ。薄暗い地下室で、犬の両眼が青白く光った。デフェンデンテの身体は石のように固まった。「ガレオーネ、ガレオーネや」口ごもりながらも、彼は猫なで声を出した。「さあ、いい子だね。ガレオーネや、こっちにおいで。これをあげよう!」そして、パンをひとつ投げてやった。ところが、犬は見向きもせず、もう見るべきものはじゅうぶん見たとでもいうように、おもむろに向きを変え、階段のほうへ去っていった。

ひとり残されたデフェンデンテは、おぞましい呪詛《じゅそ》を吐いた。

15

神の姿を見、神の匂いを嗅いだ犬だ。どのような魔術を身につけたか、わかったものではない。村人たちは同意を求めるように互いの顔色をさぐったが、誰も真実を語ろうとしなかった。いったん口をひらこうと決心しても、「勝手な思い込みにすぎなかったら?」という疑問がわき、「ほかの連中はそんなことまったく考えてないのかもしれん」と、けっきょくは素知らぬふりを続けるのだった。

ガレオーネは、いとも気ままにあちこちを通り抜け、酒屋や家畜小屋に出入りしていた。まったく予期していないときにかぎって、隅っこに佇《たたず》み、じっと見つめ、ようすをうかがっている。夜、ほかの犬がみな寝ているような時間でも、白い塀にガレオーネの影が不意に映し出され、どことなく農夫を思わせるような、リズミカルに身体を揺する独特な足取りであらわれる。棲《す》み処《か》はないのか？　ねぐらは、決まっていないのだろうか。

もはや村の人たちは、ドアに鍵をかけて家の中にいても、身内だけでくつろいでいる気がしなくなっていた。しきりに耳をそばだてる。すると、外から草がこすれる音や、砂利道をゆく用心深くしなやかな足音、遠吠えが聞こえてくるのだった。ウオッ、ウオッ、ウオッ。ガレオーネの吠え声には特徴があった。荒々しい声でも鋭い声でもなかったが、村の隅から隅まで響く。

「もういい、わかった。わしの計算が間違ってたのかもしれん」はした金をめぐって、女房と激しい喧嘩をしていた仲買人も引きさがる。

「仕方ない、今日のところは大目に見てやろう。だが、こんどやったら追い出してやるからな……」見習いをクビにしようとしていた煉瓦工場のフリジメリカも、にわかに態度を和《やわ》らげる。

「要するに、とても親切な奥さまですのよ」女性教師を相手に、村長夫人の噂話をしていたビランツェ夫人も、それまでの発言をそっくりひるがえし、いきなり話を終わらせる。

ウオッ、ウオッ、ウオッ。ねぐらを持たないガレオーネの声が聞こえる。ほかの犬に吠えているのかもしれない。あるいは、何かの影や、蝶、はたまた月に向かって吠えているのかもしれない。だが、すべてを見通して吠えている可能性も否定しきれなかった。まるで壁をすり抜け、道や草地を這《は》い、人びとの悪事がガレオーネのもとに届くかのように。かすれた遠吠えを聞くと、飲み屋から追い出された泥酔者でさえも、背筋をしゃんと伸ばすことになった。

物置部屋でフェデリチ税理士が匿名の手紙を書いていると、いきなりガレオーネがあらわれた。ロッシ会計係が過激派と通じていることを、雇い主であるパスタ工場の社長に密告しようとしていたのだ。「税理士、いったい何を書いているのだね？」ふたつの温和な瞳が、問いかけているようだった。

フェデリチ税理士は、やさしく戸口を指さす。「さあ、いい子だから、外へお行き」喉《のど》もとまでこみあげてきた悪態を口にすることもない。それから戸口に耳を押しつけて、犬が立ち去ったことを確かめると、念には念を入れ、書きさしの手紙を暖炉にくべてしまった。

美人であばずれのフローラが住むアパートの外階段の下にガレオーネが姿をあらわ

したのも、まったくの偶然だった。すでに夜も更けているというのに、ミシミシと音を立て、庭師のグイドが階段をのぼってゆく。彼は五人の子どもの父親だった。そのとき、暗闇でふたつの眼がきらりと光った。「いや、違うぞ。ここじゃなかった。まったく！」犬に聞こえるよう、グイドは大声で叫ぶ。自分の勘違いに、心の底から腹を立てているかのように。「暗いからしょっちゅう間違えちまう……。公証人の家は、ここじゃなかった」そして、一気に階段を駆けおりていった。

あるいは夜中、工場の資材置き場に忍び込んだピニンとジョンファが、二台の自転車に手をかけたところで、ガレオーネの低く吠える声が、いかにも諭すかのように、やさしげに聞こえてくる。「トーニ、誰か来るみたいだぞ」ピニンが口から出まかせをささやいた。「ああ、俺も聞こえた。逃げたほうがよさそうだ」とジョンファも応じ、二人は何も盗まずに逃げ出してゆく。

さらには、パン焼き窯の真下あたりから、ちょうどいい頃合いを見計らって、嘆きともとれる鳴き声が、クーンと長く響きわたる。あれ以来、朝、パンを配る時間になると、門にもドアにも二重に鍵をかけてから地下室におりてゆくようになったデフェンデンテだが、貧しい人びとに配るはずのパンを、籠からこっそり回収しようとした瞬間に、その声が聞こえてくる。

デフェンデンテは歯ぎしりした。あのいまいましい犬め、どうしてわかるんだ？　そして、気にするまいと肩をすくめてみる。だが、どうしても疑念を打ち消すことはできない。ガレオーネが、なんらかの形で自分のしていることを告発したら、継ぐべき遺産がすべて帳消しになってしまう……。こうして、デフェンデンテは空のまま畳まれたずだ袋を小脇に抱え、店に戻ることになるのだ。

監視はどれくらい続くのだろう。あの犬は、ずっとここに居座るつもりなのだろうか。村に棲みつくとして、あと何年生きながらえるのか？　それとも、奴を厄介払いする方法があるのだろうか。

16

長いこと顧みられることのなかった村の教会に、しだいに人が集まるようになった。日曜のミサでは、昔なじみの女ともだちが顔を合わせる。それぞれの口実がふるっていた。「だってね、こんなに寒いんだもの。外気が完全に遮断されてる場所っていったら、教会くらいしかないでしょ。壁がぶあついから、そうなのよ……夏のあいだに溜め込んでいた熱を、いまになって放出してるみたいにあったかいのよね！」

すると別の女性も負けずに言った。「ここのおやさしいドン・タビア司祭さまが……

日本産のツユクサの種を分けてくださるっていうの。ご存じ？　ほら、雄しべがきれいな黄色の花よ……。だから仕方なくってね。少し教会に顔を出さないと、司祭さまったら、意地悪して忘れたふりをなさるんですもの……」

もう一人の言い訳は、こうだ。「じつはね、エルミニアさん。あたし、あんなレース編みに挑戦したいのよ。ほら、イエス様の聖心を祀《まつ》った祭壇に掛けられているような、あれよ。だけど、家に持って帰ってお手本にするわけにもいかないでしょ。だから、ここに来て、よく研究しておくの……これがなかなか難しくてね！」

みな口もとに笑みを浮かべ、友だちが教会に来た理由を聞いていたが、気にかけていたのはただひとつ、自分の口実がもっともらしく聞こえるかどうかということだった。そして「ドン・タビアがこっちを見てるわよ！」と、女学生さながらにささやきあい、祈禱書に集中した。

口実もなくやってくる者は、一人もいなかった。たとえばエルメリンダ夫人の言い訳によれば、大の音楽好きの娘に声楽を教えてもらうのに、大聖堂《ドゥオーモ》のオルガン奏者しか適当な先生が見つからなかったという。やがて夫人は、娘の歌うマリアの賛歌《マニフィカト》を聴くために、教会に通うようになった。アイロンかけの仕事をする女性は、家に母親を呼ぶと夫が嫌がるから、教会で会うことにしているのだと言った。果ては、医者の妻まで口実をこしらえた。先ほどその広場で、おかしなぐあいに足を地面につけて捻挫をしてしまった。だからこうして教会に入って、しばらく座って休んでいるところなのだと。

側廊の奥にある、埃《ほこり》をかぶって白くなった告解室の脇の、影が幾重《いくえ》にも重なったところには、告解をまつ男たちが数人立っていた。説教壇に立ったドン・タビアは、驚いて教会内を見まわすばかりで、言うべき言葉が見つからなかった。

そのあいだ、教会前の広場ではガレオーネが寝そべって陽を浴びている。その姿は、さんざん働いたのだから休んで当然だとでも言いたげだった。ミサが終わると、ガレオーネはぴくりとも動かずに、出てくる人たち一人ひとりを横目で見ている。女たちは教会の扉からこそこそと現れると、犬を左右によけて通っていった。誰もガレオーネのことを見ようとはしなかったが、角を曲がるまで、まるで針のように背中に突き刺さる視線を感じていた。

17

どんな犬であろうと、どことなくガレオーネに似ている犬の影を見るだけで、村人たちははっと息を呑んだ。毎日の暮らしが、不安に押しつぶされるようだった。市場や夕方の散歩道など、人が集まるようなところには、例の犬が姿をあらわさないことはない。その姿は、まったくの無関心を装って通りすぎる村人たちの反応を、おもしろがっているようでもあった。

同じ村人たちが、誰も見ていないところになると、てのひらを返すように親しげに犬の名前を呼び、肉の詰まったトルテッリや、栄養たっぷりのザバイオーネクリームを与えてやるしまつだった。

「まったく、昔はよかったもんだ！」そう言って、男たちは嘆く。あえて理由を説明しなくとも、何を言いたいのかは誰もがすぐにわかった。昔はよかったというのは――説明するまでもなく――、自分たちの勝手しほうだいができ、必要とあらば相手を殴りつけ、村はずれの農家の娘相手に女遊びをし、ついでにちょっとした物をくすね、日曜には昼下がりまでベッドで過ごすことのできた当時のことを意味していた。

近ごろでは、どこの商店でもきちんと薄い包み紙を使用し、目方をごまかすこともなくなったし、女主人が使用人をたたくようなこともない。質屋の主人、カルミネ・エスポジトは、荷物をまとめて町に越すことにした。巡査のヴェナリエッロは、署の前にあるベンチに長々と横たわって日向《ひなた》ぼっこをしながら、死ぬほど退屈し、世の泥棒という泥棒は全滅してしまったのではないだろうかと考えていた。

いまではもう、以前のようにきわめつきの悪態を吐く者もいなくなった。あれほど気分がせいせいしたはずなのに。吐くとしたら、四方を見わたせる草原に行き、注意深くあたりを調べたうえ、さらに念入りに植え込みの陰に犬が隠れていないか、確認してからでなければいけない。

だからといって、あえて刃向かう者はいなかった。心の底では誰もが望んでいたとしても、ガレオーネを蹴りつけたり、あるいは砒素《ひそ》入りカツレツを与えたりする勇気のある者などいなかった。神意にすがることもできない。神の聖なる意志は、どう考えてもガレオーネに味方するに決まっているのだから。となると、不測の事態を期待するしかなかった。

ある嵐の晩、この世の終わりかと思われるほど激しい稲光が走り、雷鳴が轟《とどろ》いていたとき、ついに不測の事態が到来した。野ウサギのように音に敏感なパン屋のデフェンデンテ・サポーリは、雷鳴が轟くなかでも、中庭から聞こえてくる不審な物音を聞きのがさなかった。

こそ泥にちがいない。

ベッドから跳ね起き、手探りで鉄砲をつかむと、鎧戸の桟の隙間から庭を見おろした。怪しい男の影がふたつ、見えたような気がした。倉庫の戸をこじ開けようとして、ここそ動きまわっているらしい。そのとき、稲光に照らされて、中庭の真んなかに、土砂降りもものともせず立っている黒っぽい大きな犬が見えた。奴にちがいない。あのいまいましい犬め。二人の盗っ人を思いとどまらせるために、のこのこあらわれたのだろう。

デフェンデンテは内心できわめつきの悪態を吐き、鉄砲の弾をこめ、鎧戸をそうっとあげ、銃身を外に出せるだけの隙間を確保した。そして、次の稲光を待って、犬に狙いを定める……。

最初の銃声は、雷鳴に掻き消された。

「泥棒だ！　泥棒だぞ！」デフェンデンテは大声でわめきながら、ふたたび鉄砲に弾をこめた。そうして、暗闇に向かってめくらめっぽうにぶっ放した。慌てふためいて逃げてゆく足音。その後、家じゅうで、叫び声やドアをばたんと開け放つ音がした。妻や子ども、店の見習い職人たちが驚いて駆けつけたのだ。

「デフェンデンテの旦那！」中庭から呼ぶ声がする。「見てくださいよ！　犬が死んでいます！」

ガレオーネが水たまりのなかに倒れている——もちろんこの世の中、誰だって間違うこともある。とりわけ、こんな嵐の晩には見あやまっても無理はない。だがたしかにあの犬のように見えた——。弾が、額を貫通している。即死だった。四肢を伸ばす間もなかった。それでも、デフェンデンテはようすを見に行こうとしなかった。倉庫の戸が壊されていないか確かめるために中庭に出たものの、なんの被害もないことを知ると、皆におやすみと挨拶し、ベッドにもぐり込んでしまった。「ああ、せいせいした」彼は独りごちた。これで心安らかに眠れると信じながら。ところが、その晩は、一睡もできなかった。

18

翌朝、まだ陽も昇らぬうちに、二人の見習い職人が犬の死骸を運び出し、空き地に埋めに行った。デフェンデンテは、あえて口止めをしなかった。そんなことをすれば、かえって怪しまれてしまう。それでも余計なことは口にせず、ことがすんなり片づくよう気を配った。

なのに、いったい誰が事件をばらしたのか？　その日の夕方、カフェに入ったデフェンデンテは、皆の視線がいっせいに自分に注がれたのを感じた。しかも次の瞬間には、誰もが視線を逸らした。まるで余計な警戒心を抱かせまいとするかのように。

「昨夜、銃をぶっ放したらしいじゃないか」いつもながらの挨拶のあと、名士のベルナルディスがいきなり言った。「パン焼き窯で派手にやりあったんだってな」

「まったく、誰の仕業《しわざ》だったんだか……」デフェンデンテは、いかにも取るに足りないことのように言ってのけた。「あの悪党ども、倉庫に忍び込もうとしやがった。しょうもないこそ泥なんだよ。めったやたらに二発撃ったら、ほうほうの体《てい》で逃げてったよ」

「めったやたらだって？」いわくありげな口調で、ルチョーニが訊ねた。「せっかく銃を持ち出したんだから、狙いを定めて撃ちゃあよかったのに」

「あの暗闇でか？　なんにも見えやしないさ！　戸をがたがたいわせる音が中庭から聞こえてきたから、外に向かって適当にぶっ放したまでよ」

「そうやって……そうやって、悪いことは何もしてないかわいそうな犬を、あの世に送っちまったんだな」

「ああ、そうだった」デフェンデンテは気もそぞろに返事をした。「犬に当たっちまったんだ。まったく、どうやって入り込んだんだか……。うちには、犬なんていないからな」

しばらくのあいだ、沈黙が流れた。誰もが彼のことを見ている。やがて文房具店のトレヴァリアが立ちあがり、出口に向かった。「じゃあな、みんな。お先に」そして、わざと音節を区切るようにして、付け足した。「失礼しますよ、サポーリの旦那！」

「ああ、またな」デフェンデンテは答えてから、くるりと背を向けた。あの馬鹿め、いったい何が言いたかったんだ？　まさか隠修士の犬を殺したと、わしを責めてるのではあるまいな？　感謝して当然じゃないのか。みんなを悪夢から解放してやったというのに、しかめつらするなんて。何を考えてやがる。すなおに言ってくれればいいものを……。

まわりの空気をまったく読むことのできないベルナルディスが、お節介にも説明をはじめた。「あのな、デフェンデンテ……あの犬は殺さないほうがよかったと言う者もいるんだよ……」

「どうしてだね？　わしがわざと殺したとでも言うのか？」

「わざとだろうがなかろうが、いいか、あれは隠修士の犬だという噂なんだ。だから、そうっとしておくべきだったとみんな言ってるのさ。きっと災いが起こるってな……人の噂がどんなものか、おまえだって知らないわけではないだろう」

「隠修士の犬のことなど、わしは何も知らんぞ。ちくしょう、わしを裁判にでもかけようってのか？　たわけどもめ」デフェンデンテはそう言って、高笑いを試みた。あれがルチョーニも口を出す。「落ちつけよ、おまえら、落ちついたらどうなんだ。あれが隠修士の犬だなんて誰が言った？　そんなでたらめを言いふらしたのはどいつだ？」

デフェンデンテは、「そんなことは奴らに聞いてくれ」と肩をすくめた。

かわりにベルナルディスが答えた。「今朝、犬の死骸を埋めるのを目撃した連中が言ってた……あの犬に間違いないって。左の耳の先っぽに白い斑《ぶち》があったそうだ」

「それ以外は全身真っ黒か？」

「ああ、黒かった」現場を目撃した一人が答えた。

「けっこう大きくて、尾がブラシみたいな？」

「そのとおり」

「つまり、隠修士の犬ってことだな」

「そうだ。隠修士の犬だ」

「だったらあれはなんだよ！　おまえらの話してる犬が歩いてるぞ！」ルチョーニが、通りを指さして大声をあげた。「前よりもよっぽど、ぴんぴんしてるじゃないか！」

デフェンデンテの顔から血の気がひき、まるで石膏像のようになった。いつものようにリズミカルに身体を揺する足取りで、ガレオーネが通りを歩いてゆくではないか。ほんの束の間、歩みをとめて、カフェのガラス越しに男たちを見やったが、ふたたび悠然と歩きだした。

19

近ごろ、毎朝パンを求めてやってくる人びとが、以前よりもパンの量が増えたと感じるのは、なぜだろう。もう何年ものあいだ小銭ひとつ入ることのなかった教会の募金箱が、ジャラジャラと音を立てるようになったのはなぜなのか。このあいだまで反抗ばかりしていた子どもたちが、進んで学校へ通うようになったのは？　畑の葡萄《ぶどう》だって、熟《う》れるそばから盗まれることもなく、収穫を待っている。体型をからかわれ続けたマルティーノも、熟れすぎたカボチャや、石ころを投げつけられることがなくなった。

ほかにも挙げればきりがないほど、不思議なことばかりだ。強情で疑り深いティスの村人たちは、一人としてその理由を明かさないだろう。村人の口から、けっして語られることがない真実……。それは、彼らが一頭の犬を恐れているということだ。だが、咬《か》まれるのが怖いのではない。ただ、犬に悪い評価を下されることを恐れているのだ。

デフェンデンテの胸の内は、煮えたぎるようだった。それはまさしく隷従だ。夜も息をつくことさえできない。望まない者にとって、神の存在ほど重い荷物はなかった。

しかもこの村では、神が、漠然としたおとぎ話として存在しているのでも、教会のろうそくや香のあいだにこもっているのでもなく、犬に連れられて、家から家へと歩きまわっている。神のごく一部が、かすかな吐息が、ガレオーネの体内に入り込み、ガレオーネの眼球を通してすべてを見通し、評価を下し、帳面につけているのだ。

あの犬が老いるまで、あとどのくらいかかるのだろうか。せめて体力が衰え、隅っこでじっと動かなくなってくれたらどんなにいいか。老衰で動けなくなれば、村人たちの心をわずらわせることもなくなるだろう。

こうして、歳月だけが確実に過ぎていった。教会には平日でも村人が溢れるようになり、夜中の十二時をまわってから村の中心地を出歩き、兵士たちに媚《こび》を売るような若い娘もいなくなった。

デフェンデンテはといえば、これまで使っていたパン籠がぼろぼろになったため、新しい籠にとりかえたが、底に秘密の扉を細工することはなかった（ガレオーネが村をうろつくかぎり、貧困者に恵むべきパンをこっそり抜きとる勇気はなかったから）。巡査のヴェナリエッロは、警察署の入り口に置いた籐椅子に深々と腰掛け、居眠りをしていた。

さらに歳月がめぐり、犬のガレオーネもだいぶ年をとった。足どりもしだいに鈍くなり、身体をことさら大きく揺すりながら歩くようになっていたが、ある日のこと、後ろ足が麻痺し、歩けなくなってしまった。

ついていないことに、麻痺に襲われたのは、ドゥオーモ横の広場の石垣で昼寝をしていたときだった。石垣の向こうは崖になっており、何本かの道を経て川まで続いていた。衛生面を考えるならば、理想的な場所ともいえる。石垣から草の生い茂った斜面に向かって用を足せば、石垣も広場も汚さずにすむ。だが屋根もなく、風が吹きすさび、雨が容赦なく打ちつける場所だった。

当然ながらこのときも、全身を震わせながら呻《うめ》き声をあげる犬に、誰もが気づかないふりをしていた。病気にかかった野良犬など、見ていて心地よいものではない。その場に居あわせた者たちは、ガレオーネの苦しそうな呻き声から、何が起こったかを想像し、新たな期待に胸を躍らせた。

なにより、犬が村のあちこちをうろつくことはもうないだろう。もはや一メートルたりとも移動できまい。しかも、誰が公衆の面前で餌をやるというのだろうか。そんなことをすれば、あの犬とひそかにかかわっていたことを白状するようなものだ。率先して笑いぐさになろうという者など、いるわけがない。ということは、ガレオーネは飢え死にするに違いない。

夕食前、村の男たちは、歯科医のところに新しく来た助手や、狩り、薬莢《やっきょう》の値段や、村で公開されたばかりの映画など、他愛もない話をしながら、いつものように広場の歩道を散歩していた。そうして、石垣の縁から顔を少し垂らして喘《あえ》いでいる犬の鼻面を、上着の裾でかすめてゆく。彼らの目線は病気の犬を通り越し、夕焼けに照らされて美しさを増した谷川の荘厳な景色へと、機械的に移動する。

八時ごろだろうか、北から流れてきた黒雲が空を覆い、雨が降りはじめると、広場から人がいなくなった。ところが夜中になると、降りしきる雨のなか、まるで謀反《むほん》を企むかのように、家並みに沿っていくつかの人影が、こそこそと這い出してきたではないか。

身をちぢめ人目を忍び、急ぎ足で広場へ向かう。そして柱廊や門の陰に隠れ、好機をうかがっている。この時間ともなると、街路灯の明かりもまばらになり、あちこちに暗がりがひろがっている。

いったい、いくつ人影があるのだろう。十ばかりか? めいめい犬の餌を持ってきているが、なんとしても自分の正体だけは知られまいと思っていた。犬は起きている。谷間の闇を背に、石垣の縁すれすれの高さに二つの点が緑色の光を放ち、ときおり苦しげな咆哮《ほうこう》が広場に短くこだました。

ずいぶんと長いことようすをうかがったあとのこと。マフラーと、目深にかぶったサイクリングキャップで顔を隠した一人の男が、ようやく危険を冒して犬のそばに近づいた。潜んでいる暗がりから離れ、男の正体を突き止めようとする者などいるわけもない。みんな、我が身の心配で精一杯だった。鉢合わせにならないよう、慎重に間隔をとりながら、誰かが何かをドゥオーモの石垣に置いてゆく。そのうちに、犬の咆哮がやんだ。

翌朝、ガレオーネの背には防水シートが掛けられていた。そして、石垣のかたわらには、ありとあらゆる神の恵みが積まれていた。パンにチーズ、肉の切れ端……。たっぷりとミルクの入った大きなスープ皿まであった。

20

犬が動けなくなった。村人たちは、ようやく息がつけると思った。だがまもなく、それが幻想にすぎないことがわかった。

犬の眼は、石垣の縁から、村の大半を見わたすことができた。つまりティスの少なくとも半分以上は、犬の監視下にあったのだ。彼の視力がどれほど研ぎ澄まされたものなのか、誰にもわからない。村のはずれにあたり、ガレオーネの監視を免れた家にも、吠え声は聞こえてくる。

それに、いまさらどうやって以前の習慣に戻れというのか？　そんなことをしようものなら、あの犬怖さに、生活を変えていたと認めることになる。何年ものあいだ、用心に用心を重ねながら隠しとおしてきた迷信じみた秘密を、恥も外聞もなく白状しようというのか。

犬の視界から外れたところに店があるデフェンデンテでさえ、かつてはトレードマークであった冒瀆の言葉をもうずっと口にしなかったし、地下室の窓からパンを回収する作業を再開することもなかった。

ガレオーネは、以前よりも食べる量が増え、運動ができないぶん、豚のように太っていった。あとどれくらい、生きながらえるつもりなのだろうか。とはいえ、寒くなりはじめると、まもなく死ぬだろうという期待が、村人たちの心にふたたび芽生えていった。防水シートをかぶっていたとしても、吹きすさぶ風にさらされ、いつジステンパーに罹《かか》ってもおかしくない状態だ。

だがこのときもまた、あらゆる希望を打ち砕いたのは、天《あま》の邪鬼《じゃく》のルチョーニだった。ある晩、居酒屋で狩りの話になり、何年も前、雪のなかで夜を越したために、猟犬が狂犬病にかかり、銃で撃ち殺さなければならなかったと彼は語った。いまでも、思い出すだけで胸が締めつけられるようだ。

「それじゃあ、あの犬ころは……」不愉快な話題を持ち出すのは、いつだって名士のベルナルディスだ。「ドゥオーモの石垣で動けなくなってるあのクソ犬は……ほら、村のあほな連中が餌をやりつづけてる犬だ。あの犬だって危ないんじゃないのか？」

「あいつが狂犬病にかかるってのか！」デフェンデンテは言った。「どのみちもう動けやしないんだ」

「そうともかぎらんぞ」ルチョーニが反論した。「狂犬病にかかると、凶暴になって力が倍増するっていうじゃないか。鹿のようにぴょんぴょん跳ねまわるってこともあるかもしれないぜ」

ベルナルディスは啞然《あぜん》とした。「だったら、どうすりゃいいんだ？」

「まあ、俺は……俺はへいちゃらさ。いつだって頼りになる連れがいるからな」そう言うと、ルチョーニはポケットから重たげな拳銃をとりだした。

「おまえって奴は！」とベルナルディス。「おまえは子どもがいないからいいけどよ！　俺みたいに三人もいてみろ、そんな平然としてられるわけがない」

「俺は忠告したぞ。あとは自分らでどうにかするんだな！」そう言うと、ルチョーニは袖で銃身を磨くのだった。

21

隠修士の死から、何年の歳月が経《た》ったろう。三年？　四年？　五年？　はっきりと憶えている者もいない。

十一月の初頭には、風や寒さをしのげるよう、木の犬小屋が完成しようとしていた。けっして重要な案件ではないので、ごく短い時間、村議会で話し合いが持たれた。だが、より簡単な解決策であるはずの、犬を殺すとか別の場所に移動させるとかいった案を提出する者は誰もいなかった。

日干し煉瓦でできたドゥオーモのファサードと調和するよう、赤く塗った犬小屋を作り、石垣の上に固定する仕事を任されたのは、木工職人のステファノだった。「なんてくだらない。まったく馬鹿げた話だよ！」そんなことを思いついたのは自分でないことを誇示するため、村人たちは口をそろえて言った。神を見た犬に対して、恐れを抱いていることは、秘密ではなくなったのか？

しかし、犬小屋が実際に使われることはなかった。十一月のはじめのこと、仕事場へ行くために毎朝四時に広場を通っていたパン屋の見習い職人が、石垣の下に転がっている、動かない黒い塊を見た。近くまで行き、触ってみる。そして、一目散に店へ駆けつけた。

「おい、何かあったのか？」息せき切って店に飛び込んできた彼の姿を見て、デフェンデンテが訊《き》いた。

「死んだ！　死んだんですよ！」見習い職人は、肩で息をし、もつれる舌で言った。

「死んだって、誰が？」

「あの、災いの犬です！　まるで石のように固くなって、地面に転がって……」

22

それで村人たちは、ほっと息がつけただろうか。みんなで狂喜しただろうか。ようやく、あのやっかいな神の分身が消え失《う》せた。それはたしかだったが、犬はあまりにも長いあいだ、村に居座り続けていた。いまさらどうやって、以前の暮らしに戻れというのだろう。

最初からやり直すにも、どうしたらいいのかわからない。村にあの犬がいた数年で、若者たちの常識も変化していた。いまでは日曜のミサも、村人にとって気晴らしのような存在となっていた。冒瀆の文句も、どこかしら大げさで、虚しく響くように思われた。犬がいなくなったらさぞほっとするだろうと思っていたはずなのに、何も変わらなかった。

もうひとつ、理由がある。以前の自堕落な習慣をとりもどしたら、いっさいを白状することにならないか？　さんざん苦労し、隠しつづけてきたのに、いまさら白日《はくじつ》のもとに恥を晒《さら》せというのか。一頭の犬に気を遣うあまり、村じゅうの人間が生活を変えたなんて！　国境の向こうまで、笑いの渦がひろがるに決まっている。

そのくせ、問題だけが残された。犬の死骸を、どこに埋めたらいいのか。公園？　いいや、そんな村の真ん中に埋めるだなんて、とんでもない。村人はもううんざりしていたのだから。それとも、下水溝に捨てようか。これにもみな顔を見合わせるばかりで、意見を述べようともしない。ようやく「条例で認められていません」と役場の係官が述べ、気まずい沈黙に終止符が打たれた。では、工場の炉で焼いてしまったら？　だが、そんなことをして感染症でも引き起こしたらどうする。だったら、畑に埋めるのか？　そうだ、それが最良の解決策だろう。でも、誰の畑？　誰が承諾してくれるのだろう。早くも口論がはじまった。あの犬の死骸を自分の土地に埋めていいという者など、しょせんいるはずがない。

だとしたら、隠修士のそばに埋めたらどうだろう。

こうして、神を見た犬は箱に納められ、荷車に積まれ、丘へと運ばれていった。日曜日ということもあり、大勢の村人が、散策を楽しみたいという口実でついてきた。村の老若男女をいっぱいに乗せた馬車が、六、七台、小さな柩のあとに続く。

誰もが陽気にふるまおうとしていた。だが、いくら太陽が輝いていても、すっかり冷え込んだ田野《でんや》や葉を落とした木々は、心地よい眺めとはいえなかった。ようやく丘に着くと、一同は荷車を降り、歩いて礼拝堂の廃墟へと向かった。我さきにと駆けてゆく子どもたち。

「ママ！　ママ！」丘の上から呼ぶ声が聞こえた。「早くぅ！　来てってば！　これを見て！」

大人たちは歩みを速め、シルヴェストロの墓にやってきた。何年も前の葬儀の日以来、村人がここを訪れたことはなかった。

木切れで作った十字架の根元の、ちょうど隠修士が埋葬されている場所の盛り土のうえに、小さな骸骨が横たわっていた。雪や風や雨に削られ、まるで銀細工のように繊細な白骨が。それは、紛れもなく、一頭の犬のものだった。

9

風船

Il palloncino

ある日曜の朝のことだった。ミサを拝聴したあと、オネートとセグレタリオという二人の聖人が、ハーマンミラーふうの黒い革ソファーにゆったりと腰を掛け、地上を見下ろしていた。人間どもが何をしているのか、見物していたのだ。

「なあ、セグレタリオ」長い沈黙を破り、聖オネートが口をひらいた。「君は生きていたころ、幸せだと感じたことがあったかい？」

「いきなり何を言い出すんだ」友は笑って答えた。「いいか、地上では誰ひとり、幸せでいることなんてできやしないさ！」

そう言いながら、ポケットから一箱のマルボロをとりだす。「一服どうだい？」

「そいつはありがたいね」聖オネートは言った。「ふだん、午前中は控えることにしているんだが、まあ、きょうのところは休日だし……。しかし、なかには幸せだという人間も……」

セグレタリオがさえぎる。「だったら、君自身は幸せだった経験があるのかい？」

「私は、ない。だが、間違いなく……」

「いいか、あいつらをよく見てみろ！」聖セグレタリオは下界を指差しながら、大声で言った。「数え切れないほど、うじゃうじゃいる。きょうは日曜で、しかも、いちばんくつろげるはずの午前中だって、まだ終わってないんだぞ。日光がふりそそぐすばらしい日和《ひより》で、だからといって暑くもないし、おまけに、心地よい涼風まで吹いている。春たけなわで、木々や草々がいっせいに花ひらき、そのうえ経済までが、奇跡といわれる成長を遂げてるんだ。当然、彼らだって満足してるはずだと思うだろう？　だったら、この何十億といる人間のなかから、一人でいいから幸せな奴を私に見せてくれ。一人でいいんだ。幸せな奴を見つけ出してくれたら、豪勢な夕食をご馳走してやるよ」

「いいだろう」オネートは受けて立った。さっそく遠い下界に目をやり、果てしなく群れる人間のあいだを、隈《くま》なく探りはじめた。一発で見つけだそうなんていうのは、甘い考えだと承知していた。少なくとも、何日も何日も辛抱強く探さねばなるまい。だが、ひょっとして、ということもあるかもしれない……。

セグレタリオは、皮肉っぽい笑みを浮かべながら、そんなオネートを見つめていた（断っておくが、皮肉といっても少しも悪意はないものだ。さもなければ聖人失格となってしまう）。

「やったぞ、あそこならチャンスがありそうだ！」にわかにソファーから立ちあがると、オネートは言った。

「どこだい？」

「あの広場だよ」オネートは、なんの変哲もない丘のうえの村を指差した。「ほら、あそこに教会から出てくる人たちがいるだろ？　そのなかに、女の子がいるのが見えないか？」

「ああ、あの足の不自由な子かい？」

「そうだ。その子だ……。いいか、よく見てろよ……」

たしかに、その四歳の女の子ノレッタは、足が少し曲がっているうえに痩せており、どこか患っているかのようにひ弱だった。母親に手を引かれ、一見しただけで貧しい家庭の子だとわかる。にもかかわらず、いかにも日曜のミサ用にあつらえてもらったらしい、レースの縁飾りのついた白いワンピースを着ていた。苦労して手に入れたものに違いない。

おりしも、どこかの守護聖人の祭りであるようで、教会の石段の下では切り花を売る出店や、聖人のバッジや聖画像の売店が並んでいる。そのひとつに、風船を売る店があった。風がそよぐたびに、たわわに実ったブドウの房のような色とりどりの球が、心地よさそうに男の頭上で揺れている。

女の子は、風船売りの男の前で立ちどまり、母親の手を引っぱった。そして、あどけないおねだりの気持ちがこもったかすかな笑顔を浮かべ、母親の顔を見あげる。その眼差しには、憧れや哀願の感情があまりにも強くこめられていたため、地獄の大魔王ですら正視できないほどだった。

これほどの威力を放つことができるのは、子どもの眼差しだけだろう。幼くて、か弱く、無垢《むく》だからこそ、可能な技だ（いや、いじめられた子犬も、ときにそのような眼をするが）。

そのあたりの事情を熟知している聖オネートは、だからこそ女の子に目をつけた。彼は考えたのだ。この幼い子が抱いている風船への憧れは驚くほど強烈なのだから、神のご加護により母親が希望を叶えてやったならば、あの子は間違いなく幸せを感じるだろう。数時間しか続かない幸福感かもしれないが、それでも幸せに変わりない。ならば、私はセグレタリオとの賭けに勝つことになる……。

聖オネートは、はるか下の、村の広場で繰りひろげられる光景の一部始終を目で追うことはできるが、女の子が母親に言っていることも、母親の答えも、聞きとることはできなかった。これは、誰も解明できずにいる奇妙な矛盾によるものだ。

天の国に住む聖人たちは、高性能の望遠鏡が瞳に内蔵されているかのように、下界の出来事を細部まで見ることができる。しかし、下界の物音や声は天国まで届かない(ごくまれに例外も起こりうるが、それについてはのちほど述べることにしよう)。おそらく、機械化にともなう恐ろしい騒音から聖人たちの神経系統を守るために、そのような配慮がなされたのだろう。

母親は、女の子の手を強く引き、その場を通りすぎようとした。束の間、オネートはすべてがむなしく終わってしまうのではないかと思い、ひやりとした。人間界では、失望という苦々しい法則があまりにも幅を利かせすぎている。

ノレッタの眼差しにこめられた悲痛な願いには、世界中の軍隊が一丸となって守りを固めても、けっして抗《あらが》えない。だが、貧困ならば抵抗できるだろう。金銭的な貧しさというのは心無いもので、女の子の不幸になど、これっぽっちも同情を寄せたりはしない。

幸いなことに、幼いノレッタは、母親の目をじっと見すえたまま足を踏んばっているらしい。彼女の目にこめられた哀願の気持ちが、ますます強まった(強まることができたとしての話であるが……)。見ると、母親が風船を売る男に話しかけ、小銭を何枚か渡しているではないか！　女の子が指で風船のひとつを指すと、男は風船のかたまりのなかから、いちばん大きく膨らみ、威勢のよさそうな、あざやかな黄色の風船をとりだした。

いまやノレッタは、母親と並んで歩きながら、信じられないという顔つきで風船を見あげている。糸に結ばれ宙を漂う風船が、彼女の歩幅に合わせて、やさしく上下に揺れながらついてゆく。

それを見た聖オネートは、聖セグレタリオを肘でつつき、愉快そうに微笑《ほほえ》んだ。セグレタリオも微笑み返す。聖人たるもの、人間の苦悩の種がひとつ減るのであれば、「負け」も喜んで受け入れるのだ。

ノレッタよ、日曜日の朝、だいじそうに風船を持って村を歩くおまえの気持ちを、いったい何にたとえたらよいのだろう。教会から出てきたばかりの輝く花嫁？　凱旋に沸く女王？　恍惚《こうこつ》状態の群集に胴上げされる人気絶頂の歌手？　世界でいちばん裕福で美しい女性？　幸せいっぱいの恋人？　それとも花や音楽？　月や森？　あるいは太陽？

いや、これらすべてを一緒くたにした心地なのかもしれない。合成ゴムでできた風船が、おまえをこんなにも幸せにしてくれた。痛々しげな病気の足は、病気であることも忘れて、オリンピックでメダルを勝ちとった若きアスリートの無敵の足となったのだ。

二人の聖人は、ソファーの縁から身を乗り出して女の子のようすを観察しつづけた。母親と娘は、丘の中腹にへばりつくように建つ、みすぼらしいバラック街にある自宅に帰りついた。母親は家事をするために家に入ってゆき、ノレッタは風船を持ったまま、道端の石段に腰掛け、通りがかる人と風船とをかわるがわる眺めている。このえもいわれぬ幸運を、世界中の人びとにうらやんでほしかったのだ。

細い道の両側に陰鬱な家々が建ち並び、陽射しが届かないにもかかわらず、けっして美しいとはいえないノレッタの顔は、周囲の家並みを生き生きと照らすほどの輝きを放っていた。

通行人にまじって、三人組の若者が通りかかった。見るからに不良グループといった感じの彼らの目に、否が応でも女の子の姿が映った。彼らに向かってにっこり微笑む女の子……。そのときだ。三人のうちの一人が、この世でもっとも自然なことだといわんばかりに、口にくわえていたタバコを手でつまみ、風船に火を押しつけた。

風船はパーンと音を立てて破裂し、ぴんと天に向かってのびていた糸が、女の子の手元に落ちてきた。先端に、しわくちゃになったゴムのかたまりをつけたまま。

ノレッタは、一瞬なにが起こったのかわからず、あざ笑いながら逃げてゆく三人のならず者の背中を、怯えて見つめるばかりだった。やがて、ようやく理解した。風船は、もうない。彼女の人生における唯一の喜びが、永遠に奪われてしまった。小さな顔がぴくぴくとひきつったかと思うと、みるみる歪《ゆが》んでゆき、打ちひしがれた泣き顔となった。

それは、底なしの悲しみだった。あまりにもむごく、恐ろしく、埋め合わせることはできない。

先ほども述べたとおり、天の国の甘美な庭には、通常、人間界の物音は届かない。車の騒音も、サイレンも、銃声も、叫び声も、原子爆弾の爆発音でさえ。ところが女の子の泣きじゃくる声が聞こえ、隅々にまでわびしく響きわたった。天国はたしかに永久《とわ》の平安と幸せが保障された場所であるが、なにごとにも限界がある。ほかでもない、聖《きよ》き者たちが、人間の苦悩を無視できようか。

崇高な趣味に興じていた聖人たちにとって、それはまさに大きな衝撃だった。光に満ちた国に影が差し、聖人たちは胸をかきむしられた。あの女の子の悲しみを、どうしたら償うことができようか。

言葉もなく友を見る、聖セグレタリオ。

「まったく、なんてひどい世の中なんだ！」聖オネートはそうつぶやくと、点《とも》したばかりの煙草を下界に投げ捨てた。

煙草は、長い線を描きながら、地上へと落下していった。それがあまりに奇怪《きっかい》な光だったため、下界では、空飛ぶ円盤だと騒ぐ人もいたらしい。

10

護送大隊襲撃

L'assalto al grande convoglio

町の一角で捕らえられ、密売の罪だけを問われたために——正体がばれずにすんだおかげで——山賊の首領ガスパレ・プラネッタは、三年で獄を出ることができた。ようやく自由の身になったとき、彼はすっかり変わりはてていた。病にやつれ、鬚《ひげ》は伸び放題。まるでどこかの年寄りといった風貌《ふうぼう》で、狙いを定めたらけっして外さぬ銃の名手として名を馳《は》せた、泣く子もだまる山賊の首領の面影はなくなっていた。

牢獄を出た彼は、身の回りの品をずだ袋に入れ、フーモ山へと歩きだした。そこはかつて彼の砦《とりで》があった場所で、手下たちがまだ潜んでいるはずだった。

六月のとある日曜日、プラネッタは渓谷の奥深くへと分け入った。突き当たりにねぐらがある。以前と変わらぬ山道。そこの剝《む》き出しになった木の根も、あそこの特徴のある岩も、彼ははっきりと記憶していた。何もかも昔のままだ。

祭日だったため、山賊仲間はみなねぐらに集っているらしい。近づくにつれて、話し声や笑い声が聞こえてきた。自分が仕切っていたころと違い、戸は閉まっている。

プラネッタは三度ばかりノックした。中がしんと静まりかえる。若干の間をおいて、「誰だ？」と訊《たず》ねる声がした。

「町から来た者だ」彼は答えた。「プラネッタに頼まれてな」

ちょっと驚かしてやるつもりだったのだ。ところが戸を開けて迎えてくれた連中は、彼がガスパレ・プラネッタであることに気づかない。骸骨のように痩せほそった一味の老犬トロンバだけが、喜んできゃんきゃん鳴きながらまつわりついてきた。

最初のうちこそ、コジモ、マルコ、フェルパといったかつての仲間たち、それに三、四人の新顔も、彼を取り囲むようにしてプラネッタの消息をあれこれと訊《き》いてきた。彼は、プラネッタ親分とは獄中で一緒だったと語った。あとひと月もすれば釈放されるはずだが、その前に仲間のようすが知りたくて、自分をここによこしたのだと。

だが連中は、ほどなく見知らぬ男に対する興味を失い、何かと口実をもうけて離れていった。最後にはコジモがひとり残され、あいかわらずプラネッタ本人だということに気づかずに、会話を続けていた。

「それで、戻ってきたらどうするつもりでいるんだい？」コジモは、まだ獄中にいるはずの、かつての首領の意向を訊ねた。

「どうするつもりでいるって？」プラネッタは訝《いぶか》った。「ここには戻ってこないほうがいいとでも言うのか?」

「いやいや、俺はそんなことは言ってない。プラネッタのことを心配してるだけさ。ここはいろいろ変わっちまったからな。プラネッタが戻ってきたらまた仕切りたがるのは目に見えているが、さて、どんなもんか……」

「何がどんなもんなんだ?」

「果たしてアンドレアがすんなり呑んでくれるかどうか……。あいつは黙っちゃいないだろう。俺は、帰ってきてもらってもぜんぜんかまわないんだ。いつだって俺はプラネッタとうまくやってたしな」

こうして、かつての手下で、しかも当時は仲間うちでもっとも間抜けだったアンドレアが、いまや首領に成りあがっていることを、ガスパレ・プラネッタは知ったのだった。

ちょうどそのとき、勢いよくドアを開け、ほかでもないアンドレアが入ってきた。部屋の中央で、歩みをとめる。プラネッタの記憶のなかのアンドレアは、背ばかりがひょろ高い、ぼーっとした男だった。ところがいま彼の目の前にいるのは、みごとな口髭《くちひげ》をたくわえ、けわしい顔つきをした、見るからに立派な山賊である。

男が訪ねてきた経緯《いきさつ》を聞いたアンドレアも、それがプラネッタであることには気づなかった。プラネッタが釈放されるという話に対しては、こう言った。「ほう、そうか。だが、なんだって脱獄しなかったんだい？　それほどむつかしいことでもなさそうなもんだがな。現にマルコもしょっ引かれたが、たったの六日でずらかったし、ステッラだってすぐに逃げ出した。よりによって親分だったプラネッタが、おとなしく中にいたなんてしめしがつかないね」

「まあ要するに、以前とは勝手が違うんだよ」プラネッタは、狡猾《こうかつ》な笑みを浮かべた。「最近のムショには看守がやたら大勢いてな、鉄格子も頑丈だし、独りになることもない。そのうえ、やっこさん、病気になっちまってよ」

口ではそう言いながらも、プラネッタは自分が仲間から外されたことを悟った。山賊の首領たるものが牢屋にぶちこまれ、ましてや、そこらのごろつきと同じように三年もおとなしく閉じ込められているなんて、もってのほかだ。もうすっかり年老いた自分に、いるべき場所はない。自分の時代は幕を閉じたのだ。

「それはそうと……」ふだんは明朗な彼が、疲労のにじんだ声で言った。「プラネッタがここに馬を置いてきたと言ってたが……。ポラックという名の白馬らしい。なんでも、膝下あたりに瘤《こぶ》があるのが特徴だとか……」

「特徴だった……そう言いたいんじゃないのか？」もしや、自分の目の前にいるのはプラネッタ本人ではあるまいかと訝《いぶか》りはじめていたアンドレアが、尊大にも言った。

「馬が死んだとしても、俺らになんの責任もあるまい……」

「それと……」泰然と続けるプラネッタ。「ここに奴の服と、ランプと、腕時計もあると言っていた」かすかな笑みを浮かべた自分の顔が、仲間たち全員によく見えるよう、彼は窓辺に行った。

思惑どおり、その場に居合わせた者たち全員が、彼の顔をしっかりと見た。そしてその痩せた老人のなかに、かつての首領の面影を、狙いを定めたらけっして外さぬ銃の名手として名を馳せた、あの有名なプラネッタの面影を見てとったのだった。

それでも、声をあげる者はひとりもいなかった。コジモも押し黙ったまま。誰もが、気づかぬふりを決めこんだ。新しい首領のアンドレアがそこに立ちはだかっており、みんな彼を恐れていたからだ。アンドレアも、何食わぬ顔をした。

「プラネッタの物には誰も触っちゃいないさ」アンドレアは言った。「向こうの引き出しにしまってあるはずだ。だが、服がどこにあるかはわからんな。おそらく、ほかの連中が失敬しちまったんだろうよ」

「もうひとつ……」プラネッタは少しも動じずに続けたが、口もとからは笑みが消えていた。「銃も置いてあるそうだ。奴の高性能の鉄砲だが……」

「銃なら、いまでもここにある」アンドレアは答えた。「好きなときに、取りにきたらいい」

「奴は言ってたよ」プラネッタは続けた。「口癖のようにね。あいつら、わしの銃をどんなふうに扱ってるんだろう。帰るころには鉄くずになっちまってるかもしれないって。ずいぶんと銃のことを気にしていたようだ」

「たしかに、俺が何度か使った……」いくぶん挑むような口調でアンドレアは認めた。「だからって、食っちまったわけじゃあるまい」

ガスパレ・プラネッタは、椅子に腰をおろした。また熱が出てきたようだ。大した熱ではないのだが、それでも頭が重く感じられた。

「なあ」彼はアンドレアに向かって言った。「俺にその銃を見せてくれないか？」

「おい」アンドレアは、プラネッタの知らない新米に指図をした。「向こうへ行って、取ってこい」

こうして、プラネッタのもとに銃が運ばれてきた。彼は、心配そうな顔で念入りに調べていたが、じょじょに安堵《あんど》の色が浮かんだ。両手で愛《いと》おしそうに銃身をなでる。

「よし」しばらくの沈黙のあと、ようやく口をひらいた。「ここに弾薬もあるはずだと言っていた。正確に言うと、火薬が六袋、弾丸八十五発」

「おい、おまえら」アンドレアはうんざりした表情で言った。「さっさと取ってこい。ほかにもまだ何かあるのかい？」

「あとは、そいつだ」プラネッタは言って、顔色ひとつ変えずに椅子から立ちあがると、アンドレアに近寄った。腰のベルトから鞘《さや》に納まった長剣を奪い取る。「こいつを忘れちゃいかん。奴さんの狩猟ナイフだ」そしてふたたび腰をおろした。

重苦しい沈黙がしばらく流れ、ようやくアンドレアが口をひらいた。

「じゃあ、あばよ」そろそろ潮時だということをプラネッタにわからせるために、そう言ったのだ。

ガスパレ・プラネッタは、アンドレアのがっしりとした体格を見きわめるように、視線をあげた。病のために衰弱し、疲れきったいまの自分に、戦いを挑むことなどできるはずがない。おもむろに立ちあがり、自分の持ち物をすべて受け取ると、ずだ袋にしまい、銃を肩に担いだ。

「では、一同、邪魔したな」プラネッタはそれだけ言うと、戸口に向かった。山賊たちはあまりのことに身じろぎもせず、言葉を失っている。名を馳せた山賊の首領プラネッタが、侮蔑されたまま立ち去るなんて、思いもよらなかったのだ。ただ一人、コジモだけがどうにか口をひらいたが、なぜか掠《かす》れた声しか出せなかった。

「さらば、プラネッタ！」コジモは、知らぬふりを決め込むのはやめ、大声で言った。

「さらば。お達者で！」

プラネッタは、口笛で陽気なアリアを奏でながら山道を遠ざかり、夜の闇に紛れていった。


こうしてプラネッタは、もはや山賊団の首領ではなくなり、ただの男となった。故セヴェリーノの息子、ガスパレ・プラネッタ。四十八歳、住所不定。

それでも、ねぐらぐらいはどうにかあった。フーモ山中の森の奥にある、材木と石で建てた小屋だった。昔、あたりの警備が厳しいとき、身を潜めるのに使っていたものだ。

小屋にたどりついたプラネッタは、火をおこし、手持ちの金を数えた（数か月くらいならなんとかやっていける額だった）。そして、独りで暮らしはじめた。

ところがある晩、プラネッタが火のかたわらで座っていると、不意に入り口の戸がひらき、銃を手にした若者が入ってきた。年のころは十七くらいだろうか。

「なんの用だ？」プラネッタは、立ちあがろうともせずに訊ねた。血気さかんな若者で、三十年前の自分の姿を見ているようだった。

「フーモ山の連中が潜んでいるのは、この小屋でしょうか？　もう三日も探しているんで……」

ピエトロと名乗ったその若者は、悪びれもせず、山賊の仲間になりたいと語った。これまであちこち渡り歩き、もう何年も前から山賊になろうと決心していたものの、銃がなければ話にならない。そこでしばらくチャンスをうかがっていたが、ようやくなかなかの鉄砲を一丁盗むことができたという。

「よいところに来たな」プラネッタは愉快そうに言った。「わしがプラネッタだ」

「ってことは、親分のプラネッタ？」

「ああ、そのとおり。まさしくプラネッタだ」

「プラネッタは獄の中だって聞いたが……？」

「まあ要するに、入ってたと言えなくもない」プラネッタはいたずらっぽく説明した。

「ムショには三日間いたが、出てきちまったってわけさ」

若者は、熱い眼差しでプラネッタを見つめた。

「そんなら、俺を弟子入りさせてくれませんか」

「わしの弟子にしろと？」プラネッタは訊きかえした。「そうだなあ。まあ、とにかく今晩のところはここに泊まれ。明日になったら考えることにしよう」

こうして、二人はともに暮らすことになった。プラネッタはピエトロをがっかりさせるようなことは口にせず、いまでも自分が首領なのだと信じ込ませておいた。独りで気ままに暮らすのが好きで、仲間とは必要なときにだけ会うことにしていると説明したのだった。ピエトロは、プラネッタが凄腕《すごうで》の山賊であることを疑わず、そのうちとてつもないことをしでかすだろうと期待した。

ところが何日経《た》っても、プラネッタは小屋に留《とど》まったままだった。ふらりと狩りに出るくらいがせいぜいで、それ以外はいつも火のかたわらに座っている。

「親分」ピエトロが声をかける。「いつになったら、何かしでかしに連れてってくれるんで?」

「そうだな」プラネッタは答えた。「二、三日のうちに、ひと仕事するつもりだ。仲間をみんな集めてな。おまえもきっと満足するだろうよ」

だが、日々ばかりがいたずらに過ぎてゆく。

「親分」ピエトロが声をかける。「聞いた話だと、明日、谷あいの街道を、商人が馬車で通るそうですぜ。フランチェスコとかいって、ずいぶんと懐が豊かだとか……」

「フランチェスコか」プラネッタは興味がなさそうに言った。「そいつはあいにくだ。ほかの商人ならまだしも、奴のことは昔からよく知ってる。狐のようにずる賢い男でな。旅に出るときには、盗人《ぬすっと》に遭うのが怖くて、一リラたりと持たないことにしてるらしい。ことによると、着替えさえ持ってないかもしれんぞ」

「親分」ピエトロが声をかける。「明日、目ぼしい品を積んだ荷馬車が二台、通るそうですぜ。なんでも、食料ばかりだとか。どうします？」

「そうか」プラネッタは言った。「食料か」しかし、まるでそんなのは自分にふさわしい仕事ではないとでもいうように、そのまま黙りこくってしまうのだった。

「親分」ピエトロが声をかける。「明日は村の祭りがある。大勢の村人が出歩くし、馬車もたくさん通るはずです。夜になってから家路につく連中もいるに決まってる。ひと仕事できないもんですかねえ」

「人が大勢いるようなところでは……」プラネッタはたしなめるのだった。「へたに動かんほうがいい。祭りがあるときには、憲兵が見回りに出る。あえて仕事など、する必要もあるまい。わしが捕まったのも祭りの日だった」

「親分」それからまた数日が経ったころ、ピエトロが声をかけた。「ほんとうのことを話してくださいよ。いったいどうしたんです？　ちっとも動こうとしない。狩りにも出ないし、仲間にも会おうとしない。親分は病気なんじゃないですか？　昨日だってきっと熱があったんだ。そうやってずっと、火のそばから離れない。なんではっきり言ってくれないんです？」

「たしかにわしは体調が悪いかもしれん」プラネッタは笑みを浮かべた。「だが、おまえの考えているのとはわけが違うんだ。どうしても知りたいというのなら、話してやろう。そうすればもう、うるさく口を出すこともあるまい。いいか、わずかばかりの金貨を手に入れるために、せこい仕事をするのはあほくさい。ひと仕事するのなら、それなりの価値があるものでないとな。よく聞け。まあ要するに、わしはな、護送大隊《ごそうだいたい》を待ち伏せすることに決めてるんだ」

護送大隊というのは、年に一度、正確にいうと九月の十二日、南の各地方で納められた租税の金貨を積んで、都まで運び届ける隊列のことだ。角笛を鳴らし、武装した騎馬兵に護衛され、街道を進んでゆく、お国の護送大隊。鉄製の大きな荷車に、いくつもの袋に小分けされた金貨がぎっしりと積まれている。

心地よい晩など、山賊なら誰しも夢見る獲物だが、この百年、襲撃に成功した者は一人もいない。十三人の山賊が命を落とし、二十人が投獄された。以来、護送大隊を襲撃しようと試みる者は誰もいなくなった。いっぽう、税金は年ごとに増し、それにつれて武装した護衛兵も増強された。前後に軽騎兵を配し、両脇は馬に乗った偵察隊で固め、御者や馬丁、人足までがみな武装していた。

トランペットを吹き鳴らし、旗を掲げた一団が隊列を先導する。いくらか間隔をおいて、長銃や短銃、サーベルで武装した二十四名の軽騎兵が続く。そのあとに、宮廷の紋章の浮き彫りがある鉄製の荷車が、十六頭の馬にひかれて通りすぎるのだ。

荷車の後ろも二十四名の軽騎兵で守られ、両脇は十二名がしっかりと固めている。こうして、ドゥカーティ金貨十万枚と、オンス銀貨千枚が、宮廷の金庫へと運ばれてゆくのだ。

谷を縫うように、足並みをそろえたギャロップで走りすぎる夢の護送大隊。いまから百年前、ルカ・トーロが果敢にも襲撃を試み、奇蹟的に成功した。大隊が襲われたのはそれが初めてで、護衛の兵たちが恐れをなしたのだ。その後、トーロは中東に逃亡し、豪奢《ごうしゃ》に暮らしたそうだ。

そのときから何年かおいて、ほかの山賊たちもまた、襲撃に挑んだ。おもだった名前を挙げるだけでも、ジョヴァンニ・ボルソ、ドイツ男《テデスコ》、鼠のセルジョ《セルジョ・デイ・トーピ》、伯爵《イル・コンテ》どの、三十八人衆《イル・カーボ・デイ・トレントット》のお頭などなど。一人残らず、次の朝、首を刎《は》ねられて道端に横たわっているのが発見された。

「護送大隊？ 本気でそんな危険に挑むんですか？」ピエトロは驚いて訊ねた。

「もちろんさ。危険は百も承知だ。うまくいけば一生楽ができる」

ガスパレ・プラネッタは言ってのけた。だが、心の中ではこれっぽっちもそんなことを考えてはいない。たとえ総勢二十人でも、護送大隊を襲撃するのは無謀のきわみだ。ましてや一人でなんて、とうてい無理な話だった。

プラネッタはほんの冗談で言ったつもりだったが、ピエトロはそれを真に受け、親分の顔を驚嘆の眼差しで見つめた。

「それで、何人で襲うんですか」ピエトロが訊ねた。

「まあ、少なくとも十五人くらいだ」

「決行はいつ？」

「まだ日はある」とプラネッタ。「仲間の意向も訊かんとな。軽々しく動けることではない」

ところが、例のごとく日々は過ぎてゆき、森が赤く色づきはじめる。ピエトロは、その瞬間《とき》をひたすら待ちつづけた。プラネッタはあえて誤解を解こうともせず、火を囲んで過ごす夜長などには、壮大な計画についてピエトロと議論を交わした。それは、プラネッタ自身の心も弾ませ、ときにすべて本当に思えることさえあった。

九月十一日、明日はいよいよ護送大隊が通過するという日、若いピエトロは夜まで戻らなかった。ようやく帰ってきたときには、暗い表情が顔に貼りついていた。

「どうかしたのか？」いつものごとく火のかたわらで座っていたプラネッタが訊ねた。

「やっと、親分の仲間に会って……」

長い沈黙が流れた。薪《たきぎ》がパチパチとはじける音。外からは森を吹き抜ける風の声が聞こえてきた。

「それで……」ようやくプラネッタが、冗談めかした口ぶりで言った。「要するに、ぜんぶ聞いたと言いたいんだな？」

「そのとおり」ピエトロが答えた。「なにもかも聞いちまいました」

「そうか」プラネッタは言ったきり、口をつぐんだ。煙が充満し、火のほかに灯《あか》りひとつない部屋が、ますます静まりかえる。

「連中のところに来ないかと誘われて……」ピエトロがようやく沈黙を破った。「仕事なら山ほどあるからと」

「そりゃあそうだろう」プラネッタはうなずいた。「おまえだって、ここに残るほど愚かではあるまい」

「親分」泣き出しそうな声でピエトロが訊ねる。「なんで自分に、本当のことを話してくれなかったんです？　あんなでまかせばかり言って……」

「でまかせだと？」プラネッタは、ふだんの朗らかな調子を変えまいと努めながら、反論した。「わしがどんなでまかせを言った？　おまえの信じるままにさせておいた。ただそれだけのことさ。がっかりさせたくなかった。要するに、ただそれだけのことなんだ」

「そうじゃない」ピエトロが言った。「自分がここに留まったのは、親分との約束があったからだ。それなのに、からかわれていただなんて……。明日は知ってのとおり……」

「明日がどうかしたのか？」ふたたび穏やかさをとりもどして、プラネッタが訊ねた。

「護送大隊が通る。そう言いたいのか」

「そのとおりです。親分を信じた自分が馬鹿だった……」ピエトロは怒り、不満をぶつけた。「だけど、気づかなかった自分もどうかしていた。そんな病気の身体で、何もできっこないんだ……」彼はしばらく押し黙っていたが、最後に低い声で言った。

「そういうことなら、明日、自分はここを出ていきます」

しかし翌日、プラネッタのほうが先に起きた。ピエトロの目を覚まさないよう床《とこ》を抜け出し、手早く着替えをすませ、銃を持つ。戸口を出ようとしたところで、ピエトロが気づいて言った。

「親分」もはや身に染みついた呼び名で声をかける。「こんな朝早くに、どこへ行くんです?」

「もちろん、決まっている」プラネッタは笑みを浮かべた。「護送大隊を待ち伏せするのさ」

ピエトロは返事もせず、寝床の中で背を向けた。ほら話はもう聞き飽きたとでもいうように。

だが、それはほら話ではなかった。いまやたったひとりになったプラネッタは、たとえ冗談で口にしたことにせよ、ピエトロとの約束を果たすべく、護送大隊の襲撃を決意した。

仲間にはさんざん見くびられた。せめてこの若者だけには、ガスパレ・プラネッタがどんな男なのか見せておきたい。いや、そうではない。ピエトロのことなど、どうでもよかった。とどのつまり、自分のためなのだ。昔と変わらぬ自分を己に示すため、たとえそれが最後になろうとも。彼の勇姿を見る者など誰もいないだろう。いや、彼が挑んだことすら知る者はない。しょせん、その場で殺《や》られてしまうのだから。それでもかまわない。かつて凄腕をふるった自分自身《プラネッタ》との、一対一の問題だった。一縷《いちる》の望みもない賭けに出るのだ。

プラネッタを引きとめようともしなかったピエトロだが、しばらくすると、ふと疑念が湧いた。親分は、本当に護送大隊の襲撃に行ったのではあるまいか。

ほんのかすかな、愚にもつかぬ疑念だったが、ピエトロは起きあがり、プラネッタを捜しに行かずにはいられなかった。それまで彼は、プラネッタに連れられ、護送大隊を待ち伏せるのに最適の場所を、何度も下見していた。そこへ、行ってみるつもりだった。

すでに日が昇りはじめていたが、空には嵐を思わせる雲が、細長く垂れ込めていた。澄んだ灰色の光が洩れている。ときおり、静寂をやぶるように鳥の声が聞こえてきた。

ピエトロは谷底を目指し、森を掻き分けて走った。その向こうに街道がある。栗の木が何本かまとまって生えている方角へ、茂みのあいだを用心深く進んでいった。プラネッタは、そこに身を潜めているにちがいない。

案の定、幹の陰にプラネッタが隠れていた。誰からも姿を見られないよう、小枝と草で砦のようなものをこしらえている。街道の急カーブを見わたせる、迫《せ》り出した岩場の上だ。急な上り坂で、馬も速度を緩めずには通れない。そのため、しっかりと狙いを定めて撃つことができる。

ピエトロは、南に果てしなく広がる平原を見おろした。真ん中を街道が貫いている。はるか彼方に、土煙が見えた。

街道に沿って徐々に近づいてくる土煙は、護送大隊そのものだった。

プラネッタが落ち着きはらって銃の位置を定めていると、近くで何か動く気配を感じた。ふりむくと、銃を手にしたピエトロが、木の陰に身を隠している。

「親分」ピエトロは息をはずませて言った。「プラネッタ親分、出てきてください。気でもおかしくなっちまったんですか？」

「静かにしろ」プラネッタは笑みを浮かべて答えた。「いまのところ、気はたしかだ。おまえはすぐに帰れ」

「親分、やっぱり頭がどうかしてる。いくら待っても、仲間なんか来ません。連中は、護送大隊を襲撃するなんて冗談じゃないと、はっきり言ってた」

「いいや、来る。かならず来るさ。もうしばらく待てばいいんだ。まあ、遅刻はあいつらの悪い癖なんだ」

「親分」すがりつくようにピエトロが言った。「お願いですから、帰りましょうよ。ゆうべ言ったことは、本気じゃない。親分をおいて出ていったりはしません」

「ああ、わかってるとも」プラネッタはやさしく微笑《ほほえ》んだ。「さあ、もういいから帰れ。わかったな。さっさと行け。ここはおまえのいるべき場所じゃない」

「プラネッタ親分」ピエトロは食い下がる。「勝算がないってことがわからないんですか？　相手が何人いるか、考えてみればわかる。親分一人で、何ができるっていうんです？」

「いいから、帰れ」さすがのプラネッタもついに腹を立て、低い声でどなりつけた。「おまえがいたらすべて台無しだ」

そのときには、街道の向こうにいる護送大隊の、軽騎兵や旗、荷馬車まではっきりと見てとれるほどになっていた。

「これ以上言わせるな。帰るんだ」怒りに震えながら、プラネッタが言った。若いピエトロは、ようやく腰をあげ、茂みのなかを這《は》いつくばるようにして引き返してゆき、その姿はやがて見えなくなった。

プラネッタは、馬の蹄《ひづめ》の音を聞いた。いまにもザッと降り出しそうな、鉛のように垂れ込めた雲をちらりと見やる。数羽の鳥が空を飛んでゆく。すでに急勾配に差しかかった護送大隊は、スピードをゆるめはじめていた。

引き金に指をかける。そのとき、腹ばいで戻ってきたピエトロが、またしても木の陰に隠れているのに気がついた。

「ほら、言ったとおり」ピエトロが小声で言った。「誰も来やしない」

「まったく馬鹿な奴め」プラネッタは身じろぎひとつせず、笑みを抑えてつぶやいた。

「この大馬鹿者めが。ぜったいに動くな。もう逃げる暇はない。これからすばらしいショーがはじまる。しっかり目にとどめておくんだ」

あと三百メートル、二百メートル……。しだいに護送大隊が近づいてきた。早くも高貴な荷車の両脇に大きく彫られた紋章が、はっきりと認識できる。馬上で話す軽騎兵たちの声まで聞こえてくる。

ここに至って、言い知れぬ恐怖がピエトロを襲った。それがだいそれた冒険であること、そしてもはやあとには引けないことを、思い知ったのだ。

「ほら、誰も来なかった」そうつぶやく彼の声には、絶望がこめられていた。「頼むから、撃たないでください」

親分のプラネッタは動じない。

「いいか」プラネッタは、まるでピエトロの忠告など聞こえなかったかのように、陽気にささやいた。「皆の者、とくと見ておけ」

プラネッタが狙いを合わせる。けっして外れることのない、みごとな狙い。だが、まさにその瞬間、谷の反対側の斜面から、乾いた銃声が響きわたった。

「猟師だ！」谷あいで恐ろしげにこだまする銃声を聞きながら、プラネッタが愉快そうに言った。「猟師だ。怖がる必要はない。敵が混乱するだけ、むしろありがたいってものさ」

ところが、猟師なんかではなかった。ガスパレ・プラネッタのかたわらで、呻《うめ》き声がする。ふりむくと、ピエトロが銃を放り出し、地面に仰向けに倒れていた。「やられた！」苦しげにうなるピエトロ。「ああ……助けてくれ」

銃を撃ったのは猟師ではなく、護送大隊の警備にあたっていた騎兵だった。大金を運ぶ荷馬車に先駆け、分散しながら谷の両側を進み、待ち伏せする者を見つけだすのが彼らの仕事なのだ。全員がきびしい競争を勝ち抜いた、選りすぐりの射撃の名手であり、持っている銃もとびきりの高性能だった。

森を偵察していた騎兵のひとりが、茂みのあいだを動く若者を見つけた。地面を這うように進んでゆく。その先を見ると、年老いた山賊が潜んでいた……。

呪《のろ》いの言葉が、プラネッタの口をついて出た。用心しながら身を起こし、膝立ちで仲間を助け起こそうとする。そこへ、二発目の銃声がはじけた。

弾は、狭い谷を抜け、垂れ込めた暗雲の下を、まっすぐこちらに飛んできた。やがて、弾道の法則にしたがい、高度を低めてゆく。頭の高さに撃たれたはずの弾は、胸に命中し、心臓のそばに突き刺さった。

プラネッタは、どさりと倒れた。これまで一度も耳にしたことのないような静寂が、あたりを覆った。護送大隊は、ぴたりと歩みをとめた。なかなか降りだそうとしない雨。空を飛ぶ鳥たち。すべてがかたずを呑んで待っている。

ピエトロが、倒れたプラネッタに顔をむけ、微笑んだ。「親分の言ったとおり……」もうほとんど言葉になっていない。「仲間が来ましたね。ほら、あそこに。見えますか、親分」

プラネッタは、答えることこそできなかったが、渾身《こんしん》の力をふりしぼり、指差された方向に眼をむけた。

二人の背後の、木立のなかにぽっかりと空いた草地に、銃を肩に提げた三十名ほどの、馬に乗ったつわものがあらわれた。その姿は雲のように透けて見えるが、薄暗い森を背にくっきりと浮かびあがっている。みすぼらしい服装といい、横柄な顔つきといい、山賊のようであった。

たしかに、プラネッタには見おぼえのある顔ばかり。ほかでもない、昔の仲間たちだった。死んだ山賊が、どうやら彼を迎えにきたようだ。強い陽射しを浴びてひび割れた顔、斜めに走る長い縫い傷、将軍さながらのいかめしい口髭、風に乱れた顎鬚《あごひげ》、ぎらりと光った鋭い眼、腰にあてた両の手、派手な拍車、大きな金ボタン、戦をかさね、埃《ほこり》にまみれた、純朴で陽気な顔つき……。

あそこに見えるのは、頭の回転は鈍いが、気のいいパオロ。水車小屋《ムリーノ》襲撃で殺された。鉄腕ピエトロ《ピエトロ・デル・フェッロ》もいる。何度教えても、馬の乗り方を覚えようとしなかった。のっぽのジョルジョ《ジョルジョ・ペルティカ》も見える。そしてあいつは、極寒に耐えきれずに死んだフレディアーノ……。その誰もがみんな、かつて死んでゆく様子を目の当《ま》たりにした、昔の良き仲間たちだ。

これはおどろいた。あそこにいる、立派な口髭をたくわえた大男、あの背丈ほどもある長い銃を担ぎ、細身の白馬にまたがった男は、伯爵《イル・コンテ》どのではあるまいか？　護送大隊に襲撃をしかけて討ち取られた、悪名高き山賊の首領……。

たしかに、まさしく奴だ。その顔は、見たこともないような穏やかな悦びに輝いている。

おや、見まちがいか？　最後尾の左側、胸をぴんと張り、毅然と馬にまたがるのは、あれは……。目がおかしくなったのでなければ、歴代の首領のなかでもっとも恐れられた、偉大なマルコ《マルコ・グランデ》その人ではないか。都で皇帝が見守るなか、武装した四個連隊の警固のもと、絞首刑に処せられたマルコ・グランデ。死後五十年経ってもなお、声をひそめなければ名を口にできないほど恐れられている、マルコ・グランデ……。まさしく彼だ。不運にたたられはしたものの、勇気を忘れなかった最後の山賊の首領、プラネッタを称えるため、彼もこうしてやってきたのだ。

死せる山賊たちは、しんと静まり返っていた。誰もが心をはげしく揺さぶられ、深い満足をかみしめていた。プラネッタがふたたび立ちあがるのを待って。

期待どおり、プラネッタ、そしてピエトロも、地面からすっくと立ちあがった。もはやかつてのような生身の人間ではない。ほかの仲間たちと同じく透けて見えていたが、寸分たがわぬ己の姿だった。

地上にうずくまって倒れている無残な肉体に一瞥《いちべつ》をくれると、ガスパレ・プラネッタは、どうということはないと自分に言い聞かせるように、肩をすくめた。そして、銃撃を恐れることもなく、昔の仲間たちが待つ草地へと進んでいった。身体じゅう、悦びに満たされるのを感じた。

仲間たちに挨拶しようとしたプラネッタは、列の先頭に、鞍《くら》も鐙《あぶみ》もそろいながら、乗り手のいない馬がいるのに気がついた。思わず笑みを浮かべて駆け寄る。

「ひょっとすると……」新しい自分の声の不思議な響きに驚きながら、大声で言った。「ひょっとして、おまえはわしのポラックでは？　じつに元気そうじゃないか」

たしかに、かわいがっていた馬、ポラックだった。ポラックも懐かしい主人の顔を認めたらしく、いななくような声をあげた。とはいっても、死んだ馬が出す声は、誰もが知る馬のいななきよりもずっと甘美な声だったが……。

プラネッタは愛情をこめて馬の鼻面《はなづら》をぽんぽんとたたくと、早くもその背にまたがり、忠実な仲間たちと疾走してゆく自分の姿にうっとりした。死せる山賊の集う国を見たことはまだなかったが、春のような陽気の、日の光がふりそそぐところを想像したとしても、なんら不思議はないだろう。塵《ちり》ひとつない、白く長い道が、胸はずむ冒険へと導いてくれる。馬の背に跳び乗る準備をするかのように、左手を鞍のはしに添え、ガスパレ・プラネッタは言った。

「仲間たちよ、ありがとう」高ぶる感情を必死でこらえ続ける。「わしは心から……」

だが、ふとピエトロがいることを思い出し、話を中断した。ピエトロもまた影の姿となり、初対面の連中に囲まれてひとり居心地の悪さを感じながら、少し離れたところで何やら待ちかまえていたのだった。

「おお、すまなかったな。みんなに優秀な仲間を紹介しよう」プラネッタは、死せる山賊たちにむかって言った。「弱冠十七歳だ。さぞや立派な男になっただろうに」

山賊はおもいおもいに笑顔を浮かべながら、ようこそ、というように、軽くうなずいた。

プラネッタは口をつぐみ、決めかねたように周囲を見わたした。どうしたものか。仲間と馬にまたがり、ピエトロをひとり置いて走り去れとでも？　プラネッタはふたたび馬の鼻面をたたくと、いたずらっぽく咳払いをし、ピエトロに言った。

「いいか。おまえがこいつに乗れ。おまえのほうこそ、楽しむべきなんだ。ほら、ぐずぐずするな」ピエトロが躊躇《ちゅうちょ》しているのを見たプラネッタは、きつい口調で言ってやった。

「それほど言うのなら……」ピエトロが折れたが、その顔は、明らかに嬉しそうだ。それまで乗馬の経験などまったくなかったはずなのに、自分でも意外なほど軽やかに、はらりと鞍にまたがった。

山賊たちは帽子をふり、ガスパレ・プラネッタに挨拶した。なかには、また会おうと言うように、親しげに片目をつむる者もいた。連中はいっせいに馬の脇腹を蹴り、ギャロップで駆け出した。

弾丸のように木立のなかを駆け抜け、みるみる遠ざかる。枝が幾重にももつれる森に飛び込み、スピードをゆるめもせずに横切ってゆく様は、まさに圧巻だった。しなやかそのもので、見る者をうっとりとさせる馬たちのギャロップ。姿が遠くなってからも、ピエトロも含めた幾人かが、こちらに帽子をふりつづけていた。

ひとり残されたプラネッタは、谷間をぐるりと見まわした。木の根もとに横たわる、もはや使いものにならない己の肉体。それを目の端で見やってから、じっと街道を見すえた。

護送隊の本体は、歩みを止めたままカーブのむこうにいた。プラネッタの位置からは見えない。街道には、偵察の六、七人の軽騎兵の姿があるだけだった。彼らは身じろぎもせず、プラネッタのほうを仰ぎ見ている。信じられないことだと思われるかもしれないが、一連の光景は、彼らの目にもはっきりと見えていたのだった。

影のような山賊たちの姿、交わした挨拶、馬にまたがっての出立……。九月のある日には、低く垂れ込める暗雲のもと、常識ではあり得ない出来事の起こることがある。

残されたプラネッタが街道を見やったとき、偵察隊の隊長は、自分が見られていることに気づいた。そこで、背筋をぴんと伸ばし、軍人どうしがするように、敬礼した。

帽子のつばをつまんで挨拶を返すプラネッタ。その仕草は、じつに穏やかで親しみのこもったものであり、口の端には笑みがこぼれていた。

やがて、ふたたび肩をすくめ――この日はこれで二度目だった――、左足を軸にくるりと向きを変え、軽騎兵たちに背をむけた。そして両手をポケットにつっこみ、口笛を吹きながら去ってゆく。

そう、彼はまさしく口笛を吹いていた。軍隊のマーチを。そうして、仲間たちが姿を消した方角へと歩いていった。そこには、死せる山賊の集う国が待っているはずだ。まだ見ぬその国は、現世よりもよいところに違いない、そう彼が思い描いたとしても、無理からぬことだろう。

軽騎兵たちは、だんだんと小さく、透明になってゆくプラネッタの後ろ姿を見つめていた。軽やかで颯爽《さっそう》とした足取りは、年老いた体つきとは似つかないものだった。たとえるならば、二十歳《はたち》そこそこの若者が幸せいっぱいのときに見せる、浮かれ足といったところだろうか。

11

呪われた背広

La giacca stregata

優雅な着こなしの人を見ればむろん評価はするが、ふだん私は、まわりの人のスーツが完璧に裁断されているかどうか、いちいちチェックするような性分ではない。

そんな私が、ある晩、ミラノのとある邸《やしき》のパーティーで、一人の男と知り合った。見たところ四十そこそこのその男は、文字どおり輝くばかりに美しい、シンプルで非の打ちどころのないスーツを着ていた。

彼とは初対面で、何者かもわからない。いちおう紹介はされたものの、このような場でままあるように、名前を聴き取ることはできなかった。ところが、パーティーの途中でたまたま彼の近くに居合わせ、会話を交わすことになった。礼儀正しく感じのよい紳士のようだったが、どことなく哀しげな雰囲気を漂わせていた。私は初対面にしてはなれなれしいくらいの親しさで——神もまったく意地が悪いものだ——彼の優雅な着こなしを褒め、それだけでなく、どこの仕立屋に注文したのかまで訊《たず》ねた。

男は奇妙な笑みを浮かべた。まるで、その質問を待っていたとでもいうような。

「あまり知られていないのですが、まさに仕立ての名人です。ただし、気が向かないと仕事はしない。ごく少数の顧客にしか服は作らないのです」

「だとすると、私は……？」

「行ってみたらいかがですか。コルティチェッラという仕立屋です。アルフォンソ・コルティチェッラ。フェッラーラ通り十七番地」

「さぞお高いのでしょうね」

「そうだろうと思いますが、じつのところ、よくわからないのです。この服は三年前に仕立ててもらったのですが、請求書がまだでしてね」

「コルティチェッラですね？　フェッラーラ通り十七番地の」

「そうです」初対面の男は答えると、私のそばから離れ、べつの会話の輪に加わった。

フェッラーラ通り十七番地はごく普通のアパートで、アルフォンソ・コルティチェッラの自宅も兼ねていた。とはいえ、仕立屋の大半が自宅で仕事をしている。ドアを開けに出たのは、コルティチェッラ本人だった。小柄な初老の男で、黒々とした髪はおそらく染めているのだろう。

意外なことに、彼は快く私を迎えてくれた。むしろ、なんとか私を顧客にしようと心を砕いているようにも見えた。私は彼の住所を教えてもらった経緯《いきさつ》を説明して、裁断の腕を褒め、私にもスーツを一着仕立ててもらいたいと頼んだ。相談しながら、グレーのウーステッド地を選び、採寸が済むと、試着のさいには私の家まで出向くからと彼は言った。

私は値段を訊《き》いてみた。すると仕立屋は、べつに急ぐ必要もない、そのうち決めればいい、と答えたのだった。私はそのとき、なんて感じの好い男だろうと思った。ところが家に帰る道々、その初老の仕立屋が私の胸に漠然とした不快感を残したことに気づいた（おそらく媚《こ》びたような笑みを終始浮かべていたせいだろう）。彼と再び顔を合わせるのが、どうにも億劫《おっくう》でたまらなくなったのだ。とはいえ、服はすでに注文してしまっていた。そして、二十日ばかりするとできあがった。

服が届くと、私はほんの一時《いっとき》、鏡の前で試着してみた。じつに見事な仕立てだ。しかし、自分でもなぜかわからないが、どうしても着る気になれない。初老の仕立屋に対して抱《いだ》いた不快感を思い起こすからかもしれない。ようやく着てみようと思い立ったのは、数週間が過ぎたころだった。

その日のことは、生涯忘れないだろう。四月のとある火曜日で、雨が降っていた。例のスーツを着てみると——背広にズボン、そしてベスト——、新調したばかりのスーツは、たいていどこかしらきつかったり緩かったりするものだが、それはぴったりと身体にフィットすることがわかり、嬉しくなった。

私はつねづね、背広の右ポケットには何も入れないと決めていた。紙幣は左ポケットにしまう。そのため、スーツを着てからおよそ二時間後、事務所でふと右のポケットに手を入れるまで、中に紙切れが入っていることに気づかなかった。ひょっとすると、仕立屋の請求書ではないだろうか。

ところが、それは一万リラ札だった。

私は驚いた。もちろん私が入れたものではない。だからといって、仕立屋のコルティチェッラがふざけて入れたとも考えられない。仕立屋のあとで背広に触れたのは家政婦ひとりだが、彼女からのプレゼントだなんて、さらにあり得ない。偽札という可能性もあるぞ？　私は光に透かし、ほかの一万リラ札と比べてみた。疑わしいところはまったくない。

唯一あるとしたら、コルティチェッラがうっかり入れ忘れたということだ。支払いに来た客から受け取った金を、あいにく財布が手元になく、その辺に無造作に置いておくのも気がひけたため、マネキンに着せてあった私の背広のポケットに入れたのかもしれない。そのようなことなら、考えられる。

私はブザーを鳴らして秘書を呼んだ。コルティチェッラに手紙を書き、自分のものでない紙幣を送り返そうと思ったからだ。ところが、なんの気なしに、ふたたび右のポケットに手を入れてしまった。

「先生、どうかなさったのですか？　ご気分がすぐれないとか？」ちょうどそこへ入ってきた秘書が訊ねた。おそらく私は、死人のように真っ青な顔をしていたのだろう。ポケットの中で、もう一枚の紙の端に指が触れたのだ。ついさっきまではなかったはずのものだ。

「いいや、なんでもない。ちょっと立ちくらみがしただけだ。ここのところ、ときどきあってね。少々疲れぎみなのかもしれない。下がってもらってけっこうだ。手紙を書いてもらおうと思ったのだが、あとにしよう」

秘書が立ち去るのを待ち、ポケットから紙切れをとりだした。一万リラ札がもう一枚。さらに試す。すると、三枚目の一万リラ札が出てきたではないか。

心臓が高鳴った。ひょんなことから、子どもによく話して聞かせるおとぎ話の世界に入り込んでしまった気がした。誰も本当だなんて信じない、物語の世界に。

私は、気分がすぐれないと口実を作り、事務所を早退した。家に帰って独りになりたかったのだ。幸い、家政婦は帰ったあとだった。ドアの鍵をかけ、窓の鎧戸《よろいど》を下ろした。そうして、次から次へとせわしなく紙幣をとりだしにかかった。ポケットは尽きることがないように思われた。

私は発作に襲われたように全身の神経を緊張させ、いまにも奇蹟が終わってしまうのではないかと怯えながら、同じ作業を繰り返していた。できればひと晩中、朝になるまで続け、何十億と手に入れたかったのだが、途中で力尽きてしまった。目の前に一万リラ札がうずたかく積まれている。いまはこれをうまく隠すことが肝《かん》心《じん》で、誰にも気づかれないようにしなければならない。絨毯《じゅうたん》がしまってあった古い長持ちを空にし、その底にいくつもの束に分けた紙幣を並べて入れながら、いくらあるか数えてみた。ゆうに五千八百万リラはある。

翌朝、私は家政婦に起こされた。服を着たままベッドで眠り込んでいた私を見て、驚いたらしい。私は、笑ってその場を取りつくろおうとした。昨夜は少しばかり飲みすぎて、つい眠くなってしまったと言い訳した。

すると、新たな問題が生じた。家政婦が、せめてブラシをかけたいからスーツを脱いでくれと言い出したのだ。

私は、急いで出かけねばならず、服を着替えている暇はないと答えた。それから、大あわてで既製服店に行き、似たような生地のスーツを買った。家政婦にはこちらのスーツの手入れをさせればいい。数日のうちに、私を世界一の大富豪になりあがらせてくれるはずの「私の」スーツは、安全な場所に隠しておかなければならない。

夢を見ているような心地だった。自分が幸せなのか、あるいは、大きすぎる運命の重みに押し潰されそうになっているのか、わからない。通りを歩いているときでも、トレンチコートの上から、魔法のポケットのあたりを押さえてみずにはいられず、そのたびにほっとため息を吐《つ》く。生地の下から紙幣のかさかさという音が聞こえ、心が休まるのだった。

ところが、驚くべき偶然の一致によって、私の狂喜は一気に冷めた。各紙の朝刊が、昨晩、強盗事件のあったことを大々的に報じていた。とある銀行の現金輸送車が、各支店で回収したその日の預金を本店に運ぶ途中、パルマノーヴァ通りで四人組の強盗に襲われ、現金を奪われた。駆けつけた人びとを追い払うために、強盗の一人が拳銃を撃ったらしい。巻き添えになった通行人が一人、死亡した。

しかし、なによりも私が衝撃を受けたのは、奪われた金額だった。私が手に入れた金《かね》と同じ、ちょうど五千八百万リラ。

私がにわかに手に入れた富と、ほぼ同時刻に起きた強盗事件と、なんらかの関係があるのだろうか？　そんなことを考えるほうがバカらしくも思われた。私は迷信など信じる性質《たち》ではない。それでも、偶然の一致に困惑せずにはいられなかった。

人間は、手に入れれば入れるほど欲が増す。これまでのつましい暮らしぶりを考えるならば、私はすでにじゅうぶん金持ちだった。それにもかかわらず、際限なく贅沢な暮らしをしてみたいという妄想が、私を駆りたてた。そして、その晩もまた、例の仕事にかかった。今回はそれほど神経をすり減らすこともなく、落ち着いて作業ができた。やがて、昨晩の宝の山に新たに一億三千五百万リラが加わった。

その晩、私は一睡もできなかった。なにか危険を察知したのだろうか。それとも、なんの苦労もなく莫大な富を手に入れることに良心の呵責《かしゃく》を感じたからなのか。あるいは、漠然と後ろめたさを感じていたからかもしれない。外がうっすら明るくなるや、ベッドから飛び起き服に着替え、新聞を買いに走った。

そして新聞をひらいたとたん、息を呑んだ。ナフサ貯蔵タンクから恐ろしい火災が発生し、街の中心に位置するサン・クロロ通りのビルが半壊したと書かれている。ビルに入っていた不動産会社所有の金庫が炎に包まれ、灰と化した。中には一億三千万以上の現金が入っていたそうだ。しかも、火災現場では二人の消防士が殉職している。

ここで私は、犯した罪をひとつ残らず語らねばならないだろうか。

そう、それはまさに罪だった。私はもはや、背広から溢《あふ》れ出る金が、犯罪や流血、絶望や死といった地獄から生じることを知っていたのだから。それでも、私のなかには条理という甘い罠があり、自分の責任をいっさい認めまいとあざ笑っていた。すると、ふたたび欲望に囚《とら》われ、手が――あまりにも易々《やすやす》と！――ポケットの中に滑りこむ。指が束の間の快感を求め、新たに湧いて出た紙幣の端をまさぐるのだった。ああ、金よ。神聖なる金よ！

私は、これまで住んでいたアパートは引き払わずに（目立つことはしたくなかった）、大きな屋敷を手早く一軒買い、貴重な絵を買い集め、高級車を乗りまわした。「健康上の理由」として会社に辞表を出し、美しい女性たちを連れて、世界の各地を旅した。

背広から金を引き出すたびに、世界のどこかで悲惨で忌まわしい事件が起こることはわかっていた。だがそれは論理的な証拠のない、漠然とした認識にすぎない。そうやって引き出す回数を重ねるほど私の良心は麻痺し、浅ましくなるいっぽうだった。

仕立屋はどうしたかって？　代金を訊くために電話もしてみたが、誰も出ない。じっさいにフェッラーラ通りまで訪ねていったところ、彼は外国に移住したという話で、転居先もわからない。なにもかも、知らぬ間に私が悪魔との契約を結んでしまったことを裏付けるばかりだった。

あげくの果てに、ある朝、私が長年住んでいた建物で、年金暮らしの六十代の女性がガス中毒死しているのが発見された。前日引き出したばかりの年金の月額三万リラを紛失し（私がポケットから頂戴した額）、絶望のあまり自殺したということだった。いいかげん、かんべんしてくれ！　どうにかして背広から逃れないかぎり、このまま奈落の底まで落ちてしまいかねない。だからといって、背広を他人の手に委《ゆだ》ねることもできなかった。そんなことをすれば、不幸の連鎖が続くだけだ（これほど強烈な誘惑に勝てる人間など、いるわけがない）。なんとしてでも、背広を抹殺しなければならなかった。

私は車を運転し、誰も足を踏み入れないアルプスの渓谷に行った。そして草むらに車を停め、歩いて森に分け入った。人っ子ひとりいない。森を抜けると、堆石《たいせき》でできた岩だらけの場所に出た。その二つの巨岩に挟まれた場所で私はリュックサックから邪悪な背広をとりだし、上から灯油を撒《ま》き、火を放った。たちまち灰と化す背広……。ところが燃えつきる寸前、最後の炎が揺らめいたとき、背後から――二、三メートルばかり離れていただろうか――人の声が響いた。

「いまさら遅すぎるさ。手遅れだよ！」恐怖にかられた私は、鎌首をもたげる蛇のごとく、後ろをふりむいた。だが誰もいない。岩から岩へと飛びうつるようにしてあたりを探り、忌々しい奴を見つけ出そうとしたが、徒労だった。あるのは岩ばかり。

恐怖が完全に去ったわけではなかったが、渓谷まで戻ると私はひとまず安堵《あんど》した。ようやく背広から解放されたのだ。幸い、金もたっぷりある。

だが、先ほどの草むらからは、停めたはずの車が忽然《こつぜん》と消えていた。街に戻ってみると、私の豪奢《ごうしゃ》な屋敷もない。屋敷が建っていたはずの場所には、荒れた草地が広がり、「売却用市有地」との看板が立っているだけ。さらに、銀行に預けてあったはずの預金も、どういうわけか一銭もなかった。いくつもの金庫に分けてしまってあった分厚い株の束も消えている。古い長持ちの中も、埃《ほこり》がつもっているばかりで、紙幣一枚たりとも入っていなかった。

いま、私は必死になって働き、かろうじて生計を立てている。なにより不思議なのは、私が急激におちぶれたというのに、誰ひとり驚きもしないことだ。

しかも、これで終わりではないことを私は承知している。いつの日か、玄関の呼び鈴《りん》が鳴り、ドアを開けに出ると、私の目の前に、卑劣な笑みを浮かべた悪魔の仕立屋が立っているだろう。そして、私に最終的なつけの支払いを要求するのだ。

12

一九八〇年の教訓

La lezione del 1980

地上の争いが絶えぬことに、ついに愛想をつかした神は、人間どもに戒めの教訓を与えることにした。

一九七九年十二月三十一日火曜日、夜中の十二時きっかりに、ソビエト連邦の最高指導者ピョートル・セミョーノヴィッチ・クルーリンが急死した。東アフリカ民主共和国の外交団を歓迎するパーティーの席上、新年の祝杯をあげようとした瞬間——十二杯目のウォッカだった——彼の口もとに浮かんでいた微笑が消え、まるでセメント袋のように、どさりと床に倒れたのだ。周囲は騒然となった。

世界は、相対する二つの反応に分かれた。おりしも、冷戦はこれまでになく激しさを増し、危機的な状況にあった。

共産主義陣営と西側諸国のあいだに緊張が走った直接のきっかけは、月面で発見されたコペルニクス・クレーターの領有権争いだった。珍しい金属が豊富に眠る広大なその地域に、アメリカとソビエト、それぞれの占領軍が展開していた。アメリカ軍は中央に集結し、そのまわりをソビエト軍がぐるりと取り囲むという構図。コペルニクス・クレーターに先に足を踏み入れたのは、どちらか？　どちらの国が占有権を主張できるのか。

そのわずか数日前のクリスマスイヴに――最低の趣向だとの酷評を自由主義陣営から受けながら――クルーリンはコペルニクスのクレーターをめぐり、きわめて強硬な演説をおこなった。そのうえで《減圧装備》にかけてはソビエトが圧倒的な優位にあると、あからさまに強調したのだ（かつて国際紛争に用いられ、おぞましい武器として恐れられた原子核融合爆弾は、もはや埃《ほこり》まみれのガラクタでしかなかった）。「新たなる資本主義侵略の責任者どもは……」故フルシチョフ書記長を思わせる口調で、彼は述べた。「自分たちが置かれている状況をわきまえもせずに事を為《な》すつもりでいるのか？　いまやわれわれは、二十五秒もあれば西側諸国の全人民を、数多《あまた》の風船のごとく破裂させることも可能だというのに」

その言葉は、広大な領域の気圧をゼロにし、甚大な被害をもたらすことのできる秘密兵器の存在をほのめかしていた。

最大の敵の巧みな弁舌にはもはや慣れっこだったため、当然ながら西側諸国の人びとは、猛烈な剣幕のクルーリンの言葉を文字通り受け取りはしなかったが、ことの重要性を見すごすこともなかった。つまりは、インドシナ戦争中のディエン・ビエン・

フーの戦いを百倍激しくしたほどの新たな危機が、月面に迫っていたわけである。

それゆえ、クルーリンのとつぜんの死は、はかりしれない安堵《あんど》をアメリカにもたらした。前任者たちと同様、彼も最高権力を独り占めにしてきた。少なくとも表向きは国内に反対勢力が存在しなかったため、事実上、クルーリン個人が政策を決定していたようなものだった。中枢から彼がいなくなったいま、不安や混迷からモスクワに危機がもたらされることは必至だろう。いずれにしても、ソビエト側からの外交・軍事的な圧力が大幅に軽減されることは間違いない。

それとは対照的に、ソビエト側の狼狽《ろうばい》は尋常ではなかった。そのうえ、中国は尊大なる孤立を深めており、共産圏の見通しはまったくもって暗いものだった。新たな十年が幕を開けようという瞬間に（次なる二十カ年計画が数日中にもスタートする予定であった）独裁者が死去したことにより、人民のあいだにショックが広がった。不吉な前触れだと考えるのも、いたしかたなかったのだ。

ところが年が明けると、次々と、世界は予想だにしなかった出来事に見舞われた。クルーリンの死のちょうど一週間後、つまり一九八〇年一月七日火曜日、夜中の十二時きっかりのこと。執務机で海軍秘書官と協議をしていたアメリカ合衆国の大統領、サミュエル・E・フレデリクソンが、心筋梗塞とおぼしき発作を起こした。技術畑出身であり、挑戦好きのパイオニアだったフレデリクソン大統領は、果敢なアメリカンスピリッツの象徴であり、月面に降り立った最初のアメリカ人でもあった。

　ぴったり一週間の間隔をおいて、国際紛争における最悪の対立関係にあった両首脳があいついで舞台を去ったことにより、世界中が筆舌に尽くしがたい衝撃に襲われた。二人とも、ちょうど夜中の十二時に死ぬなんてことがあるのだろうか？　秘密組織の仕組んだ殺人だと噂する者、地球外生物の仕業だと夢想する者、いわゆる「神の審判」が下ったのではあるまいかと畏《おそ》れる者……。

　さまざまな憶測が飛びかうなか、政治コメンテーターはみな何を言っていいかわからず、途方に暮れるばかりだった。むろん、たんなる偶然のなせる業かもしれない。だが、そのような見方を鵜《う》呑《の》みにすることは不可能だった。クルーリンもフレデリクソンも、死の直前まではいたって健康だったのだから。

　モスクワでは、臨時的な措置として、複数の指導者による合議制で政権が運営されることになった。いっぽうのワシントンでは、合衆国憲法にしたがい、副大統領のヴィクター・S・クレメントが自動的に最高職に就任した。クレメントは、ネブラスカ州知事を務めた経歴のある、六十過ぎの頭の切れる政治家で、法律学者でもあった。

一九八〇年一月十四日火曜日の夜中、火の焚《た》かれた暖炉の上の時計が十二時を告げた瞬間、暖炉わきの肘掛け椅子に座ってミステリーを読んでいたミスター・クレメントの手から本がすべり落ち、頭をがっくりと前に垂らしたかと思うと、そのまま動かなくなった。家族の介抱も、駆けつけた医師団の処置もまったく効果なく、クレメントも死者の国に召されていった。

こうなるともう、迷信じみた恐怖が世界を駆けめぐった。もはや偶然の出来事として片づけることはできまい。人智をはるかに超える力が働き、地球上の最高権力者たちを、数学的なまでの正確さで、一定の期間ごとに襲っている。

勘の鋭い識者たちは、このおぞましい現象のメカニズムを解明したものと確信した。すなわち、天の命を受けた死神が、人間界でもっとも強大な権力を誇る者を一週間に一人ずつ連れ去るのだ。

この三つの事件は、いずれもきわめて特異であり、いっさいの法則性を見いだすことはできなかった。にもかかわらず、識者の解釈が人びとの想像力をあおり、恐ろしい疑問に行き当たった。来週の火曜日は、はたして誰の番なのか？　クルーリン、フレデリクソン、そしてクレメントの次に強大な権力を誇り、死ぬ運命にあるのはいったい誰なのだろう。世界各国の人びとが、この「死の競争」における次なる犠牲者を言い当てる賭けに熱中した。

人びとは極度の緊張を強いられ、忘れることのできない一週間を過ごした。もはやコペルニクス・クレーターになど関心を示す者はいない。何人もの国家元首が、死の恐怖と自尊心に苛《さいな》まれた。火曜の夜の悲劇の次の犠牲者として選ばれることは、すなわち自らの威厳の証明であり、虚栄心をくすぐられる。そのいっぽうで、生存本能もけっして黙ってはいなかった。

一月二十一日の朝、謎のベールに包まれた中国のル・チミン主席が、自信過剰にも自分の番が来たと思い込み、自殺を図った。無神論者だった彼は、神になど依存していないことを示したかったのだ。

同じころ、フランスの英雄として伝説的な存在であったド・ゴールもまた、自分こそが選ばれた存在だと思い込み、嗄《しわが》れた声を絞り出すようにして祖国への別れの演説をおこなった。それはじつに威厳に満ちたものであり、九十歳という年齢の重みにもかかわらず、これまでの彼の演説のなかでもっとも雄弁だったと、多くの者に評された。野心がなにものにも勝ることを、証明したわけである。地上の人類のなかで自分がもっとも優越した存在であることを死によって示せるのならば、喜んで死んでゆく人がいるのだから。

ところが、期待外れもいいところで、夜中の十二時を過ぎてもド・ゴールはぴんぴんとしていた。だが世界中を驚かせたことに、西アフリカ連邦共和国の精力的な大統領、コッチョが急死した。それまでは、どちらかというと憎めない、目立ちたがり屋との評価ぐらいしかなかった人物である。

その後、彼がブスンドゥに設立した研究センターで、遠く離れた人間や物体から水分を完全に奪うことのできる方法を発見していたことが明らかになった。それはすなわち、すさまじい兵器となりうる。

こうして、「もっとも有力な者が死ぬ」という法則が裏付けられた形となり、昨日までは誰もが就きたいと望んでいた要職にいた人物が、こぞって逃げ出した。

各国で大統領のポストが空席になるという異常事態になった。これまでは死ぬほど渇望していたはずの権力を、誰もが他人に押しつけたがった。政界や産業界、財界の大物たちはみな、なりふり構わず、できるだけ偉く見えないようにしようと競い合った。誰もが身を縮め、翼を折り、自分の国も、自分の政党も、自分の会社も、お先真っ暗だと悲観論をぶった。世界が百八十度ひっくり返ったのだ。次の火曜の夜に迫る悪夢さえなかったら、いっぷう滑稽な眺めですらあった。

こうして、五週目の火曜も、六週目の火曜も、七週目の火曜も、夜の十二時になると人が一人ずつ死んでいった。犠牲になった人物を順に挙げると、中国のホウセイ副主席、カイロの黒幕と称されたファッテン・ニッサム、そして、《ルールの皇帝》との異名を持つ、カルテンブレナー閣下。

その後、しだいにそれほどの権威を持たない人物が犠牲になっていった。重要な地位にある人びとがみな、恐れをなして逃げ出し、絶対的な支配力を誇ることのできるポストがもぬけの殻となったためだ。ただ一人、老ド・ゴールだけは、あいかわらずのふてぶてしさで、大統領の座から離れようとしなかった。

だが皮肉なことに、なぜか彼が死によって満足させられることはなかった。むしろ、例の法則の唯一の例外となったわけだ。事実、ド・ゴールよりもよほど権力を持たない人物が、火曜の夜ごとに死んでいった。神は、彼の存在を無視することで、謙虚というものをド・ゴールに教え込もうとしたのだろうか。

二か月もすると、独裁者も、首相も、大政党の党首も、大企業の社長も、一人として地球上には存在しなくなった。すばらしいことに、全員辞職したのだ。彼らの代わりに、共同運営委員会が国や企業の運営にあたるようになった。委員会の各メンバーは、誰もがほかのメンバーの上に立ったりしないよう、きめ細かな注意を払った。また、世界有数の富豪たちは、これまで貯めこんできた桁外《けたはず》れの大金を手放し、慈善団体や、社会事業、芸術作品の保護などに、気前よく寄付した。

こうして、世界は前代未聞のパラドックスに陥った。アルゼンチンの選挙戦では、エルモシーノ大統領があたかもペストのように得票を恐れ、自らを中傷したあげく、国家元首に対する侮辱罪で起訴された。ローマの日刊紙「ウニタ」には、イタリア共産党（ＰＣＩ）はもはや完全に解体したと告げる悲しげな社説が掲げられた。だが、じっさいのところ、ＰＣＩはこれまでどおり機能しつづけていた。

そんな社説を書いたのは、ほかでもない、ＰＣＩのカンニッツァーロ幹事長だった。彼は自分の役職に執着するあまり、辞職だけは絶対にしたくなかった。そこで、このような偽装工作をして、運命の犠牲になることを避けようとしたのだった。さらに、ボクシングのヘビー級世界チャンピオンであるバスコ・ボロータは、自らの肉体を衰弱させるため、マラリアのウイルスを接種した。強靭《きょうじん》な肉体も、場合によっては危険な権力の象徴となりうる。

争いが起きると、それが国家間のものであろうと、内政的なものであろうと、プライベートであろうと、誰もが相手に理があることを認め、自分こそが弱者であり、従順であり、未熟であると主張するようになった。コペルニクス・クレーターの領有権は、ソビエト連邦とアメリカ合衆国とで平等に分割することになった。所有していた企業をすべて労働者に譲るという資本家からの申し出に対し、労働者はそのまま所有しつづけてほしいと懇願するしまつ。数日後には、世界各国が完全非武装の合意に達した。不要となった爆弾の備蓄は、土星の近くまで運び出し、すべて爆破させた。爆発の威力で、土星の輪が二本ほど欠けた。

半年もしないうち、地上からあらゆる紛争の危機が消え去った。地域的な紛争すらなくなった。紛争だけではない。言い争いも、喧嘩も、抗議も、憎悪も、敵対心も、まったく存在しなくなった。権力争いや覇権への渇望がなくなると、世界中のいたるところで、正義や平和がおのずと確立されたのである。

あれから十五年たった現在もなお、神のおかげで、人類は正義や平和を享受している。一九八〇年の教訓を忘れた野心家が、他人の上に立とうとしようものなら、火曜の夜の十二時、目に見えない鎌がふりおろされ、ザックとばかりに首を斬り落とすのだから。

週に一度の「執行」は、十月の半ばには終わりを告げた。もはや必要なかったのだ。地上の争いをなくすには、四十ほどの心筋梗塞を、然《しか》るべき場所にふりわければそれで十分だったことになる。

最後のほうの犠牲者は、いずれも二級クラスの人物ばかりだった。それ以上の有力者が世界マーケットに存在しなくなった以上、仕方のないことだろう。ただし老いぼれたド・ゴールだけは、執拗にも生きながらえていた。

最後から二番目の犠牲者となったのは、アメリカのステレオテレビの著名アナウンサー、ジョージ・A・スウィット（呼び名はスイート）。多くの人びとの意表をついた死だったが、彼が恐るべき名声を一身に集めていたのは事実である。望みさえすれば、アメリカ合衆国連邦の要職に就くことだってできたはずなのだから。

この件についてコメントを求められたイタリア競馬界の有力者マイク・ボンジョルノ伯爵は、犠牲者としてスウィットが選ばれたのは驚くに値しないと答えた。伯爵自身も、五〇年代、まだ若かった時分、イタリアのテレビキャスターとして名を馳せた人物だ。もっとも売れっ子だった時代には、望んでもいないのに、ほぼ無限といえるほどの影響力を手中にしていることに気づいたものだと彼は語った。

その証拠として、とある外国から（どこの国かは言及しなかった）、イタリア人民を言葉であおり、反乱をけしかけてくれたなら、望むものを与えようとの申し出まで受けたことを明かしてくれた。イタリアを、とある体制下に置こうとの魂胆だったらしい（どのような体制かは明言を避けた）。マイク・ボンジョルノ伯爵は、アメリカ国籍だったにもかかわらず、愛国心ゆえに、ノーと答えたということだ。

＊　本編に登場する人物名は、フルシチョフ、ド・ゴール、マイク・ボンジョルノ（一九二四年～。イタリアの著名なテレビキャスター。アメリカ出身）以外、すべて架空のものである。（原注）

13

秘密兵器

L'arma segreta

世界中の人びとがたいそう恐れていた第三次世界大戦は、軍のスペシャリストの予測どおり、二十四時間以内に終結した。だが、その展開は、あらゆる予言を覆すものだった。なにより、世界情勢にいささかの変化ももたらすことはなかった。

南極大陸のホイッピング地帯をめぐり、領有権を主張し合うアメリカとソビエトの対立が顕著になると、いかにももっともらしい根拠が、いくつも挙げられた。しかし本当のところは、そそり立つ氷山を跨《また》ぐように広がるほぼ全域が未踏のホイッピング地帯には、秘められた宝が埋没していたのだ。それを知るのは、最強の秘密情報機関だけだった。

あわてふためく人びとを後目《しりめ》に、冷戦の対立はにわかに不穏な様相を帯びはじめ、両者の勢力争いとなった。両国は互いに、核心に触れない分だけ余計に脅威的な演説をぶち、新たな秘密兵器の存在を、おめでたいほど執拗にほのめかすのだった。それは、「想像を絶するほどの、途方もなくすばらしい」兵器であり、わずか数時間にして敵国に完全降伏を強いるものらしかった。

そんな恐ろしい演説が、まだ生々しく人びとの頭のなかで渦巻いているというのに、いきなりモスクワから最後通牒《つうちょう》が突きつけられた。四十八時間以内に、アメリカ軍の先遣隊はホイッピング地帯より撤収せよというものだった。通告は、非常にストレートで妥協を認めないものだったので、衝突が避けられる望みはなかった。誰もが予想したとおり、ワシントンは相手にしなかった。合衆国の各州で、厳戒態勢を敷くようにとの命令が関係諸機関に伝えられた。

事ここに至って、人びとが長年忘れていた、底知れぬ恐怖がよみがえった。まもなく、この手から人生のすべてがこぼれ落ちてしまうのかもしれない……。すると、日常生活の退屈でちっぽけな事柄が、突如として人類の幸福のシンボルであるかのように思えてきたのだ。

朝、ベッドで目を覚まし、一日の最初の煙草をふかすこと、市電、イルミネーションで飾られたショーウィンドウ、工場やオフィスでの仕事、散歩、子どものわがまま、リバイバルの映画、おろしたての靴、トトカルチョ、土曜の晩……。いまはまだそこにあるそれらすべてが、まもなく永遠に失われようとしている。

地球上の人間は皆、慎みを忘れ、髪をふり乱し、自分と身内のことだけを心配し、どうにか助かる方法を見つけようと躍起になっていた。ところが、あまりに長い年月、次なる大戦は起こりえないと断言され続けてきた。そんなことになろうものなら、地球全体が破滅してしまうのだから。要するに、誰も戦争から身を守る方法を真剣には考えていなかったし、シェルターの整備や非常食の常備といった当局からの勧告も、絵空事でしかなかった。したがって、迫りくる世界の破局を前にして、政府からも見放された人びとの狼狽《ろうばい》たるや、相当なものだった。

幸い——それが幸いと言えるならばの話であるが——、破局の瞬間を待つ人びとの苦悩は、さほど長くは続かなかった。ソビエト側の最後通牒の期限までまだいくらか時間があり、多くの人がなんとか生き延びたい一心から、説得力の乏しい滑稽な理屈にすがろうとしていたときだ。

全ラジオ局から繰り返し流された放送に、人びとの心は凍りついた。アメリカ合衆国全土に、警戒レベルを最高の第三段階に引きあげよとの命令が下ったのだ。何発かは不明なものの、ソビエト連邦から大量殺戮《さつりく》兵器を搭載したミサイルが発射され、遅くとも二時間後には合衆国に到達するらしい。じつのところ、ミサイルの数もわかっていた。北極圏に配置されている迎撃基地が、何千キロと離れた場所からミサイルが接近しているのを感知し、密度も記録していたのだ。最初の一群だけでも、その数は三千発を下らない。

軍の最高司令部により、ただちに宿命のレバーが下ろされ、アメリカ全土のミサイル発射装置に必要なだけの電圧が送られた。こうして、大地も震える大音響とともに、ソ連側と同レベルの——少なくともそう推測される——大量破壊兵器を搭載した何万発ものミサイルが、大空に向かって発射された。ミサイルはおぞましい炎の尾だけを残し、夜の深い闇へと消えていった。

その事実を知る者にとっては、感無量の瞬間だった。人類の誇りが大空に向かって放たれ、消えてゆく。

しかも、おそらくこれが最後だろう。驀進《ばくしん》してゆく紡錘形のミサイル群が、人生の夢幻をすべて——小さなものも大きなものも一緒くたに——持ち去ってしまう。愛情、居心地のよいマイホーム、恋しい人と過ごす時間、富や名声への憧れ、家庭という魔法、春、人智、音楽、穏やかに過ぎてゆく歳月……。

だが、感慨に耽《ふけ》っている時間はない。人びとは不安げに時計を見やった。あとわずか、たぶん一分後……いや、一瞬のちには、すべてが跡形もなく消え去る。

地上では、すさまじい叫び声が響いた。はるか上空で、爆発の閃光が走ったのだった。一発、二発……三百発……三千発……。爆発するたびに、光に照らされ、まるで無数の蜘蛛の足のように、白い蒸気の筋が八方に拡散するのが見えた。それらは複雑にからみあいながら、超巨大な透かし彫りのクーポラを形づくっていった。

蒸気の筋がだんだんと密になり、やがて厚ぼったい天蓋《てんがい》となって星空を完全に覆いつくした。

人びとの緊張がふっと緩んだように感じられた。誰もが、核爆弾が炸裂し、衝撃により地面が揺れ、またたく間に火焔に包まれ、すべてが瞬時に消え去ると思い込んでいたのだ。ところが、そうはならなかった。

続いて、純白の蒸気でできたクーポラは、もはや爆発の振動で震えることもなく、ゆっくりと下降をはじめた。蒸気の正体を知る者は誰一人いない。あれが地上に到達したら、さぞや恐ろしい結末が待っているにちがいない。

恐れていたとおり、白い蒸気は地表まで降りてきて、あたり一面に霧が立ちこめた。家のなかにも、地下室にも、シェルターにも、ごくごく小さな隙間《すきま》から入り込み、隅々まで充満する。人びとは避難所の最奥に閉じこもり、恐怖のあまり身じろぎもできずにいたが、白いガスはどこであろうと入り込み、阻止できない。咳き込む者、ひざまずいて祈りはじめる者……。死の瞬間が訪れたのだ。

しかし、ほどなく咳が止まった。まだ気を失っていないことに誰もが驚き、無言で顔を見合わせた。なにも感じない。息苦しくもなければ、焼けるような熱さを感じるわけでもなく、どこかが痛むわけでもない。

ソ連の科学者たちが計算を誤ったのだろうか。あるいは、ここまで到達するあいだに、毒ガスの悪魔のような破壊力が失われたのか。

白い蒸気は、ホワイトハウスの完全防御シェルターにも例外なく浸透した。シェルター内にいた要人は、全員が防毒マスクを装着していたのだが、蒸気の筋はマスクの内部にまで浸透した。一同は、撫でるように頰を這《は》う蒸気のうごめきを感じていた。

ふいに、合衆国大統領が毅然とした態度で自らの防毒マスクを外し、隣でしゃがみこんでいた国務長官の肩を揺さぶった。彼にも同じことをしろと迫ったのだ。国務長官がためらいつつも命令に従うと、その場に居合わせた者たちは皆、あとに続いた。シェルター内にはびっしりと蒸気が充満している。それなのに、誰ひとり死んではいなかった。

「まったく……」合衆国大統領が口をひらいた。「いったいなぜ、目を覚ますのにこれほど厖大な時間を要したのだ！」

「おっしゃるとおりです。信じられません」国務長官が応じた。

「プロレタリア独裁だ！」断固とした口調で、大統領は言った。「それよりほかに解決策はあり得ない！　そんなことは、誰の目にも明らかだというのに」

国務長官も、自分の額を拳で叩いた。「いやはや、われわれが愚かでした」

「いやあ、まことに愚かでした！」その場にいた高級官僚も皆、声をそろえる。

「それにしても、外の騒ぎはいったいなんだ？」大統領が訊《たず》ねた。

「群衆でございます」書記官の一人が報告した。「少なくとも十万人は集まっているものと思われます。社会主義革命を称揚しているのです」

「愛《いと》しい人民よ」大統領は言った。「神の祝福があらんことを……。失敬、私としたことが、神などと……。口が滑っただけだ。それより、モスクワには休戦要請を伝えてあるのか？」

「もちろんですとも。ご心配には及びません」

対するソビエトは？　四十五分ほどの時間差があっただけで、多かれ少なかれ同じ状況にあった。恐れおののき、うろたえ、もはや避けられぬ運命とあきらめ、死の瞬間を覚悟する……。彼らもまた、血と肉でできた、アメリカ人より上でも下でもない人間だった。上空では、同様の爆発が起き、白い蒸気が拡散し、霧となって降りそそぐ……。ひろがる動揺。そして、まだ生きているという信じがたい思い。

クレムリンのシェルターでは、全権力を掌握する党中央委員会書記長が、すでに内部まで蒸気が浸透していた防毒マスクを外した。そして、隣でしゃがみこんでいた首相の肩を揺さぶった。

「まったく……」書記長は口をひらいた。「いまごろになって、やっと気づくなんて。ひとつ、どうしても理解できないことがある。われわれはこれほど愚かな共産主義を、なぜいままで辛抱することができたんだ？　ところで……」そう言うと、まだ鼻に防毒マスクを押し当てている外務大臣のほうを向いた。「陽気なアメリカ人たちには、休戦要請を伝えてくれただろうな」

「もちろんですとも、書記長同志」

「同志とはなんだ。ミスターと呼べ」


こうして、秘密兵器は完全なる失敗に終わった。

相手国にはいっさい知られずに、さまざまな研究や実験を重ねたあげく、両国の科学者は、たった一時間で戦わずして戦争に勝つ方法を見いだしたのだった。その名も、「説得ガス」。人間の頭脳ではけっして逆らえないイデオロギーを、噴霧拡散させる。原子力に頼る必要もなければ、破壊や殺戮も要らない。人間の脳を瞬時に支配する気体状のイデオロギーなのだ。

ソビエトが開発したガスは、アメリカ人の頭にマルクス主義を植えつけ、アメリカが開発したものは、ソビエトの人たちに民主主義を植えつける。どちらのガスも、計画どおりの効果をあげた。

たちまち、アメリカ合衆国の全国民が――ガスが到達しなかった取るに足りないような小さな島々をのぞいて――共産主義に転向、ソビエト社会主義連邦の全人民が、自由な資本主義に転向した。

当然ながら、休戦要請を受けた両国は互いに狂喜した。自国の完全な勝利を信じて疑わなかったのだ。だが第一回休戦交渉の場で、両国の代表団は石のごとく固まった。

こうして、立場こそ逆転したものの、ふたたび冷戦がはじまった。

14

小さな暴君

Il bambino tiranno

ジョルジョ少年は、美しくて心やさしく頭もよい、ずば抜けた子どもだというのが、家族のあいだでのもっぱらの評判だったにもかかわらず、恐れられる存在だった。父と母、父方の祖父母、それにアンナとイダという名の二人の家政婦と暮らしていたが、誰もがみな、ジョルジョのわがままという悪夢に苛《さいな》まれていた。

ところが、それを口にする者はひとりもいない。逆に、うちの子ほどかわいくて、思いやりがあっておとなしい子どもは世界中どこを探してもいないと、口々にほめそやす。そんな抑えのきかなくなった溺愛《できあい》競争のなかで、誰もが自分こそいちばんジョルジョをかわいがっていると思いたがり、心ならず泣かしてしまっては大変だと、いつもびくびくしていた。

子どもの涙そのものが怖いのではない。そんなものは、しょせん大した問題ではなかった。それよりもやっかいなのは、ほかの大人たちの非難の眼差しだった。彼らは、子どもへの愛情という口実のもと、互いの行動をこっそりと見張り、告げ口しながら、悪意をなすり合っていた。

しかし、何よりも恐ろしかったのは、ジョルジョの癇癪《かんしゃく》だった。この手の子どもというのは、とかく抜け目のないものだが、ジョルジョも例にもれず、自分のさまざまな行為が及ぼす効果を正確に計算したうえで、次のように武器の使用段階を決めていた。

些細《ささい》な行き違いの場合には、泣くだけ。とはいっても、胸が張り裂けんばかりに激しくしゃくりあげる。事態がより深刻で、いちど却下された願いが叶えられるまで続けなければならないような場合は、むっと不機嫌になり、口も利かず、遊びもせず、食べることも頑《かたく》なに拒否する。すると一日もしないうちに、家族全員どうしたらよいかわからず、途方に暮れるのだった。

さらに状況が切迫してくると、方法はふたつになる。ひとつめは、とつぜん体のふしぶしが原因不明の痛みに襲われたふりをする。頭や腹が痛いふりでは、下剤を飲まされる危険があるので、あまり得策とはいえない（痛いところを決める方法からして、彼の意識下に根強い悪意があることが透けてみえる。というのも、真偽のほどはさておき、体のふしぶしが痛むと言えば、大人たちはすぐ小児麻痺ではないかと心配するのだ）。もうひとつの方法は、とにかく喚《わめ》く。おそらくこれが、大人にとっては最悪だった。

ジョルジョの喉から、ものすごく甲高い奇声が、一定の調子を保ったまま、途切れることなく絞り出される。われわれ大人にはけっして真似できない、脳天をつらぬくような声だった。耐えることなど実質的に不可能であり、じきにジョルジョの言い分は認められる。こうしてジョルジョは、みごとに要求を叶えてもらえるだけでなく、罪もない子どもをこれほど怒らせる必要はあるまいと互いになじり合い、口論する大人たちを眺めるという、二重の快感を手にするのだった。

もともとジョルジョは、玩具《おもちゃ》というものがそれほど好きではなかった。それでも、見せびらかしたいがために、できるだけすごいやつをたくさん欲しがった。友だちを何人かうちに連れてきては、驚いて目をみはる様子を観察するのが好きなのだった。いつも鍵をかけている戸棚のなかから、宝物をひとつひとつ出してきては、見せびらかした。

あとのほうほど、すごい玩具が出てくる。死ぬほどうらやましがる友だちを見下して、ジョルジョは喜んだ。「ダメだ。おまえの汚い手で触るな。ほうら、スゴイだろう。返せ。返せったら！　おまえなんかにいじらせたら、壊れるに決まってる。おまえもこういうのもらったことあるか？　なあ、どうなんだよ……」(むろん、もらってないことなど百も承知だ)。そんなジョルジョのようすを、両親と祖父母がドアの隙間《すきま》から温かく見守っていた。

「なんてかわいい子でしょう」彼らはささやき合った。「もはや一人前の大人だな。自分に誇りを持ってるんだ。ほら、玩具をあんなに大切にして……。お祖母《ばあ》ちゃんにもらったクマのぬいぐるみを、あんなにもだいじにしてるよ」まるで玩具を友だちに貸さないことが、子どもにしては珍しい美徳だといわんばかりだった。

前置きはこのくらいにしておく。ある日、アメリカ帰りの知人がジョルジョへのプレゼントにと、すばらしい玩具を持ってきた。《ミルク運搬用トラック》である。アメリカでミルクを運ぶため、じっさいに用いられているトラックの、精巧なミニチュアだった。

白と青に塗られた車体。制服姿の運転手のフィギュアが二体ついていて、乗せたり降ろしたりできる。前のドアは開閉が自在だし、タイヤだって本物のゴム製だ。荷台の内部には特別な枠がついていて、金属性のケースをいくつも積み重ねられるようになっている。しかもそれぞれのケースには、アルミの蓋《ふた》付きの、ものすごく小さな牛乳ビンが八本ずつ。荷台の両側には本物そっくりの開閉式シャッターがあり、ひらくと、実物のシャッターのようにくるくると巻きあげられる仕組みになっている。それは、ジョルジョが持っているたくさんの玩具のなかでも飛びきりすばらしく、おそらくいちばん高価なものでもあった。

ある午後のこと。陸軍大佐を退役した祖父は、いつだって暇を持てあましていたのだが、たまたま玩具のしまってある戸棚のまえを通りかかり、なんとはなしに扉の取っ手を引いてみた。すると、扉はなんなく動いた。ジョルジョは、いつものように鍵をかけたつもりでいたのだが、かんぬきがついているほうの戸を固定する上下の金具を閉め忘れたらしい。こうして、二枚の扉が開いた。

玩具は、四段の棚にきちんと並べてしまってあった。ジョルジョは玩具を使って遊ぶことがほとんどなかったので、どれも新品できれいなままだ。おりよく、ジョルジョはイダに連れられて出かけている。両親も外出中。祖母のエレナは応接間でセーターを編んでいるし、アンナは台所で居眠りをしている。家はしんと静まりかえっていた。

元大佐は、空き巣のように背後を確かめた。それから、長いこと胸の内で温めていた願いを叶えるときが来たとばかりに、薄暗い戸棚のなかでひときわ輝いている、ミルク運搬用トラックに手を伸ばした。

祖父はトラックをテーブルのうえに置き、じっくり眺めるため、椅子に腰掛けた。

世の中には、子どもが内緒で大人のものを触ろうとすると、とたんに壊れてしまうという奇妙な法則が存在している。逆もまた真なりで、何か月ものあいだ子どもが乱暴に扱いつづけてもびくともしなかった玩具に、大人が触れたとたん、壊れてしまうことだってある。

祖父が時計職人なみのこまやかさで荷台の側面のシャッターを開けた瞬間、パキッと音がした。色の塗られたブリキの枠が弾《はじ》け飛び、シャッターの巻きつくはずだった軸が、支えを失ってぶらりと垂れさがった。

おどろいた元大佐は、心臓をどきどきさせながら、外れた部品を元に戻そうとあせった。手が震えてかなわない。彼の手先では、どうあがいてみても壊れた部品を直せそうになかった。かといって、簡単にごまかせるような、目立たない損傷でもない。軸棒が外れてしまったせいでシャッターが斜めに垂れさがり、閉めることもできなかった。

その昔、モンテッロ山の麓《ふもと》で騎兵隊を率い、機関銃を構えるオーストリア軍に決死の突撃をかけたほどの男が、なす術《すべ》を失い、途方に暮れた。そのとき、最後の審判のごとく響いてきた声に、彼の背すじが震えた。

「まあ、あなた。いったい何をなさったの？」

ふりむくと、妻のエレナが部屋の入り口に立ちつくし、目をまんまるにして彼を見ている。

「壊したのね？　そうでしょ。正直におっしゃいな」

「何を言うんだ。壊してなんか……そんな……わしは何もしとらん」元軍人は、壊れた部品を元に戻そうと指先で無駄な努力をつづけながら、しどろもどろで答えた。

「それで？　どうなさるおつもり？」妻は息を荒らげて詰問する。「ジョルジョが気づいたらどうなさるの？　まったく何を考えているんだか……」

「ちょっと触っただけなんだ。嘘じゃない……きっと、以前から壊れていたんだろう。わしは何もしとらんぞ」

元大佐は、あさましい言い逃れを試みた。妻が精神的な支えになってくれることをかすかに期待していたが、そんな期待はあえなく消えた。老妻の怒りはそれほど烈《はげ》しいものだったのだ。

「何もしていない、何もしていないって、オウムじゃあるまいし！　ひとりでに壊れるわけがないじゃないの！　とにかく、どうにかしてくださいな。そこで間の抜けた顔をしていないで、なんとかしたらどうなの！　もうすぐジョルジョが帰ってくるわ。まったく、誰に……（あまりの怒りに、声を詰まらせた）……誰に頼まれて、玩具の戸棚なんか開けたのよ！」

それを聞くと大佐は大いにうろたえた。その日はあいにく日曜で、玩具のトラックを修理してくれるような人も思い当たらない。そうしているあいだにも、エレナ夫人は、厄介ごとに巻き込まれるのはごめんだとばかり、姿を消してしまった。元大佐は、自分が世間から見放され、たった一人、人生という苦難に満ちた暗い森に取り残されたような気がした。日差しが傾きはじめている。まもなく日没だ。ジョルジョが帰ってくる。

すっかり弱りはてた彼は、台所に駆け込み、紐を探した。トラックの屋根に紐を通してシャッターの上部を固定し、なんとか形だけでも閉まるようにしたのだ。むろんシャッターを開けることはできないが、一見しただけでは、なんの異常も認められない。もとの場所に玩具をしまうと、戸棚を閉め、自分の書斎に戻った。

間一髪だった。横柄なベルの呼び鈴が、長く三度響きわたり、暴君の帰宅を告げる。

せめて老妻が黙っていてくれればよかったのだが、それはしょせん無理というもの。夕食のころには、ジョルジョ以外の家族全員が、大事件のことを知っていた。もちろん、二人の家政婦も。

こうなると、ジョルジョほど抜け目のない子どもでなくとも、家の空気がいつもと違い、なにか怪しいことに気づくだろう。元大佐が、とりとめもない会話をしようと何度か試みたにもかかわらず、誰も助け舟を出してくれなかった。

「どうかしたの？」ジョルジョが、いつものように生意気な態度で訊いた。「みんな、ヘソでも曲がってるんじゃないの？」

「そいつはいい！　わしらのヘソはみんな曲がってるんだとさ。ハッハッハッ！」

祖父は、いっさいを冗談として受け流そうと笑ってみせたが、沈黙のなかに笑い声がむなしく吸い込まれるだけだった。

ジョルジョは、それ以上なにも訊《たず》ねようとしなかった。悪魔のような勘の鋭さで、みんながそわそわと落ち着かないのは、何か自分に関係があると理解したようだ。そして、なぜかはわからないものの、家族みんなが罪悪感を抱いており、彼らの命運は自分の手中にあることを悟った。

それにしても、どうやって真実を見抜いたのか。片時たりともジョルジョから目を離そうとしない、家族たちのおどおどした視線から直感したのだろうか。あるいは、誰かこっそり告げ口した者がいるのかもしれない。いずれにしろ、食事を終えたジョルジョは、あいまいな薄笑いを浮かべながら、玩具の入った戸棚に直行した。威勢よく扉をひらくと、一分あまり動かずにじっと見つめていた。そうすることによって、罪人《つみびと》の苦悩を長引かせることを計算しているかのように。

やがて、ようやく遊び道具を選びおえたらしく、戸棚から例のトラックを出し、大事そうに抱え、まっすぐソファーに行き、腰掛けた。そして不遜な笑みを浮かべ、大人たちをひとりひとり、順にじっと見据えたのだった。

「ジョルジョや、何をしてるんだい?」耐えきれなくなった祖父が、生気のない声で言った。「そろそろ、ねんねの時間じゃないのか?」

「ねんねだって?」幾通りにも解釈可能な答えとともに、大人を小ばかにした薄笑いが浮き出した。

「寝るのが嫌なら、遊んだらどうだい?」祖父はあえてそう言ってみた。生半可な苦しみが続くよりも、さっさと破局が訪れてくれたほうが楽に思えたのだ。

「遊ばない」ジョルジョは意地悪く言った。「遊ぶ気になれないんだ」

それから三十分ほども、ジョルジョはソファーでじっと座ったままだった。やがて「ぼく、もう寝るよ」と告げ、トラックを抱えたまま部屋を出ていった。

それは、執拗な脅迫だった。次の日も、その次の日も、ジョルジョは朝から晩まで片時もトラックを離そうとしない。食事のときでさえ、すぐ近くに置きたがった。ジョルジョがそんなふうに玩具に執着したのは、はじめてのことだ。だからといって、けっして遊ぶわけではなく、トラックを走らせようともしなければ、荷台のなかを見ようともしない。祖父にしてみれば、針のむしろだ。

「ジョルジョ」一度ならず、ジョルジョに声をかけた。「遊びもしないのに、なぜ朝から晩までトラックを持ち歩くんだ？ まったくおかしなことをするもんだ。ほら、こっちにおいで。小さな牛乳ビンをおじいちゃんに見せておくれ」

早いことジョルジョが壊れたシャッターを発見し、起こるべき悲劇が起こることを祖父は願っていた（それでいて、ことの経緯《いきさつ》を自分から打ち明ける気にはなれなかった）。待つという行為は、それほどの責め苦だった。ところが、ジョルジョは頑として態度を変えようとしない。

「いやだ。遊びたくなんかない。トラックはぼくのものだ。そうだろ？ だったら、ぼくの好きなようにしていいはずじゃないか！」

夜、ジョルジョがベッドに入るのを待って、大人たちは口論をはじめた。

「父さんが正直に打ち明けるべきだよ！」ジョルジョの父親が、祖父に言った。「毎日こんなふうに過ごすより、よっぽどましだ！ 父さんが隠してるからいけないんだ。いまいましいトラックのせいで、この家は息が詰まりそうだ！」

「いまいましいですって？」祖母が横槍《よこやり》を入れる。「そんなことは、たとえ冗談にしても、口にしちゃいけませんよ。あの子がいちばん大事にしている玩具だっていうのに……。まったく、かわいそうに……」

父親は祖母の言葉を無視し、「きちんと話すべきだ！」と猛烈な剣幕で繰り返した。「それぐらいの勇気はあるだろう。父さんは二度も戦争を経験したんだから、人一倍勇敢なはずじゃないか」

だが、怒鳴る必要などなかった。三日目の朝、ジョルジョがトラックを抱えて起きてくると、耐え切れなくなった祖父が言った。

「おい、ジョルジョ。ちょっとばかりトラックを走らせてみたらどうなんだ。たまには遊んでごらん。いつも抱えて歩いてばかりで、見ているほうが気分が悪くなる」

するとジョルジョは、わがままを言うときのように、ふくれっ面《つら》をしてみせた（それが率直な感情表現だったのか、あるいは完全な芝居だったのかはわからない）。そして、半べそをかきながら喚いたのだ。

「ぼくのトラックなんだから、ぼくの好きなようにするんだったら！　文句ばっかり言わないでよ。口出しするのはやめてって言っただろ！　ぼくのなんだから、ぼくが壊したければ、壊したっていいんだ。足で踏んづけることだってできるさ……。いいかい……見てろ！」

そう言ったかと思うと、トラックを両手で高く掲げ、力いっぱい床にたたきつけた。そして、踵《かかと》で思いっきり踏みつけた。トラックは屋根がはがれ、ぺしゃんこにつぶれ、ミニサイズの牛乳ビンがあちこちに散らばった。

そのとき、不意にジョルジョの動きがとまった。喚《わめ》くのもやめ、床にしゃがみこんで、荷台の内側の片面を入念に調べはじめる。まもなく、祖父が内緒でシャッターを結んでおいた紐の端をつまみあげた。ジョルジョは顔面を蒼白にして怒り狂い、あたりを見まわした。

「だ……誰がやったんだ?」ジョルジョは、口ごもった。「ぼくのトラック、誰がいじったんだよ! 壊したのは、誰だ!」

元軍人の祖父が、一歩まえに進み出た。心なしか腰が曲がって見える。

「ねえ、ジョルジョちゃん」母親がわが子にすがりついた。「いい子だから聞きわけてちょうだい。おじいちゃんは、わざとやったわけじゃないの。わかるでしょ? だから許してあげて。ジョルジョはいい子だものね」

祖母も口をはさむ。

「まったく、かわいそうにねえ。ジョルジョの言うとおりだよ。玩具を壊してばかりいる悪いおじいちゃんのお尻を、ペンペンしておやり。ジョルジョは悪いことなんてひとつもしてないのにねえ。玩具を壊しておいて、いい子にしろだなんて、ひどい話だよ。悪いおじいちゃんを、ペンってしなさいな」

ジョルジョは急に落ち着きをとりもどし、自分をとり囲むようにして心配そうに見ている大人たちの顔を、ひとり残らずゆっくり眺めた。ふたたび口の端に薄笑いを浮かべながら。

「ほうらね、思ったとおりだわ」母親が嬉しそうにいった。「この子は天使のような子だって、いつも言ってるでしょ！　ジョルジョが、おじいちゃんを許してあげるって！　まったく、なんていい子なんでしょう」

だがジョルジョは、大人たち全員の顔を、いま一度じっと見すえた。父、母、祖父、祖母、二人の家政婦……。

そのうえ「まったく、なんていい子なんでしょう！」母親の口真似をして歌うように言うと、トラックの残骸を蹴飛ばし、壁に叩きつけた。そして、狂ったように笑いだす。腹を抱えて笑っている。「まったく、なんていい子なんでしょう！」小ばかにした口ぶりで繰り返すと、部屋から出ていった。

大人たちは言葉を失い、恐怖に怖れおののいていた。

15

天国からの脱落

Il crollo del santo

昼食後には、だだっぴろい回廊を散歩するのが聖人たちの日課だった。回廊は高架になっていて——高架といっても高さは数十億光年にもおよぶ——、両脇にはアルミで四角く枠取りされた、タイル状のクリスタルでできた壁がある。だが、天井と呼べるようなものはない。代わりに天界の丸天井があるばかりだ。どのみち、彼《か》の国では、雨など降らないのだから。

左側の壁は——彼《か》の方向から見て——クリスタルのタイルがいくつも取り除かれていて、その穴からえも言われぬ心地よい極楽の風が吹いてくる。この風をひと息でも胸に吸いこめば、いまだにこの世をさまよっているわれわれ不幸な人間たちは、すっかりうろたえてしまうほどの恍惚《こうこつ》感を味わうことができる。そして、はるか遠くにいる至福の人びとの歌声が洩れ聞こえてくるのも、その穴からだった。歌は、われわれ人間の暮らす田園で黄昏《たそがれ》どきになると聞こえてくる、心に沁み入る農夫たちの歌声に似ていなくもないが、それよりも格段に美しい調べだった。

いっぽう、右側の壁には穴がひとつも開いていない。それでも透きとおったガラス越しに、はるか下方で冷たく燃える宇宙をうかがい見ることができた。

宇宙では無数の星雲がたがいに重なり合いながら、永遠に動き続けている。主要な天体だけでなく、惑星や衛星などの小さな星も手に取るように見え、それぞれの細かな特徴まで観察することができた。なぜなら聖人は皆、ひとたび天の国に昇ったならば、際限なく遠くまで見通せるようになるからだ。

とはいえ、当然のことながら、右側を見下ろしている聖人など一人もいないと言ってもよかった。すでに現世から永遠に解放された者が、この世のことに興味を持つはずもない。

聖人になる以上、それなりの利点がある。だが、さんざめきながら散歩をする途中で身体が左右に揺れ、右の壁に近づいた拍子に、ふと視線を下にやり、星や、星のうえにあるものすべてを目にする聖人がいたからといって、とくに驚くには値しない。あきれる者も、騒ぎたてる者もいないのだ。むしろ神の創造物を眺めることは、揺るぎない信仰心を育む助けになると奨励する教父もいた。

さて、その晩——いちおう「晩」と書いておくが、彼《か》の国には夜も昼もなく、充足感と光に満ちた至福の時がかわりなく続くだけだ——友と談笑していた聖エルモジェネは、無意識のうちに右側のガラスに近づき、ちらりと下界に目をやった。

聖エルモジェネは、じつに上品な年老いた聖人だった（上流階級の家庭に生まれ、神の僕《しもべ》となるまでは裕福な暮らしをしていたとしても、彼にはなんの罪もあるまい）。細心の気配りでもって、空気のような身体に極上のマントをまとうその姿は、全盛期の古代ギリシアの彫刻家フィディアスでさえ夢見るほど優雅だった。そんな彼のことを、仲間の聖人たちは愛情をこめてからかったものだ。天国にだって、人間と同じようにありがたい弱みがある。弱みがなければ、もっとも徳の高い聖人であろうと、つまらない裸電球になりさがってしまうのだから。

それはともかく、聖エルモジェネは、まったく無意識のうちに、かつて自分がいた場所にちらりと目をやった。腐敗し、ひび割れた、自堕落な地球……それこそが、古ぼけた人間の住処《すみか》だった。そしてこれまた無意識のうちに、地球上に数多《あまた》ある物のなかから、とある部屋をのぞいたのだった。

町の中心部に位置したその部屋は、いたずらに広いだけで殺風景であり、住人の懐の貧しさをうかがわせる。部屋の真ん中に吊りさがった大きめの電灯の明かりに照らされ、八人の若い男女が集まっているのが見えた。

ソファーの背もたれに腰をかけているのは、二十歳《はたち》そこそこの、頬を紅潮させた美しい女性。ソファーには若者が二人座っている。さらに別の二人は、ソファーの向かいに立ったまま、じっと物思いに耽《ふけ》っている。残りの三人——女性二人と男性一人——は、その足元に座り込んでいる。おんぼろのレコードプレーヤーから流れてくるのは、ジェリー・マリガンの曲《ストーリー》だ。

ソファーに座った二人の片方が、なにやら話していた。彼自身のことらしい。いつか実現するという他愛ない夢物語。それさえできれば、さらにすばらしく、偉大な、輝かしい未来につながると信じているのだ。どうやら彼は画家で、自身の熱い胸の内を語っているようだ。きわめて個人的な思いなのだが、憧憬や希望や情熱がほとばしり出ていた。

ほかの若者たちも同じような心境にあったため、みんなが胸の内で自分の夢をひたむきに描きはじめた。どれも純朴で、身のほど知らずとも言えるような夢だったにもかかわらず、まるで魔法にかけられたかのように、八人が八人とも、いつか訪れるはずの日々や歳月へと瞬時に跳躍していった。夜も更けたその時刻、黒々と連なる屋根が途切れるあたりから、じんわりと洩《も》れだしてくる不思議な光を目指して……。それは、曙《あけぼの》の光であり、いままさに明けようとしている日の輝きなのだ。そこで彼らを待ち受ける、すばらしき運命……。

聖エルモジェネは、ほんの一瞬、ちらりとその部屋をのぞいただけだ。だが、それで充分だった。

昔懐かしい地球を見やったとき、聖エルモジェネは複雑な表情を浮かべた。一緒に話していた友のほうに向きなおったとき、もとの表情に戻したつもりだったものの、どこかしら違っていた。われわれ人間が見たのなら、何も気づかないだろう。しかし友もまた聖人であり、この手のことに関してはすごく敏感だった。そこで、訊《たず》ねた。

「エルモジェネ、どうかしたのか？」

「私が？　いいや、何も」エルモジェネは、けっして嘘を吐《つ》いたわけではない。聖人たるもの、嘘など吐かない。たんに自覚していなかっただけだ。

それでいて、その短い言葉（「私が？　いいや、何も」）を発した瞬間、エルモジェネは不意に、自分が恐ろしく不幸だと感じた。すると、仲間の視線がいっせいに彼に向けられた。聖人は、自分たちの誰かが至福でいることをやめたなら、ただちに察する能力を持っている。

ここはひとつ、エルモジェネの気持ちに寄り添って、彼の心の内で何が起こったのか考えてみよう。いったいなぜ、彼は自分が不幸だと感じたのか？　なぜ永久の徳を奪われてしまったのだろうか。

ほんの一瞬とはいえ、エルモジェネは、人生のスタートラインに立ったばかりの若い男女を目《ま》の当たりにした。そして自分はきれいさっぱり忘れたつもりでいた、二十代の若者だけに許された希望をひしひしと感じとったのだ。未来という無限の可能性を秘めた、若者たちの力やエネルギー、嘆きや絶望、そしてまだ荒削りの才能を、まざまざと見せつけられた。

対する自分は、これ以上望むもののない至高の天にいる。彼をとり巻くいっさいが至福であり、明日もまた至福が訪れる。明日の次の日も、そのまた次の日も、うんざりするほどの至福が待つばかり。それが果てしなく、永遠に続く。だが……。

しかし、若さを手にすることはない。不安を感じ、迷い、焦がれ、切なく思うことは、もはやない。抱《いだ》く夢もなければ、熱中することもない。恋をし、羽目を外すこともないのだ。

その場に立ち尽くしたエルモジェネの顔は、青ざめていた。彼をとり囲んでいた仲間たちが、驚いてあとずさる。エルモジェネは、もう彼らの仲間ではなかった。もはや聖人ではなく、一人の不幸な人間だった。がくりと肩を落とすエルモジェネ……。

そのとき、たまたま通りかかった神が、エルモジェネの姿を見て足をとめた。肩をぽんとたたき、声をかける。

「どうしたんだね、エルモジェネ?」

エルモジェネは指差した。

「下界を見下ろしたのです。そうしたら部屋があって……若者たちが……」

「まさか、青春が恋しくなったのではあるまいな?」神が言った。「若者たちの仲間に入りたいのか?」

エルモジェネは、そうだとばかりにうなずいた。

「彼らの仲間入りをするためならば、天国を捨てても構わないというのだな?」

エルモジェネはうなずいた。

「だが、彼らの運命などわからないのだぞ。栄光を夢見ているが、挫折するかもしれん。富を夢見ているが、飢えに苦しむかもしれん。愛を夢見ているが、裏切られるかもしれん。長生きすると思い込んでいるが、明日には死ぬ身かもしれんのだ」

「それでも構いません」エルモジェネは言った。「彼らは、いまこの瞬間、ありとあらゆる希望を持つことができるのですから」

「だが、彼らが恋い焦がれる喜びを、エルモジェネ、おまえはすでにここで好きなだけ手にしているのではないのか? しかも、永遠に誰にも奪われないという保証さえあるのだ。それなのに絶望するとは、とても正気とは思えぬが……」

「たしかにおっしゃるとおりです。ですが、彼らは……」エルモジェネは、下界の見知らぬ若者たちを指し示しながら言った。「彼らは、すべてこれからなのです。すばらしかろうが辛《つら》かろうが、彼らには希望がある。わかっていただけますか？　美しい希望があるのです。それなのに私は……私にどんな希望を持てというのですか？　天上の栄華にどっぷりと浸かった、至福で聖《きよ》きこの私に……」

「気持ちはわかる」万能の神は、どことなく物憂げに言った。「たしかに天国の最大の欠点は、さらなる希望が持てないということだ。幸い——神は笑みを浮かべた——ここにはたくさんの娯楽があるから、たいていは誰も気づかないのだが……」

「では、私は？」すでに聖人ではなくなった聖エルモジェネが訊《き》いた。

「下界に戻してほしいか？　すべてのリスクを覚悟のうえで、一からやり直すというのだな？」

「はい。我が主よ。このような私の望みを、どうかお許しください」

「だが、今度は失敗に終わるかもしれないのだぞ。恩恵を受けることができなかったらどうするのだね？　魂が迷ったら？」

「仕方がありません。我が主よ、ここに居ても、もはや私は永久に不幸なままです」

「ならば、行くがよい。だが忘れるでないぞ。私たちはここでおまえを待っている。

迷いを醒《さ》まして帰ってくるのだぞ！」

神は、エルモジェネの背中を軽く押した。すると、エルモジェネは宇宙へと真っ逆さまに落ちてゆき、気がつくと二十歳の若者の姿となって、八人の若者とともにあの部屋にいた。

彼らと同じように、セーターにフラノ地のズボンという身なり。頭の中では芸術をめぐるさまざまな考えが入り乱れ、心は、不安や、抑えきれない反抗心、希望や哀しみ、焦燥ではちきれそうになっていた。

幸せかって？　いや、これっぽっちも幸せではなかった。だが、彼の胸の奥底には、つかみどころのない、なにかすばらしいものがあった。思い出と予感が一緒くたになったような感覚……。それが、まるではるか彼方の地平線で光る灯火のように、彼を呼んでいた。あそこに幸せがあるのだ。魂の平穏も、愛の成就も、あそこにある。その呼び声こそが人生であり、そこに到達するためになら、苦しみに耐えるだけの価値があった。だが、はたして到達できるのだろうか。

「ちょっと失礼」エルモジェネは部屋の中央に進み出て、右手を差しのべた。

「僕、エルモジェネっていうんだ。仲間に入れてもらってもいいかな」

16

わずらわしい男

Il seccatore

男は手帳を確かめると、ためらわずに立派なビルに入ってゆき、二階にあがった。そして、《総合受付》と書かれているところで、面会申込書に記入した。

「訪問者……エルネスト・レモラ。面会を希望する相手……ミスター・ルチオ・フェニスティ。用件……プライベートな理由」

プライベートな理由だって？　当のフェニスティは、どうすべきか決めかねた。レモラなどという苗字は記憶にない。見知らぬ人物が「プライベートな理由」で訪ねてくるときは、けっしてろくなことがない。相手にしないにかぎる。だが、待てよ……。本当になにか内々の話があるとしたら、どうする？

頭の片隅に、妻の遠縁の親戚や、あまり素性のよくない二人の女友達や、かつての級友の顔などが浮かんだ。厄介ごとを起こす可能性はじゅうぶんありそうな面々だ。世間の付き合いのなかには、そんな連中がわんさといる。

「そのレモラとかいうのは、どんな男かね？」フェニスティは受付の者に訊《たず》ねた。

「身なりは、悪くありません」

「年ごろは？」

「四十代かと存じますが」

「わかった。通してくれ」

男があらわれた。無難なグレイのスーツ。清潔ではあるが、着古した白のワイシャツ。東洋的な訛《なま》りを感じさせて耳ざわりな、鼻に抜けるRの発音。そこそこの靴。

「どうぞ、お入りください」

「失礼いたします、フェニスティ先生」男は低い声で話し出した。ものすごく早口で、切れ目なくしゃべりつづける。「お邪魔してまことに申し訳ありませんお忙しいのは重々承知しておりますが……ほんの少しだけお時間をいただいたらすぐに帰るつもりです功労勲章受勲者《コンメンダトーレ》リモンタとは古くからのお友だちでいらっしゃいますよね？　そのリモンタ氏が私に……」

「リモンタ氏、ですか？」フェニスティは、一度だってそんな名前を聞いたことがなかった。

「ええ教育委員会の評議員を務められるリモンタ氏ですがフェニスティ先生を訪ねていけばたいへん理解のあるお方だから私のプロジェクトもしかしたらとおっしゃったのです先生の功績を知らない人などいませんし先生のような著名な方のお邪魔をす

るだなんてたいへん恐縮なのですが残念ながら人生には苦労がつきものでしてもちろん厚かましいお願いなどするつもりはありませんし私もこのような境遇に陥ってさえいなければもっと堂々とうかがえるのですがとにかくお時間はとらせませんからご心配なくじつは私の家内が入院中でしてリモンタ氏が……」

「リモンタ氏?」フェニスティはあっけにとられて繰り返した。

「ええ教育委員会の評議員を務められるリモンタ氏がご紹介くださらなかったら何もわざわざこうしてじつはうちの息子がまったく先生のような心の広い方がいらっしゃらなかったら世間はなんて住みにくいことでしょうか私のプロジェクトはいったんお役所の承認もいただいたのですけれども同僚が政務次官の奥様の親戚にあたりまして先生でしたらきっとおわかりいただけるかと存じますがまったく世間というところは……」

フェニスティは男の話をさえぎった。「申し訳ありませんが……あまり時間がないもので……。(時計を見ながら)まもなく会議が始まるのです。どのようなご用件か、おっしゃっていただければ……」

「とんでもございません先生」男は松脂《まつやに》のようにねちっこかった。「私の説明が悪いのかもしれませんプロジェクトと申しますのはじつは私の三男が先週小児麻痺にかかりまして先生のような心おやさしい方でしたらおわかりいただけるかと存じますが病院の医師の説明によるとずいぶんと稀《まれ》な症例だそうでしかも治りにくいのだそうです非常に恐縮で心から自分が不甲斐なく思いますが不本意ながら先生は……」

「不本意ながら、私がなんだと言いたいのです？」苛立《いらだ》ったフェニスティは、語気を強めた。

「いや申し訳ございませんそんなつもりはなかったのです心配ごとがたくさんありますときちんと話もできなくなりましてひょっとすると先生には信じていただけないのかもしれませんが私は先生には特別な感情を持っていましてどうか信じていただきたいのです感謝の気持ちと申せばいいのでしょうか先生お願いですからそのような目でご覧にならないでください勇気がくじけてしまいます……大したものではございませんものの私のプロジェクトを説明させていただこうかと思っておりましたが今日は先生どうもあまりに気持ちが高ぶっておりましておそらく先生のようなお偉い方を前にしているからかもしれません家内がいつも申しておるのですが残念なことに昨日入院してしまいまして先生よろしいですか私はこれまでずっとバカ正直にひたすら働きつづけてきたのです……」

フェニスティは、なんとかして男の話をやめさせようとした。でないと、吐き気の塊でできた海の底に沈められ、じわじわと思考力が奪われてゆくような気がしたのだ。

「要するに……あなたがおっしゃるには……そのプロジェクトやらが……」

「ええひとつご提案があるのです先生のような方に興味を持っていただけるだなんてなんとお礼を申したらいいか先生はご結婚されていらっしゃいますよね？」

「してますが」フェニスティは投げやりになってうなずいた。

「ああ家族というのは本当にすばらしいものですリモンタ氏もそうおっしゃっていました先生の古いご友人だそうですね友だちというのもいいものですが場合によっては家内は明日の朝に手術を受けるのです申し訳ありません先生はおそらく早く私の例のプロジェクトの内容をお聞きになりたいかと存じます残念ながら非常にデリケートな手術でして私だけが医師に呼ばれてほんとうに恐縮ですが先生のような方がこうして訪ねてきた私のような者の話にご興味がおありになるとは……」

「なぜそのようなことを？　私は……」

「そうに決まっていますす客観的にいって先生のような社会的な責任がおありになって仕事が山ほどおありになる方が私のような者の苦悩になど気を病まれるわけがありませんものね私は先生にたいへん感謝しているのですよ私のようななんの価値もない男に……」

「そんなことはおっしゃらずに……」

「いいえすべて私が悪いのですほんとうにお恥ずかしいかぎりでして適度な距離を保つのは大切なことかと存じますそのうえ私がここでこうして退屈なお話をお聞かせしているあいだにも待合室では私よりもずっと大切なお客様方が大勢お待ちになっているかもしれません美しいご婦人ですとかねそれなのに私のようなものがここに座ってまるで家内の手術が幸いなことにレッチェの病院は……」

「レッチェの病院ですって？」

「そうなんですよ家内はかわいそうにあんなに遠いところへ行かされて私も何日か前から耳鳴りはするし息苦しいし先生あの大戦のせいで身体が不自由になってからというもの神のみが……」

ルチオ・フェニスティは窒息しそうになった。目の前に靄《もや》がかかり、のべつ幕なしにしゃべりつづける忌わしい男の顔がかすんで見える。フェニスティは、おもむろに右手をズボンの後ろポケットに伸ばし、財布をとりだした。

男はビルから出ると、数分前までは持っていなかった一万リラ札をしげしげと眺めた。すばやく頭のなかで計算し、首を横にふった。まだ足りない。彼は嘆息すると、ふたたび手帳をめくった。そして早足で歩きはじめたのだ。広場を横切り、大通りをしばらく歩く。ほどなく、ためらわずに別の大きなビルに入っていった。

だがそこで、ガラス越しに見ていた守衛が男に警戒心を抱いた。守衛は、マニュアルどおりビル内の警報装置を鳴らす。すると、自動的に安全装置が作動した。各階の警備員たちが階段に続いているドアを見張り、すべての入り口を閉める。

ビル内にいたさまざまなクラスの三百人の役人に、緊張が走った。これまでに何度も、わずらわしい男がビル内にまんまと忍び込み、虚脱感や破滅をばら撒《ま》いていったことがあった。

だが男はそんなことくらい、はなから承知だった。いちおう形だけ守衛に声をかけ、サリンベーネ氏に面会を申し込んだ。

「本日、サリンベーネ氏はお見えになっておりません」守衛が答えた。

「では、ズマッリア氏はいらっしゃいますか?」

「ズマッリア氏は会議中であります」

「それならば、ベー氏を」

「ベー氏は病気のため自宅で休養されております」

「それはそれはお気の毒に」男は同情した。「心よりお見舞い申しあげます。できますことなら……」

その瞬間、男はいきなり走り出した。ビルの玄関ロビーを横切ろうとしていた、プラッティ氏を目ざとく見つけたのだ。彼は人事部の副部長だ。相手に気づかれるよりも早く、男はプラッティ氏のかたわらに立っていた。

「こんにちはプラッティ先生なんという偶然なんでしょうちょうど先生を探していたところだったのですじつはひとつご提案がございまして……」

プラッティは、なんとかして男を追い払おうとした。「いや、まったく……今日はひどい天気ですし……仕事も山ほどありまして」

「そんなご心配なさらないでくださいお約束しますほんの一分で結構ですから私だってベルノッツィ技師のご紹介をいただかなければ……」

「ベルノッツィ技師ですって？」プラッティは、一度だってそんな名前を聞いたことがなかった。

「そうです公共事業庁のベルノッツィ技師ですプラッティ氏を訪ねていけばたいへん理解のあるお方だから私のプロジェクトももしかしたらとおっしゃったのです先生の功績を知らない人間などおりません承知していますこれ以上お時間を取らせるようなことはいたしません残念ながらいま家内が入院しておりましてベルノッツィ技師が

おっしゃるには……」

男はふたたび通りに出ると、数分前までは持っていなかった五千リラ札を、しげしげと眺めた。先ほどの一万リラ札と一緒にして、ていねいに畳む。そして、すばやく頭のなかで計算し、首を横にふった。まだ足りない。彼は嘆息すると、足早に歩きだした。

右に曲がり、百メートルほど進むと、教会の前で足をとめる。とってつけたような笑みを口元に浮かべ、毅然とした態度で七段ある石段をのぼり、入り口の扉をひらき、教会のなかに入っていった。

入るなり、彼は深い悔恨の表情を浮かべた。右手の中指の先を聖水で濡らし、十字を切る。男は、足音も立てず、小股で祭壇に近づいた。

薄暗がりのなか、主なる神は、男の姿をちらりと見やっただけで誰だかわかったらしく、ぶるっと身震いすると円柱の陰に身を隠した。

男は恭《うやうや》しい態度を保ったまま、少しも動じずに奥へ進み、円柱の後ろまでやってきた。そして、いきなりふりむき、神の姿を探した。

男に負けぬすばやさで、神は柱の反対側からこっそりと抜け出した。不思議なことに、無限であるはずの神の慈悲も、このときばかりは限界があったらしい。男の祈りにじっと耳を傾ける気には、どうしてもなれなかった。

すると、男も移動し、神の居場所を探した。だが彼ほど執拗な男であっても、全能の神が相手ではどうすることもできない。悪魔のように鋭い勘で、男は悟ったのだ。神には小賢《こざか》しい手など通用しない。ほかの相手で満足するしかないようだ。

両脇にならぶ礼拝堂を守護する聖人たちのあいだに、聞こえないほどかすかなざわめきが広がった。いったい誰が犠牲になるのか？

運命の男は、そしらぬ顔で身廊をゆっくりと歩いている。さながら、二連銃を構え、狙いを定める森の猟師といったところだ。

そして、右側から三番目の礼拝堂の前で、出しぬけにひざまずいた。その礼拝堂をつかさどる聖ジェロラモは、不意討ちを食らい、逃げ出す暇もなかった。

「おお敬愛なる聖ジェロラモさま」男は低い声で祈りはじめた。「あなたは教会の支えであり優秀なお医者さまでありますが私の妻はいま入院中ですが数多《あまた》の奇蹟をもたらし数多の恩寵をほどこされたあなたでしたら敬愛なる聖ジェロラモさま明日の朝の手術をどうか慈悲深いお心で見守りくださいああ天なる医師よあなたの輝かしいお力で息子の麻痺をお治しくださいお願いですからどうか私の魂を苦しめる……」

彼の口から祈禱《きとう》の文句が怒濤《どとう》のように溢《あふ》れ出る。十分、十五分、二十分……三十分、三十五分……。とうとう堪《こら》えきれなくなった聖ジェロラモは、男に言った。

「もうよい、わかった」

17

病院というところ

Questioni ospedaliere

血だらけの彼女を抱きかかえ、僕は半開きになっていた裏門から病院の敷地内に入った。守衛がいたかどうか定かではないし、ましてや守衛に見られたかも、後ろから大声で呼びとめられたかもわからない。とにかく急がなければという焦燥感が先に立ち、何も聞こえなかった。

広い庭に、病棟がいくつも並んでいる。僕は、とりあえずいちばん近くの病棟に駆け込んだ。階段を数段のぼると、ロビーに出る。白衣を着た男の看護師らしき人が通りかかる。親切そうに見えた。

「すみませんが……」丁重に声をかけると、相手は用件を聞こうともせずに答えた。

「字が読めないのですか？ ここは内科です。それは私どもの管轄ではありません」そう言いながら、僕の両腕のなかで苦しんでいる彼女を顎《あご》で指した。死にかけているかもしれないのに、まるで品物や牛でも扱うような態度だ。

僕は食いさがった。「では、どこに？ どこに行ったらいいのです？」

「表玄関にまわってください」看護師は、信じられないというように声を張りあげた。

「入院病棟（彼は重々しい口調でこの言葉を発音した）です。通路の突き当たりの、左手」

僕は急ぎ足で通路に向かった。疲れきった両腕が火のように熱い。僕の歩調に合わせて、彼女の小さな頭が左右にかくんかくんと揺れる。もういいの、いいから放っておいて、どうせ無駄よ、とでも言いたげに。

正面に、大きな文字で《H・I・外科》と書かれた建物が見えた。躊躇《ちゅうちょ》している場合ではない。入り口に白い服の修道女が見えた。僕は彼女の姿に安堵《あんど》した。

「シスター、どうかご慈悲を。見てのとおり……」

僕の言葉は、柔和な声にさえぎられた。

「すみませんが、そんなふうに連れてこられても困ります」修道女が、敬虔《けいけん》な哀れみをこめていった。「書類を……入院許可証をお持ちでなければ……こちらでは受け入れられません」

「ですが、意識が朦朧《もうろう》としているのです。出血も止まらないし……」僕は懇願した。

「早く処置をしてください。お願いです」

「私の一存では決められないのです」そう答えた修道女の声は、にわかに冷たく、杓子定規なものとなった。「こんなふうに病人を受け入れることはできません。一刻も早く、入院病棟へ行きなさい！」

「どこにあるのです？」僕は地べたに倒れこみたくなるのをこらえて訊《き》いた。

「あちらの突き当たり。赤い建物が見えますでしょ？」

庭のずっと向こうのほうに、涙にかすんで、たしかに赤茶色の建物が見えた。あまりに距離があるので小さく見える。僕は呆然《ぼうぜん》と立ち尽くした。

「かわいそうに」修道女がふたたび柔和な声でささやきながら、血まみれになった彼女の頭を撫ぜている。「かわいそうに。なんてかわいそうな人だこと」いかにも慈悲深そうに、何度も首をふった。

僕は絶望に打ちひしがれそうになりながらも、歩き出した。もう走る力もない。遠くの赤い点を、狂ったように凝視していた。いつになったらたどり着けるのだろう。

そのとき、僕のほうに歩み寄ってくる人がいた。鬚《ひげ》を生やした四十前後の男で、白衣を着ている。医師だ。そうに決まっている。

「そんなにあわててどこへ行くんだね？　いったい誰が君を中に入れたんだ？」医師は、荒々しい口調で僕を問い詰めた。通路いっぱいに敷かれた真っ白な砂利に、僕が通ってきた跡をたどるように鮮やかな赤の染みが点々とついているのを、非難がましい目でじっと見ている。

「先生。ですが、彼女が……」言葉が出てこない。「助けてください。お願いですから、このひとを！」

「それにしても、どこから入ってきたんだ？　きちんと説明しなさい」医師は、彼女の存在をまったく無視して、同じ質問を繰り返した。

「門からです」僕は答えた。「門から入りました」

「なんてことだ」医師は怒りで顔を真っ赤にしている。「これでも、連中は警備をしているつもりなのか。怠慢にもほどがある！　誰かが門を閉め忘れたのか？　まったく役立たずめ！　思い知らせてやる。どの門から入ったのか話してくれ」

「そんなことを訊かれても、わかりません」僕はうろたえた。だが、すぐに医師を怒らせてしまったのではないかと思い、言いなおした。なんとしてでも医師の手助けが必要だった。「向こうの門からです。向こうの門が開いてました」そういって僕は、先に進もうとした。

するとと医師が僕の肩をつかみ、引きとめた。「いや、待つんだ。これははっきりさせなければならない問題だ。まず、どの門から入ってきたのか正確に説明しなさい」

口論を聞きつけ、もうひとり誰かが近づいてきた。外見から判断するに、彼も医師のようだった。しかも、かなり偉そうだ。

「まったく、とんでもない話だよ」鬚を生やしたほうの医師が、憤懣《ふんまん》やる方ないというように状況を説明しはじめた。「こいつが門から入ってきたというのだ！　当病院は、市場かなにかのように、出入り自由になったらしいぞ！　我がもの顔で、断りもなく病人を運び込めるそうだ」

あとからやってきた医師は、どことなく満足げな笑みを浮かべ、穏やかな表情をくずさずにうなずいている。それから、気を失っている彼女のこめかみの傷口近くを、指でそっと触れた。僕は、まるで自分の身体に燃えさかる薪《たきぎ》を押し付けられたかのように、身を縮ませた。医師の笑みがきわだったように見え、なにやらつぶやくのが聞こえた。

「……の危険がある」

最初の言葉はむずかしい専門用語で、僕には聞きとれなかった。

「先生、なんの危険があるのですか？」僕は訊《たず》ねた。「言ってください。お願いですから、助けてください……。なんとかしてください。でないと、手遅れに……」

「だが、ここは病院なのだよ」はかりしれない力を手中にしていることを自覚したうえで、医者は慇懃《いんぎん》にいった。「ここが病院であることは、君にもわかるだろう。ホテルではないのだ。そんなことより、急ぎなさい。ぐずぐずしないで。あの、突き当たりの建物に行くんだ」

僕は、ほぼ機械的に歩き出した。

「どの門から入ってきたのか、教えてくれなくては困るんだ！　どうしても言わないつもりなのか！」鬚の医師のどなり声が、背後から追いかけてくる。なんとしても、調査しないと気がすまないらしい。「まったく、なんて無責任な話だ！」まだ怒鳴っている。

僕は、ずいぶん遠くまで来ていた。どこにそんな力が残っていたのかわからない。血がしたたりつづける彼女を両腕に抱えたまま、ひたすら走った。

「どいつもこいつも、悪魔に八つ裂きにされちまえ！」僕は医師や修道女や看護師をののしった。

「ペストにかかって死ぬがいい！」それでも彼らの言うことが正論なのはわかっていた。「クズめ！」僕は喚《わめ》きつづけた。「サタンに食われて骨だけにされればいいんだ！」

18

驕らぬ心

L'umiltà

チェレスティーノという名の修道士が、大都会のど真ん中で隠遁《いんとん》生活を送ることにした。大都会ほど心が孤独に苛まれ、神を求める気持ちが強くなる場所はほかにない。見わたすかぎり石ころと砂、そして太陽しかない東方の砂漠もすばらしい威力を放っている。そこではじつにうすっぺらな人間でさえも、神がお造りになった広大な自然や悠久の深淵を目の当《ま》たりにし、自分がちっぽけな存在であることを思い知る。

だが、それに勝るとも劣らない威力を放つのが、都会の砂漠だ。どこもかしこも、雑踏、喧騒、渋滞、アスファルト、ネオンで埋めつくされて、いくつもの時計がみな一斉に時を刻み、みな一時《いっとき》に同じ宣告を下すのだ。

さて、そんな殺伐とした都会の荒野にある完全に孤立した場所で、隠修士チェレスティーノは、ひたすら神を崇《あが》めながら暮らしていた。とはいえ、彼の徳の高さは広く知られていたため、はるか遠くの村からも、悩みや苦しみを抱える人びとがひっきりなしに訪れては助言を求め、罪を告解するのだった。

どのような経緯《いきさつ》かわからないが、彼は金属加工工場の脇で、廃車になった古いトラックを見つけた。哀しいかな、ガラスさえなくなっているその小さな運転席を、彼は告解室として使っていた。

ある日の夕刻、あたりが暗くなりかけ、程度の差こそあれ罪を悔いる人びとの告解に何時間ものあいだ耳を傾けていた隠修士チェレスティーノが、そろそろ急ごしらえの告解室をあとにしようとしたときのこと。薄闇のなかに、いかにも悔い改めるような足取りで近づいてくる、ほっそりとした人影を見た。

よそ者らしい男が台座にひざまずいたとき、はじめて隠修士は、その男が司祭であることに気づいた。

「若き司祭よ、そなたに何がしてやれるかな？」すがすがしい忍耐力で隠修士は語りかける。

「告解を聴いていただきに参りました」男はそう答えると、間をおかずに己の罪を語りはじめた。

隠修士チェレスティーノは、とりわけ女性たちが親しげに胸の内を明かし、いわば病癖のように告解するのには慣れていた。まったく罪のない行為を事細かに話しにくる彼女たちには、彼もしばしばうんざりする。だが、これほど罪悪と無縁な人間を相手にするのは、初めてのことだった。若い司祭が過ちとして告白した行為は、どれも他愛ない小さなことであり、吹けば飛ぶほどの些細《ささい》な事柄ばかりだった。とはいえ、人間というものを知りつくしていた隠修士は、司祭がまだ肝心なことには触れておらず、ぐるぐると遠回りをしているだけなのを見てとった。

「さあ、もう遅い時間だ。正直なところ、寒くなってきた。そろそろ要点を述べたらどうだね」

「神父さま。わたしにはお話しする勇気がありません」司祭は言いよどむ。

「いったいどんな罪を犯したというのだ？　これまでの話から判断するに、そなたは立派な青年のように思えるが。まさか人を殺したということもあるまい。あるいは、高慢の罪でも犯したのかね」

「おっしゃるとおりなのです」消え入りそうな声で司祭は言った。

「人を殺したと？」

「そうではなく、もうひとつの罪を」

「高慢の罪を？　まことか？」

若い司祭は、深く悔いた様子でうなずいた。

「話してごらん。神の子よ、きちんと説明しておくれ。今日のところはもうずいぶんと神におすがりしたが、幸い神のご慈悲は尽きるところを知らぬ。そなたの罪を赦《ゆる》すのにじゅうぶんなご慈悲は、まだ残っているはずだ」

それを聞くと、ようやく司祭は意を決した。

「じつはですね、神父さま。わたしが犯した罪というのは、ごく単純でありながら、恐ろしいものなのです。わたしは数日まえに司祭となり、配属された教区での勤めについたばかりなのです。それで……」

「それでどうした。さあ話してごらん。だいじょうぶ、とって食ったりはしない」

「それで……、『司祭さま』と呼ばれるたびに、どうしようもないことに……滑稽と思われるでしょうが、わたしはなんともいえない悦《よろこ》びを感じるのです。まるで胸の内でなにかが温まるような……」

率直なところ、それは大した罪ではなかった。司祭の職にある者も含め、敬虔《けいけん》な信者といえども、大方の人はそんなことを告白しようとも思わなかっただろう。人間という生き物のすることは知りつくしていたはずの隠修士だったが、そのような告解は予期していなかった。そのため、とっさに返すべき言葉が出てこなかった（これも初めての経験だった）。

「うむ、うむ……。気持ちはわかる……。たしかに好ましいことではない……。そなたの胸を熱くしているのは悪魔そのものではないかもしれぬが、まあ、それに近いようなものだな。だが幸いなことに、そなたはすべて自ら悟ることができた。自分の行為を恥じる気持ちがあるかぎり、ふたたび同じ過ちは犯さないという希望が持てる。もちろん、その若さで高慢に身を委《ゆだ》ねてしまったなら、これほど悲しいことはないが……。我、汝《なんじ》の罪を赦さん」

三、四年が過ぎ、隠修士チェレスティーノがその出来事をすっかり忘れかけていたころ、名を告げることもなかった例の司祭が、ふたたび告解をしに彼のもとを訪れた。
「そなたにどこかで会ったように思うが、気のせいだろうか」

「いえ、気のせいではありません」

「顔を見せてくれ……。おお、そうだ、思い出した。そなたはあの……『司祭さま』と呼ばれることに悦びを感じてしまう、あの司祭だ。違うかね？」

「まったくその通りです」そう答えた司祭の顔には、以前よりも威厳が刻まれ、新人という雰囲気はあまり感じられなくなっていた。とはいえ、初めて会ったときと同じように若く、ほっそりしていることには変わりない。隠修士の言葉を聞くと、司祭は顔を炎のように赤らめた。

「おやおや」チェレスティーノは諦観の笑みを浮かべ、鋭く真相をついた。「これまでの歳月、行いを改めることができなかったというのかね？」

「もっと情けない状態でして……」

「わたしを脅すつもりかね。さあ、きちんと話しなさい」

「じつはですね」司祭は勇気を奮いおこして語りはじめた。「以前よりももっとひどくなっているのです……。わたしは……わたしは……」

「思い切って話してごらん」チェレスティーノは両の掌《てのひら》で彼の両手をしっかり握ると、次の言葉をうながした。「気をもませないでくれ」

「要するに、人びとに『司教さま』と呼ばれると、わたしは……わたしは……」

「嬉しくなってしまうというのだな？」

「お恥ずかしい話ですが、そうなのです」

「満ち足りた気分になり、胸が熱くなると？」

「まったくおっしゃる通りで……」

隠修士チェレスティーノは、手早くことをすませた。最初に訪ねてきたときはきわめて特異な人間として興味をひかれたが、二度目となるとそれも感じない。この男は哀れな愚者で、あまりにおめでたいがために、皆にからかわれているに決まっている。彼はそう思ったのだ。免罪をじらせるまでもあるまい。チェレスティーノは、すぐに男の罪を赦した。

それからさらに十年ほどの歳月が流れ、隠修士チェレスティーノも年老いたころ、ふたたび例の司祭が訪ねてきた。もちろん司祭も年をとり、顔は青白くやつれ、頭には白髪が混じっている。チェレスティーノは、すぐには誰だかわからなかった。だが男が口をひらいたとたん、声の響きに、眠っていた記憶が呼びさまされた。

「ああ、そなたはたしか、『司祭さま』とか『司教さま』とか呼ばれている人だったね。そうだろう？」チェレスティーノは、文句のつけようのない微笑《ほほえ》みを浮かべた。

「よく憶えていてくださいました、神父さま」

「あれからどれくらい経《た》つのかね？」

「十年ほどでございます」

「それで、十年経ってもそなたは……あいかわらず同じことで悩んでいるのか？」

「もっと情けない状態です……」

「どういうことだね？」

「じつはですね、神父さま……ここのところ……誰かに『大司教猊下《げいか》』などと呼ばれますと、わたしは……」

「その先は言わなくてもよい」けっして破裂しない堪忍袋を持つチェレスティーノは、言った。「なにもかも承知した。我、汝の罪を赦さん」

チェレスティーノは心の中でこう考えていたのだ。残念ながら、年をとるにつれて、この哀れな司祭はますますお人好しで、愚直になったのだろう。そして、皆が調子に乗って彼のことをからかっているに違いない。そのたびにこの男はみごとにひっかかり、悦びさえ感じているんだ。かわいそうに。五年か六年したら『枢機卿猊下』と呼ばれると……などと告解しに、またふらりとやってくるに違いない。賭けてもいい。はたして、その通りになった。ただし、予想よりも一年早かっただけだ。

こうして、周知のごとく矢のような速さで、ふたたび歳月がめぐっていった。チェレスティーノ神父は、もはやすっかり年老いて、身体の自由も利かなくなり、毎朝、抱えられて告解所に運んでもらい、夜になるとまた抱えられて寝所まで運んでもらうありさまだった。

ここで、名も告げぬ例の司祭がふたたび訪ねてきた日のことを、細かく語る必要があるだろうか。彼もまた、髪はすっかり白くなり、腰は曲がり、これまでにも増して痩せ衰えていたことなど、くどくど説明しなくともよいだろう。そして言うまでもなく、同じ良心の呵責《かしゃく》に苛まれていた。

「哀れな司祭よ」年老いた隠修士は、親しみをこめて言った。「そなたはまたしても高慢という、かねてからの罪を犯して訪ねてきたのかね？」

「神父さま、あなたはわたしの心をお見通しです」

「いまや人びとは、なんと言ってそなたの機嫌をとるのだね？　おそらく『教皇猊下』とでも呼ばれているのだろう」

「おっしゃる通りです」司祭は、心から悔いるように頭を垂れた。

「そう呼ばれるたびに、そなたは悦びを感じ、満ち足りた気分になる。まさに幸せで心がいっぱいになると言うのだな？」

「恥ずかしながら、その通りです。神はわたしをお赦しくださるでしょうか」

チェレスティーノは胸の内で笑っていた。あきれるほど純真な司祭に、彼は感動さえおぼえた。束の間、謙虚ではあるがけっして賢いとはいえない哀れな司祭の、ぱっとしない暮らしを頭のなかに思い描いた。山奥の辺鄙《へんぴ》な教会で、訪れる者といえば、いずれも生気がなく、愚鈍であるか、さもなければ意地の悪い村人ばかり。

代わりばえのしない毎日をひたすら繰り返し、代わりばえのしない季節、代わりばえのしない年を積み重ねてゆく……。そうしてこの男はますます哀愁を漂わせ、村人たちはさらにひどい言葉を投げかけるのだ。司祭さま、大司祭さま、枢機卿猊下……あげくの果てには「教皇猊下」。田舎者の悪ふざけには歯止めというものがない。

それでもこの男は、腹を立てないどころか、そんな大仰な輝かしい呼称に、まるで子どものように乗せられ、悦びさえ感じているのだ。心の貧しき者は幸福《さいわい》なるかな。隠修士は胸の内でそう断じた。我、汝の罪を赦さん。

やがてある日のこと、もはや老いさらばえたチェレスティーノ神父は、死が間近に迫っていることを悟り、生まれてはじめて自分のために頼みごとをした。どうにかしてローマに連れていってほしい。永遠の眠りにつくまえに、ほんの一瞬でもいいから、ヴァチカンの聖ピエトロ寺院や、法王さまのお姿をこの眼で見られたら、どんなにありがたいことか。

そんな彼の望みを、断ることなどできただろうか。ただちに担架が用意され、老いた隠修士を乗せて、キリスト教の中心地であるローマへと運ばれた。だが、ローマに着いたからといって喜んではいられない。チェレスティーノに残された時間はわずかだったので、無駄にはできなかった。ヴァチカンの石段をあがり、大勢の巡礼者がひしめく大聖堂へと運び込まれた。チェレスティーノは片隅で待たされた。

ひたすら待ちつづけていると、ようやく群衆が道をあけ、聖堂の奥からいくぶん腰の曲がった、白くほっそりとした人影が近づいてくるのを、チェレスティーノ神父は見た。法王さまだ！

いったい、どのようなお姿なのだろう？　どのようなお顔をしておられるのか？　その瞬間、チェレスティーノは、言いようもない戦慄《せんりつ》を感じた。昔から強度の近眼だというのに、眼鏡を忘れてきたことに気づいたからだった。

幸い、白い影は彼のほうへと近づき、だんだんと大きくなってくる。そして、驚いたことに、彼の担架のすぐ脇で立ちどまった。チェレスティーノは、あふれる涙を手の甲でぬぐい、おずおずと視線をあげた。法王の顔が見えた。それは、見おぼえのある顔だった。

「おお、そなただったのか、哀れな司祭、若き、哀れな司祭よ」年老いたチェレスティーノ神父は、こみあげる感動を抑えきれずに、声をうわずらせた。

ヴァチカンの古めかしく荘厳な聖堂での、それは前代未聞の光景だった。法王と、どこから来たかもわからぬ老いさらばえた名もない神父が、手に手をとって、さめざめと泣いていた。

19

クリスマスの物語

Racconto di Natale

陰鬱なゴシック様式の古めかしい司教館は、壁から硝酸カリウムが溶け出し、冬の夜を過ごすのはまさに責め苦だった。隣接する聖堂は途方もなく広く、一生かけても回りきれないほどだ。いくつもの礼拝堂や聖具室が迷路のように入り組んでおり、何世紀か放置されたまま誰も足を踏み入れていない部屋もある。

クリスマスの夜、町中がお祝いの空気に包まれるなか、痩せぎすの大司教さまはひとりぼっちで何をして過ごすのだろう。人びとは疑問に思うのだった。寂しさに打ちのめされることはないのか。誰もがなにかしら、心を癒してくれるものを持っている。男の子は玩具《おもちゃ》の汽車やピノッキオ、妹は人形、母親のまわりには子どもたち、病人は新たな希望、老いた独り身の男は一緒に飲み歩く友、囚人は隣の独房から聞こえてくる仲間の声……。大司教さまはどうしていらっしゃるのだろう?

人びとがそう話すのを聞いて、大司教の忠実な秘書、ドン・ヴァレンティーノはくすりと笑っていた。クリスマスの夜、大司教さまは神とお過ごしになるのだ。

誰もいない、凍《い》てつく寒さの大聖堂の中央に、たったひとりでひざまずいている大司教さまのお姿は、はた目に見たら気の毒に思えるかもしれない。だがそれは何も知らないからだ。大司教さまは、ひとりではない。寒さなど感じず、人びとに見放されたとも思っていない。クリスマスの夜には、大司教さまとお過ごしになるために、神が聖堂に満ちあふれ、身廊からも側廊からもはみ出しそうになり、扉も閉まらなくなってしまうほどだ。ストーブなどなくとも、空気がすっかり温《ぬく》もり、歴代の司教たちの墓で眠っていた老いた白蛇たちが目を覚まし、地下室の通気孔を這《は》いあがり、告解所の手すりからやさしげな顔をのぞかせる……。

こうしてその晩、大聖堂には神が満ちあふれていた。ドン・ヴァレンティーノは、自分に課せられた仕事でないことを知りながら、はりきって大司教の祈禱《きとう》台を整えていた。クリスマスツリーも、七面鳥もシャンパンも要らない。これこそが本来のクリスマスの晩なのだ。そんな考えに耽《ふけ》っていると、扉をたたく音がした。

──大聖堂の扉をたたいているのは誰か──ドン・ヴァレンティーノは怪訝《けげん》に思った。──クリスマスの晩だというのに。もうじゅうぶんに祈ったじゃないか。いったい何にそれほど執着するのだろう──心のなかでつぶやきながら、扉を開けに行った。

するとひと吹きの風とともに、みすぼらしい身なりの男が入ってきた。

「ここは神に満ちあふれている！」男はぐるりと聖堂を見まわして笑みを浮かべ、感嘆の声をあげた。「じつにすばらしい！　外にいても気配を感じるほどだ。司教さま、自分にも少し分けてくださいませんか。なんといってもクリスマスの晩ですから」

「これは大司教猊下《げいか》のものだぞ」ヴァレンティーノは答えた。「あと二、三時間もしたら、ご入用なのだ。それでなくとも清貧の暮らしをされている大司教さまから、神まで奪おうと言うか！　それに、私は司教ではない」

「ほんの少しでいいのです、司祭さま。こんなにたくさん、あるじゃないですか！　大司教さまは、きっとお気づきになりませんよ」

「ダメだと言っただろう。帰ってくれ。大聖堂への一般の立ち入りはお断りだ」そう言うと、男に五リラ紙幣を握らせて追い返した。

ところが、その哀れな男が聖堂から出てゆくと同時に、神が消えてなくなった。慌てふためいたドン・ヴァレンティーノは、あたりを見まわし、薄暗い丸天井の隅々まで探してみた。

神はどこにも見当たらない。円柱や彫像、飾り天蓋《てんがい》、祭壇、棺台、燭台《しょくだい》、掛け布など、いつもならば神秘的な威厳を放つみごとな装飾が、にわかに冷淡な邪気を帯びはじめた。あと二時間したら、大司教さまがお出ましになるというのに……。

動揺したドン・ヴァレンティーノは、外へと続く扉のひとつをそっと開け、広場をのぞいてみた。いない。クリスマスだというのに、外にも神の影はなかった。明かりの灯《とも》った数多《あまた》の窓からは、笑いさんざめく声やグラスの砕ける音、音楽、ののしり声まで聞こえてきたが、鐘の音も聖歌も響いてこない。

ドン・ヴァレンティーノは夜の街に出て、派手な宴の騒ぎが聞こえる界隈を歩きはじめた。はっきりとした目的地があった。目ざす家に入ると、ふだんから親しくしている一家が食卓を囲んでいた。愛情のこもった眼差しで互いに見つめ合っている。案の定、彼らのまわりには少しばかりの神がいた。

「メリークリスマス、司祭さま」家の主《あるじ》が挨拶した。「ご一緒にいかが？」

「ちょっと急いでいるもので……」彼は答えた。「私がうっかりしていたばかりに、神が大聖堂から出ていってしまいまして。まもなく大司教さまがお祈りをはじめるというのに……。あなた方の神を分けてくれませんか？　どのみち、こうやって皆さんで過ごされているのだから、あなた方には神など必要ないでしょう」

「ドン・ヴァレンティーノ」家の主は言った。「あなたは、きょうがクリスマスだということをお忘れですかな。ほかでもない、クリスマスの晩を、うちの子どもたちに神なしで過ごせとおっしゃるのですか？　思いもかけないことを言わないでください、ドン・ヴァレンティーノ」

主《あるじ》がそう言ったとたん、神はこっそりと部屋から出ていった。するとみんなの顔から満足そうな笑みが消え、ローストチキンではなく、砂でも嚙んでいるように見えた。

こうして、ドン・ヴァレンティーノはふたたび夜の街に出た。誰もいない通りをゆく。さんざん歩きまわったあげく、ようやく神を見つけた。ちょうど町はずれの城門まで来たときだった。目の前の暗闇に、積もった雪でほの白く見える田畑が広がっていた。そして桑の木が立ちならぶ草地の上に、まるで待っていたかのように、神が揺らめいていたのだ。ドン・ヴァレンティーノはひざまずいた。

「司祭さま、どうかなさったのですか？」そばにいた農夫が声をかけてきた。「こんな寒いところにいては身体をこわしてしまいます」

「ほら、あそこを見ておくれ。あれが見えないのか？」

農夫はべつだん驚きもせずに、目をやった。「あれは我が家の神です。毎年クリスマスになると、うちの畑に祝福を与えにきてくださるのです」

「お願いだ」ドン・ヴァレンティーノは言った。「私にも少し分けてくれないかな。町にはまったく神がいなくなってしまって、教会でさえ空なんだ。せめて大司教さまがまともなクリスマスをお過ごしになられるよう、少し分けてほしい」

「それは無理というものです、司祭さま。町の人たちがどんなひどい罪を犯したのかは知りませんが、自業自得でしょう。私の知ったことではありません」

「私たちはたしかに罪深いが、罪を犯さない人間などいないだろう。分けてくれると言いさえすれば、多くの人の魂が救われるのだぞ」

「自分の魂を救うので精いっぱいですよ！」嘲笑《あざわら》うように農夫が言ったその瞬間、神が畑から浮きあがり、暗闇に消えていった。

ドン・ヴァレンティーノは、神を探しながらさらに遠くへ歩いていった。神はますます見つかりにくくなり、わずかながらに持っている者たちは、けっして譲りたがらない（だが嫌だと口にしたとたん、神の姿はだんだんと遠ざかり、消えてしまうのだった）。

こうしてドン・ヴァレンティーノは、どこまでも荒れ地の広がる場所に行き着いた。すると、荒れ地の向こうのちょうど地平線のあたりに、さながら細長い雲のように、ほんのりと光る神を見た。雪が積もっているのもかまわず、司祭はひざまずく。

「おお、神よ。行かないでください」彼は哀願した。「今晩はクリスマスだというのに、私のせいで、大司教さまはたったおひとりで過ごされているのです」

足が凍りつくのもかまわず、膝まで雪に埋もれながらヴァレンティーノは霧のなかを進んだ。幾度も地面にどさりと倒れこむ。あとどれくらい耐えられるのか……。

そのときだった。穏やかで哀しげなコーラスが聞こえてきた。天使の声とともに、霧のあいだからひとすじの光が洩《も》れてくる。ヴァレンティーノは、木でできた小さな扉を開けた。そこは大きな教会だった。中央に点《とも》された数本の蠟燭《ろうそく》のあいだで、司祭がひとり祈りを捧げている。教会のなかには天国が満ちあふれていた。

「兄弟よ」身体じゅう凍りつき、もはや力つきようとしていたドン・ヴァレンティーノは、声をふりしぼるようにして言った。「どうか私に情けをかけてほしい。私のせいで大司教さまがおひとりになり、神を必要とされているのだ。お願いだから、少し私に分けてはくださらぬか」

祈りを捧げていた人物がゆっくりとふりむいた。その顔を見るなり、ドン・ヴァレンティーノは――そんなことが可能であるならば――ますます青ざめた。

「メリークリスマス、ドン・ヴァレンティーノ」歩み寄りながら、大司教が朗らかに言った。その身体は、神に包まれている。「まったくしょうのないやつだなあ。どこに行ってたんだ？ こんなひどい天気の夜に、いったい何を探しにいったのか、話してごらん」

20

マジシャン

Il mago

その晩、私は疲れていたし、気もめいっていた。家に帰る道すがら、スキアッシ教授（みなにそう呼ばれているが、何を教えているかは不明だった）と出くわした。彼とはずっと以前からの顔見知りで、思ってもみない場所でときどき出会う。しかも毎回場所が違うのだ。彼は、私と高校時代の同級だったと言いはるのだが、正直なところぜんぜん記憶にない。

彼は誰なのか。何をしているのか。私にはまったくわからなかった。痩せて骨ばった顔には、皮肉たっぷりの歪《ゆが》んだ笑みが浮かんでいた。だが彼のいちばんの特徴は、たとえ相手が初対面であろうと、以前どこかで会ったことがあるという印象を、誰にでも与えてしまえることだった。彼はマジシャンだと噂する者さえいた。

「どうしてる？」お決まりの挨拶に続いて、彼が訊《たず》ねた。「あいも変わらず、書きものを？」

「それが私の仕事なものでね」私は、はやくも劣等感に打ちひしがれていた。

「飽きもせずに？」彼は執拗だ。人を小ばかにした笑いが街路灯の明かりに照らされ、いっそう深く顔に刻まれた。「私の印象に過ぎないかもしれんが、きみら作家というものは、日々時代遅れになってゆくような気がしてならないんだ。作家だけじゃなく、画家も、彫刻家も、音楽家も同じだ。なんの役にも立たない、ただの自己満足じゃないのかね？　私の言うことがわかるかい？」

「ああ、わかる」

「そうだろ？　作家にしても画家にしても、きみらはみな、なるたけ難解で奇抜なアイデアをなんとかしてひねり出し、人びとをあっと言わせようと必死になってるんだ。だが肝心の大衆のほうは、ますます貧弱で無関心になっている。きみら芸術家の言うことに耳を傾ける連中は、減るいっぽうだ。率直に言わせてもらうが、いつかきみらの前からは、人っ子ひとりいなくなるんじゃないかと思うんだ」

「そうかもしれん」私はおとなしく認めた。だが、スキアッシはさらに残酷な言葉を投げつけてきた。

「ひとつ訊《き》くが、たとえばホテルに泊まるとき、住所や氏名、職業を訊ねられるだろう？　作家です、なんて、自分が滑稽だと思わないのかい？」

「たしかに。フランスならまだしも、イタリアじゃあ、まさに滑稽な話だよ」

「まったく、作家だなんて！」彼はなおもからかい続ける。「そんなこと言ったら、誰も真面目に相手なんてしてくれんだろう。いまどき作家なんて、なんの役に立つんだ？　そうそう、もうひとつ質問してもいいか？　正直に答えてほしい。書店に入って……」

「壁一面に、どれもここ数か月のあいだに刊行されたばかりの、あらゆるジャンルの本が、数千、数万と天井まで隙間《すきま》なく並べられているのを見て——そう言いたいんじゃないのかね？——これから自分がさらに一冊、本を書こうとしているのかと思うと、脱力感に襲われるだろう。おびただしい数の果物や野菜の山が何キロにもわたって並べられている広大な市場に、ちっぽけなジャガイモひとつ売りに来たような気分にならないか。おそらく、そう言いたいのだろう？」

「まさにその通り」スキアッシは、意地の悪い冷笑を浮かべた。

「幸い……」私は思い切って言ってみた。「なかにはまだ本を読んでくれる人もいるし、本を買ってくれる人だっている」

すると友人は——いちおうそう呼んでおく——これ見よがしにかがみこみ、私の靴をしげしげと眺めた。「きみがひいきにしている靴職人は腕がいいかい？」

ありがたい……。私は心の中で安堵《あんど》した。どうにか話題が変わりそうだ。自分が気にしている事実を他人に指摘されるほど、不愉快なことはない。

「ああ、とてもいい腕をしてる」私は答えた。「すばらしい職人だよ。仕事を誇りに思って働いてるし、自分の靴はやたら磨り減ったりしないという自負を持ってる」

「そいつは立派だ！」底意地の悪いその男は、勝ち誇ったように言った。「それなのに、きみより間違いなく稼ぎが少ないのだろう」

「そうかもしれん」

「ひどい話だと思わないか？」

「なんとも言えないね。正直、そんなふうに考えたことはなかった……」

「断っておくが……」スキアッシは続けた。「別にきみの書くものが嫌いなわけではないんだ。きみに個人的な恨みがあるわけでもない。だが、きみをはじめとする何人もの作家が、じっさいには存在しない物語を書くことに人生を費やし、それをごていねいに刊行する出版社があって、買う人間がいる。それで、きみらががっぽり儲かるだけでなく、新聞でも騒がれ、さらに批評家たちが作品について、ああでもないこうでもないと議論をぶち、評論まで出版され、巷《ちまた》の話題をさらう。どれもこれもまったくの作り話だというのに。原子爆弾やスプートニクが世の中を騒がせている現代において、まさしく常軌を逸しているとは思わんか？　こんな茶番が、そう長く続くわけがない」

「よくはわからないが、きみの言うことが正しいのかもしれない」私の心は、完全にずたずただった。

「これからは読者なんて減るだけだろうよ。どんどん減ってゆく！」スキアッシはひどい言葉を吐き続けた。「やれ文学だ、芸術だと、大仰な言葉ばかり並べやがって！だがな、きょうび芸術なんてもんは、消費の一形態にすぎない。ビーフステーキや香水や藁包み《フィアスコ》ボトル入りのワインとまったく同じなのさ。世間の人びとが、どんな芸術に興味を持っていると思うかい？　すべてを呑み込みつつある風潮を見るがいい。じつのところ、中身はなんだと思う？　民謡に歌謡曲、流行歌の作詞家に作曲家……どれも月並みな商品ばかりだ。しょせん栄誉なんて、そんなもんさ！　きみの書くものはすばらしい。知的で非凡な小説ばかりだ。それでも、歌の下手なアイドル歌手のはしくれにだってかないやしない。人びとは実質的なものを求めているんだ。手軽でわかりやすく、即効的な快楽を与えてくれるものを。苦労する必要も、頭を使う必要もないものだ！」

私は、返事をする代わりにうなずいた。反論する気力もなければ、論拠も見つからなかったのだ。それでもスキアッシは、まだ言い足りないらしかった。

「四十年ばかり前だったら、まだ作家も画家も音楽家も、それなりの影響力を持っていた。それが、いまじゃどうだ！　もはや化石のような作品がかろうじて生き延びているだけじゃないか。たとえばヘミングウェイ、ストラヴィンスキー、ピカソといった爺《じい》さんや、さらにその上の世代の、古典的作家がな。だめだ、だめだ。きみらのやっていることは、すでに破綻したお遊びにすぎない。きみは、抽象芸術の展覧会に足を運んだことがあるかい？　その手の展覧会に対する批評を読んだことがあるかい？　もはや狂気だよ。完全なる狂気だ。時代錯誤の連中が共謀し、あちこちで自分たちの意見を巧妙に押しつけ、ナンセンスな絵画を、あわよくば二百万リラもの金額で売りつけようという魂胆なんだ。だが、それも最期の悪あがきってとこだね。治らぬ病に侵され、断末魔の苦しみに悶《もだ》えているようなもんさ。きみら芸術家は、大衆が歩んでいるのとはまったく別の道を突きすすんでるんだ。両者の距離はどんどん離れるいっぽうさ。いつの日か、きみたちが声高に叫ぼうと、喚《わめ》こうと、犬一匹だって耳を貸さなくなるだろうよ」

そのときだ。まれにみることだが、私たち二人が立ち話をしていた殺伐とした道を、何かが通りすぎていった。言葉で表現することのできない、何かが……。

空気はあいかわらずよどんでいたので、風ではない。大気中には、いつもと変わらぬガソリンや排気ガスの鼻をつく臭いがしていたので、香りでもない。ひっきりなしに行き交う車の騒音以外なにも聞こえてこなかったので、音楽でもない。何かはわからないが、感情や脳裏に潜んでいた記憶があふれ出したような、不思議な存在感だった。

「そうだとしても……」私は言った。

「そうだとしても、なんだね？」スキアッシのねじけた薄笑いが白んだ。

「たとえ、私たちの書きためる物語を読んでくれる人がひとりもいなくなったとしても、各地の美術展がすべて無人になったとしても、空席ばかりのホールでミュージシャンが曲を奏でるようになったとしても、私たちのしていることは……私個人がということではなく、私と同じような職にある者たちがしていることは……」

「どうした。堂々と言ったらどうだ」友が、いやみたらしくけしかけた。

「つまり、私たちが書き続ける小説や、画家が描く絵、音楽家が作る曲といった、きみの言う理解しがたく無益な、狂気の産物こそが、人類の到達点をしるすものであることに変わりなく、まぎれもない旗印なんだ」

「いったい何を言いだすんだ」スキアッシは声を荒らげた。

だが、自分でもなぜかわからないが、言葉がとめどなく流れでた。胸の内にこもっていた怒りが噴出し、抑えきれなくなったかのように。

「そう」私は続けた。「きみが〝愚かな行為〟と呼ぶことこそが、われわれ人間と獣とを区別する、もっともきわだった特質なんだ。このうえなく無益だろうとかまわない。いや、むしろ無益だからこそ重要なんだよ。原子力やスプートニクや宇宙ミサイルよりも、はるかに人間らしい足跡だ。そして〝愚かな行為〟をやめた日には、穴居時代と同様、人間は裸で暮らす惨めな虫けらのような存在になり下がることだろう。なぜならば、蟻塚やビーバーのダムと、人類の最新技術の奇蹟のあいだに存在する違いは、取るにたりないわずかなものにすぎないが、蟻塚と……」

「エルメティズモ*の十行詩のあいだに存在する違いは……とでも、言いたいのか？」スキアッシが、さも意地悪そうに口をはさんだ。

「ああ、詩もそうだ。一読しただけでは解釈不可能だとしても、たった五行だとしても、同じことだ。詩を書こうという気になるだけでもいい。うまく書けなくても、かまわない……。私が間違っているのかもしれない。しかし、人類にとって唯一の救いがあるとしたら、このような方向のなかにだけ見出《みいだ》されるものなのだ。それでも、もしも……」

＊イタリア現代詩の一派。音感を重視し、難解な言葉を用いた。

私が言いかけたところで、スキアッシは、あっはっはと高らかに笑い出し、しばらく笑いつづけた。奇妙なことに、声からは悪意が完全に消えていた。私は唖然《あぜん》とした。すると彼は、威勢よく私の肩をたたいて、言った。「ああ、やっとわかったのか、この愚か者め！」

私は思わず口ごもった。「い……いったい何が言いたいんだ？」

「なんでもない、なんでもない」そう答えるスキアッシの細面《ほそおもて》の顔が、内部から照らされているかのように青白く光った。「今夜は、きみがあまりにも落ち込んで、自信を失くしているように見えたもんでな。ちょっとばかり元気づけてやろうと思っただけさ」

たしかに、そのとおりだった。気のせいかもしれないが、私は自分がほんの数分前とは別人のような気がしていた。重荷から解き放たれ、そこそこの自信が持てるような気がしたのだ。遠ざかり、亡霊のように消えてゆくスキアッシの姿を見送りながら、私は煙草に火をつけた。

21

戦艦《死《トート》》

La corazzata «Tod»

先の大戦でドイツの海軍少佐を務めたフーゴ・レグルスは、来月とてつもない本を刊行するらしい。タイトルは、『戦艦《フリードリヒ二世号》の最後』（Das Ende des Schlachtschiffes König Friedrich II、ハンブルク、ゴッタ出版）。原稿に目を通した者はまだほんの数人だが、読みはじめは誰もがいささか戸惑いを感じた。そこに書かれていた事柄が、虚構の世界の言葉か、さもなければ完全なたわ言としか思えないものだったからだ。だが読み進むにしたがって、入念かつ納得のゆく考証がなされており、異論をさしはさむ余地のないことがわかってくる。

なかでも、写真はショッキングなものだった――一枚しかないのだが、安易な作り話でないことを十二分に物語っている――。はかりしれない妄想の所産としか思えぬ、前代未聞の怪物。戦わずして幽閉されるという運命に翻弄《ほんろう》されながら、最後の最後に――不名誉な破滅に向かい、いっさいが葬り去られようというときになって――もたらされた、壮麗な悲劇に彩られることとなった怪物。それは、けっして世に知られるはずがなかっただけに、いっそう悲壮な運命だったに違いない。

本書でレグルスの語っていることが事実ならば、第二次世界大戦にまつわるもっとも驚異的な、もっとも深い謎に包まれた機密の暴露といえよう。

一連の出来事そのものが、いちど聞いただけではとうてい信じがたく、大戦中のいかなるエピソードとも奇妙な一線を画している点において驚異的であり、今日に至ってもなお多くの人びとが沈黙を続け、秘密を守っているという事実が、いっそう謎を深める。

ほかには誰も知る人がいないと自覚して、その秘密を共有することにより、何ものにも代えがたい悦びが得られるとでもいうのだろうか。沈黙を続ける必要があり、有利でもあるという点に関しては、誰ひとり異論を持つ者はいないらしい。金持ちも貧しい者も、有力者も卑しい者も、教養のある者もない者も、高級将校も名もない下級の工兵も、悲惨な敗戦によって軍規の束縛から解放されたのちでさえ、誰もが誓いを忠実に守ってきた。

彼らは、本書が刊行されたあともなお、沈黙を続けるだろう。レグルスはそう明言している――正直なところ、この点については多少疑問を感じないでもないが――。そして万が一、誰かに正体を暴かれたなら、真っ向から否定し、尋問されても知らぬ存ぜぬを貫きとおすだろう。一人をのぞく全員が。

問題の書は、三部からなっている。第一部はレグルスの一人称で書かれ、どのような経緯《いきさつ》で、謎のベールに包まれたこの史実を知るに至ったかが語られる。調査の各段階を綴《つづ》った、詳細な備忘録のようなものだ。なんの関連もなさそうな手掛かりを、ひとつに結びつけて考えるきっかけとなった最初の漠然とした疑念。偶然に導かれるようにして足を踏み入れた島が、すべての発端の地だった。そこは愚かな夢をありありと物語る、恐ろしい残骸ののこる場所でもあった。それまでの調査では、長いあいだまったく成果がみられなかったというのに。意地を通しつづける男の注意が、一日の疲れからふと鈍るような夜、港の薄暗い居酒屋で耳にした——それを「証言」と呼べるかどうかは別として——言葉から導きだした推論。そして、断末魔の苦しみのなかでうわ言のように語りつづけ、ついには恐るべき秘密を吐き出した、生存者との出会い。

第二部は、残念ながら多くの欠落部分があるものの、最初の任務にむけて出港した日から、大西洋のはるか沖合で悲劇が起こる朝までの、艦内のようすを記した記録である。

第三部は、いわば付録的なものだが、読者から寄せられるであろう疑問や反論や非難に、レグルスが答えたものである。とりわけ力が注がれている点は、何千もの人間の運命を巻き込んだこれほどスケールの大きな事件が、なぜ長いあいだ沈黙のベールで包まれ、封印されてきたかを解明することである。「資料」をこと細かく、異常なほど執拗に引用してゆく。そして最後に、悲劇における極限の行動を解き明かそうと試みながら、本書に記されていることを信じてほしいと、われわれ読者に語りかけるのだ。

だが、いかに彼が力説しようとも、人為を超越する力が働いたのではという思いが消えることはない。たしかに信じがたい話だが、これほど絶望的な任務がこのような不条理な結末を迎えるのは、当然といえば当然なのかもしれない。昔語りに登場する闇の国の霊たちが、純然たる狂気に魅せられて地獄の深淵から姿をあらわし、堂々と彼らの挑戦を受けて立ったとしても、なんら不思議はないだろう。

リューベックの船主の息子として生まれたフーゴ・レグルスは、開戦の年、三十五歳だった。戦前は海軍士官を務め、少佐にまでなったが、一九三六年、健康上の理由と、年老いた父を助け家業を継ぐために、いったん軍を退いた。

大戦が始まり、ふたたび召集を受けたが、相変わらず体調はすぐれない。免除を願い出ることも可能だったが、彼は愛国心から軍務に就くことを望み、海軍省の人事部に派遣され、終戦まで職務を全うした。

海軍省では、難しい仕事を任されていたわけでも、特別な責任があったわけでもない。下士官の個人データを管理し、昇級や転属、休暇や軍規違反などをチェックするのが仕事だった。そのため、間接的ではあるものの、ドイツ海軍《クリークスマリーネ》の動きの全貌と日々の変化を見わたせる立場にいた。

ところが——以下は、レグルスが語ったことである——、一九四二年の夏から、それまでにはなかった種類の転属命令が、人事部に送られてくるようになった。転属される兵士の、現在の配属地と所属部隊は明示されているものの、転属先については、極秘の暗号でしか書かれていない。すなわち、「作戦第９０００号‐特殊任務‐第27作戦課に出頭すること」

同じような「特殊任務」のスタンプが押された転属命令は、以前にもときたま送られてきていた。人事部の一係官がその任務の内容を知ろうなどとはもってのほかであり、そんな素振りを見せようものなら、とたんに嫌疑をかけられただろう。

いずれにしても、それまではごくたまにしかないことであり、対象者も七、八人に限られていた。しかも、極秘命令の裏に隠されている任務は、容易に推測することができた。戦闘時の作戦はすべて秘密裏におこなわれるべきものだが、情報部や防諜部の秘密任務、敵地への派遣、あるいはとくに精密な潜水艦の巡航といった、高レベルの情報管理が求められる任務だったのだ。

しかし、このときの「特殊任務」を命じられたのは、七、八人でもなければ十数人でもなかった。ほんの数週間のあいだに、下士官だけでも二百人近くが、いずこともわからぬ謎の任地に送られたのだ。その後、ペースこそ緩やかになったものの、この奇妙な転属は何か月も続いた。

その件について、レグルスが同僚と話すことはほとんどなかった。同じ部署の人間のなかに、自分より詳しく知っている者がいるようだったが、話題に触れるのを避けているようにも思われた。

そんな機密など、知らないほうが幸せなのかもしれない。知ったら漏らしてしまうのではあるまいか、たとえ小さなことでもうっかり口にしてしまうのではといった恐怖心が、悪夢のようについてまわるだろう。それほど重大な事柄なのだ。そうなると、友だちに会うことも避け、一時《いっとき》たりとも気が抜けなくなり、家族と暮らしているような場合には、真夜中にがばっと起きあがって寝言で何か口走ってしまい、妻に聞かれたのではないかとひやひやすることにもなりかねない。

こうして《作戦第９０００号》は、奇怪《きっかい》な扉のように何百人もの兵士を呑みこんでいった。扉のむこうにあるのは、完全なる闇。新たな秘密兵器の基地か？　危険きわまりない作戦計画に備えた軍事訓練か？　イギリス本土に上陸する派兵部隊か？

一九四三年二月には、とうとうレグルスの右腕として任務にあたっていたヴィリー・ウンターマイヤー一等准尉まで、謎の命令を受けて転属していった。

このウンターマイヤーという男、職務熱心で誠実だったが、けっして戦い好きとはいえなかった。六年間も勤めた本省から船上勤務に移されることを何よりも恐れており、その思いを隠そうにも隠しきれないでいた。それでも、有能で、上官にかわいがられていたため、なんとか移動をまぬかれてきた。

そんな彼の期待は、はかなく打ち砕かれたのだ。それも、もっとも恐れていたかたちで。裏になにが隠されているか知る由もない人事部の人間にとって、《作戦第９０００号》は、最大の危険と同義語であるだけでなく、人間社会からの隔絶であり、帰る見込みのない旅立ちを意味するものだった。

ふだんは内気で口数の少ないウンターマイヤー准尉だったが、明日はいよいよ出発という晩、ついに自分を抑えきれなくなり、取り乱して上官らに詰め寄った。大まかでもいいから、とにかく任務について説明してほしいと頼んでまわったのだ。だが、どこへ行っても厚い壁が立ちはだかるばかりだった。

悲嘆に暮れて発《た》ってゆくウンターマイヤーを、レグルス少佐は黙って見送るしかなかった。こうして、それまではとくに関心を払ってもこなかった《作戦第９０００号》の謎が、レグルス少佐の人生に割り込んできたのだった。

好奇心も、知ってはならないことを知りたいという思いも、軍人にふさわしくない感情であることは百も承知だったが、それはつねに彼につきまとい、離れようとしない。そして「部外秘」と記された彼宛ての封筒を歩哨が届けにくるたびに——一日に何通も——心臓が高鳴る。もしかすると自分も、《作戦第９０００号》に召集されるかもしれない。

だが、レグルス少佐に転属命令が下されることはなかった。月日が流れ、何十人もの下士官が、どこかもわからぬ配属地へと発っていった。レグルス少佐が耳をそばだて、目を皿のようにしようとも、わずかな手掛かりすらつかめなかった。単語ひとつ、ヒントひとつ、仕草ひとつ、視線ひとつない。人を不安にさせずにはいられない謎になんらかの関連があると思われるものは、まったく見つからなかった。

やがて空爆がはじまり、レグルス少佐が勤務する部署は、ベルリンの郊外にある治安保護区に移された。その後、終戦を迎えるが、レグルス少佐は健康上の問題を抱えていたこともあり、強制収容されることも、捕虜にされることもなかった。

戦後、軍事体制が崩壊し、極秘とされた事柄がすべておおやけにされても、《作戦第９００号》については何もわからずじまいだった。何百人という下士官が、何千人という海兵が、作戦にかかわっていたはずだというのに。

彼らはいったいどこへ行ってしまったのだろう？　機密の背景に隠されていたものがなんであったとしても、彼らの多くがすでに帰還しているはずではないか。なぜ、誰も口をひらかないのか。任務に旅立っていった日から、毎月欠かさず挨拶の軍用葉書を送ってくれたウンターマイヤー准尉が（文面からも消印からもどこで投函されたかはわからなかった）、戦争が終わったとたん、ぱったり連絡を寄越さなくなったのはいったいどういうわけなのか。


こうして、レグルス元海軍少佐の胸のうちに、なんとしてでも謎を暴いてやろうという決意が芽生えた。戦時中の出来事については、軍事機密や、敵軍による隠蔽《いんぺい》工作が壁となり、長年にわたって空白の部分が多かった。しかし、ようやく両陣営の当事者たちが真実を語りはじめ、少しずつ空白が埋められつつあった。

政府や軍の上層部の極秘事項が、恥も外聞もないとしか思えない厚かましさで、連日のごとく公表された。それまでは知られていなかった事実により、大戦の全貌がしだいに明らかとなった。総統《フューラー》の生活、秘密兵器、将軍らの企てた謀反、単独停戦協定の打診など、すべて明るみに出されたが、《作戦第９０００号》だけは別だった。この作戦をめぐる出来事は、唯一の歴史的空白として残された。

あれほど多くの人びとが姿を消したのだから、けっしてささやかな空白ではないはずだ。当時の歴史を語る巨大なパズルを完成させるには、いまだにピースがひとつ欠けていた。穴を埋めようにも、《作戦第９０００号》という意味を持たない暗号以外、なんの手掛かりもない。裏に隠されているものは何も見えなかった。ぼんやりとした亡霊の影さえも。

むろん、このような空白が存在していることを知る者じたい、ごく少数だった。レグルスと同様、職務上の理由からひそかに感づいた人間だけなのだ。世間一般の人びとは何も知らない。イギリス人もアメリカ人もロシア人も、情報はいっさい得ていないようだった。レグルスがたまたま顔を合わせることのある数名の元同僚も、そんなことは忘れているらしかった。

「《作戦第９０００号》だって？」と、彼らは口をそろえるのだった。「ああ、そう言えばそんなものがあったような……。特殊任務だろ？　さあねえ、いったいどんな任務だったのか……。俺たちは何も知らされてなかったからな」まんざら嘘を吐《つ》いているようにも見えなかった。

それでも、レグルスはあきらめなかった（少なくとも彼は自分でそう語った）。それどころか、時間が経《た》てば経つほど、《作戦第９００号》が、妄想のように彼にとり憑《つ》いた。敗戦のあおりをうけて家業は細ったものの、彼自身はリューベックの商社に満足のゆく職を得ることができ、金には困らなかった。幸い、さほど忙しくない仕事だったので、真実の追究に割く時間はじゅうぶんあった。

一九四五年十一月、レグルスはウンターマイヤーの家族を探すことから始めた。住所はわかっている。はるばるキールまで訪ねてゆくと、一九四五年の四月以降、連絡が途絶えているウンターマイヤーの、父親と妻が迎えてくれた。

だが、彼らもウンターマイヤーの赴任地は知らなかった。「特殊任務」に発ってからは、休暇もなく、家にもどってきたことはないそうだ。どのような運命が彼を待ち受けていたのか、見当もつかないという。それでも、いつかひょっこり帰ってくるのではないかと待ちわびているのだった。

二人は、《作戦第９００号》に関する情報どころか、そのような作戦が存在したことも知らないし、噂すら耳にしていないらしかった。けっきょく、最初の調査は収穫ゼロに終わった。

この時点で少なからず腰が砕けたと、フーゴ・レグルスは打ち明けた。なにか謎──それもかなりおどろおどろしい謎が──隠されているに違いないという確信は薄まらなかったが、突きとめることは不可能な気がしたのだ。ヒントとなるわずかな手掛かりもなければ、なんらかの仮定さえ導き出せないでいた。どちらを向いても、ただむやみに空《くう》をつかむだけ……。

いいかげんあきらめるべきかもしれないと思いはじめたとき、レグルスは、最初の「発見」をする。発見といっても、それは一九四五年十二月、米占領軍の発行する『星条旗《スターズ・アンド・ストライプス》』誌上に掲載された記事を、空想をまじえて勝手に解釈しただけである。それでも、彼はひとすじの光が差したように感じた。

その記事とは、次のようなものである。

「マルビナス諸島からバイアブランカへ向かったアルゼンチン船籍の小型貨物船《マリア・ドロレス三世号》の乗組員が、『まるで丘のように巨大な海蛇』を見たと語った。目撃したのは、日没前の時刻。巨大な怪物は、太陽の光を背に受け、身動きせずに海上を漂流しており、眠っているようにも見えたらしい。

貨物船の乗組員たちが口をそろえて語ったところによると、怪物には『頭が少なくとも四つあり、数え切れないほどの触手か、あるいは触角のようなものを持っていた。それは、昆虫の触角に似た形をしていたが、驚くほど長く、何かを探すように天にむかって伸び、ゆっくりと回転していた』らしい。その姿があまりにも恐ろしかったので、《マリア・ドロレス三世号》はただちに針路を変え、全速で外洋に遠ざかった。じっと動かずに浮かんでいた怪物の姿は、やがて水平線の彼方《かなた》に遠ざかり、宵闇に包まれてしまったということだ」

その数日後、もうひとつ興味深いニュースがあった。南アフリカを発ち、ブエノスアイレスに向かっていた航空機のパイロットが、大西洋の真ん中で――正確な位置まで報じていた――新しくできた小さな火山島を発見したという。航空機が上空を通過した時点では、まださかんな噴火活動が続いており、隆起したばかりの岩肌は、数百メートルにわたってたちこめる噴煙にほとんど覆われていたそうだ。記録のうえでは、これまで島などひとつも存在していなかった海域であるのに。

レグルスにとって、この二つのニュースは希望の光となった。彼は考えた。《マリア・ドロレス三世号》の乗組員が目にしたものは、ぜったいに巨大海蛇などではない。そのような怪物がこの世に存在したことはないのだから。

一種の直感から、彼はまったく性質の異なる二つのニュースを関連づけ、こう考えた。どちらも、同じ現象を勝手に解釈した、的外れな思い込みではないだろうか。巨大海蛇でも火山島でもなく、じつは巨大な戦艦だったのではあるまいか……。

だが、それだけではなんとも言えなかった。根拠もなしに勝手な空想をふくらませただけだ。しかも元となっているのは、幻覚めいた情報を新聞記者が大げさに報じた、でっちあげと思えなくもない二つのニュースだった。

そうはわかっていても、きわめて超現実的な考えがレグルスの頭から離れることはなかった。《作戦第９０００号》とは、秘密裏に計画され、極秘の造船所で造られた、超弩級《どきゅう》の戦艦にちがいない。完成した戦艦をひそかに進水させ、武器を装備させる。前触れもなく海上に姿をあらわし、数回の発砲で敵の艦隊を壊滅するために、周到に準備された戦艦……。

《マリア・ドロレス三世号》の乗組員が目撃した、怪物の触手のようなものは、前代未聞の規模の大砲であり、その砲筒が、リューベック郊外にそびえ立つレーデラー製鋼所《シュタールヴェアケ》の煙突ほどの高さに達するのかもしれない。いや、恐るべき最新兵器の可能性もある。だとすれば、これほど極秘にことが進められていた理由も、説明がつく。一日中みっちり、軍事教練と教科学習をさせられた士官学校の若者たちが、冷たくて硬い簡易ベッドに入り、寝入りばなの夢に見るような、大量破壊光線やミサイルを発射できる秘密兵器……。

おそらく、無敵となるはずだった戦艦は、完成するのが遅すぎたのだろう。レグルスはそう推論した。ようやく戦う準備が整ったとき、陸上・海上を問わず、すべての前線で戦闘が停止された。愛する祖国、偉大なるドイツ帝国は崩壊し、完全に敗北したのだから。

それでも、巨大戦艦は初の任務にむけて出航し、誰にも気づかれずに大西洋に到達した。戦争がようやく終わり、もう死んでゆく必要はなくなったのだと、世界中の人びとが興奮し狂乱していた、終戦直後の混乱に紛れてのことだろう。

レグルスの空想は続く。こうして巨艦は、アルゼンチンの東沖のような、ほとんど船が行き来しない海域を選び、あてもなく航海していた。だが、その目的は？　何を期待していたのか？　乗組員の食糧は、どのように調達したのだろうか？　ゴシック様式の大聖堂ほどもある大きなボイラーを燃やすための燃料は？　そこまで考えるとさまざまな疑問が頭をもたげ、レグルス元海軍少佐は、自分のくだらない妄想に苦笑するしかなかった。

しかし悪霊のような執念は、ずっと彼にとり憑いたままだった。レグルスは、かつてドイツ海軍の大規模な造船所があった町を訪れたり、帝国艦隊の拠点となっていた、人目につかない海岸付近を歩きまわったりした。

彼は毎晩、みすぼらしい服に機械工のような帽子をかぶり、港町のいかがわしい酒場に立ち寄った。酒を飲み、煙草をふかし、世間話に花を咲かせ、どこへ行けば若い女を安く買えるのかといった下世話な質問をするのだった。そして、さりげなく別の質問をはさむ。見知らぬ町の安酒場にたまたま居合わせた中年男が、千鳥足になるほどビールをあおったあげく、言葉が口から出るに任せて喋《しゃべ》っているといった具合に。

そうして彼は、「伝説の船」――これよりほかに適切な表現を見つけることはできなかった――の話をした。すでに誰もが知っていることであり、その話題を口にしても、まったく危険はないというように。

盛り場にいるのは、工員や荷揚げ作業員、船員、商店主、娼婦など、港町のことなら生も死も奇蹟もすべて知り尽くした連中ばかりだったが、誰ひとりわかったそぶりを見せる者はいなかった。「伝説の船」と聞いて戸惑ったり、気分を害したりする者もいなければ、そのような不謹慎な話はよせとレグルスに言う者もいない。

どうやら、誰も何も知らないようだった。極秘で造船され、壊滅寸前の祖国を救うため、秘密裏に進水された巨大な戦艦について語る者など、ひとりもいなかった。

いいかげん調査をあきらめようとしていた矢先、ヴィルヘルムハーフェンの港のいかがわしいビアホールで、幸運が彼を待ち受けていた。

幸運は、白髪まじりでずんぐりとした、荷物運搬人らしき男の姿をしていた。疲れているのか、店の片隅で空のジョッキを前にうたた寝をしている。

フーゴ・レグルスは、いつものごとく店の客たちととりとめもない会話をしてから、彼の心をとらえて離さない例の話題を、言葉巧みに持ち出した。こっちの客に訊《き》き、あっちの客に訊いてみたものの、彼がなんの話をしているのかわかってくれる者はいなかった。そんな船の話は、一度も耳にしたことがないという。

その夜も無為に過ぎてゆき、いつしかほかの客たちはみな帰っていった。オーナーが店じまいをはじめる。夜が更けるにつれ、外は静けさを増し、埠頭に繋がれた帆船の波に揺れてきしむ悲しげな音が、一定の間隔をおいて聞こえてくるだけだった。

そのとき、白髪まじりの男が立ちあがり、店を出ようとした。そして出口のところで立ち止まると、含みのある笑いを浮かべて言った。

「旦那、さっきの話、以前にも聞いたことがありますぜ。たしか、リューゲン島から来た男が話していたような……」それだけ言うと、男は姿を消した。

レグルスは慌ててあとを追った。だが、外には人っ子ひとりいない。右を向いても左を向いても、ただひとつ灯《とも》った街灯の下に、人影らしきものはなかった。まるで、地面が男を呑み込んでしまったかのようだった。


男の言葉だけを頼りにリューゲン島に行き着いたレグルスは、イーゼルと絵の具箱を抱え、絵描きを装い、あちこち歩きまわっていた。絵を描きながら――若いころ好きでよく水彩画を描いていたため、絵描きの役を演じるのはむずかしくなかった――、どんな絵を描いているのだろうと、後ろからのぞきこむ地元の人たちと言葉を交わす。老人が大半だったが、ときには女や子供とも話した。

「ところで……」彼は話を切りだした。「以前に聞いた話によると、このリューゲン島には、戦時中、大規模な工場があったそうですが……」

「たしかにあったよ」ひとりが答えた。「まるで、わしらが何も気づいてないとでもいうように、いっさい極秘扱いだったがね」

レグルス元海軍少佐は、感激のあまり、息がとまりそうになった。「それで、何を造っていたんですか？　戦艦……？　巨大戦艦を造っていたのでは？」

島民は笑いだした。みんなもつられて笑っている。

「戦艦なんてもんじゃない。スタジアムを建設してたんだ。五十万人もの観客を収容できるスタジアムをね。なんでも、一九四八年の記念すべきオリンピックを開催するつもりでいたらしい。ヒトラーの世界征服を祝う、人類の祭典としてね」

この答えは、これまで気の遠くなるような苦労をして調査を進めてきたレグルスを、失意の底につき落とした。

「なんでまた、スタジアムを極秘で建設していたんですか？」

「さあねえ。勝利のあとで公表し、戦いに疲れた国民を驚かせようという魂胆だったのかもしれん」

「あなたたちも、そこで仕事を？」

「いや、島の人間は、誰ひとり働いとらんね。よそから若いもんばかり何千人も連れてきてな。わしらは、噂しとったものだ。こんな若いもんを借り出してスタジアムを造らせるより、前線に送ったほうがよさそうだとね」

「それで、作業現場を見にいくことはできたのですか？」

「現場の周囲には、高圧電流の有刺鉄線が張りめぐらされ、武装した兵士が見張りをしておった。有刺鉄線のむこう側に広大な空き地が続き、その奥に立派な塀がそびえていたが、そこにも有刺鉄線があってね。それだけじゃない。塀のうえで見張りをしていた兵士は、近寄る者は撃てと命じられていたそうだ」

「それで、戦後、そのスタジアムはいったいどうなったのです？」レグルス元海軍少佐は、重ねて訊《たず》ねた。

「敗戦後、何もかも壊されたさ。おそらく腹いせだろう。すべてを爆破するようにという命令があって、爆発がまる四日も続いたものだ。ここからでも火焔《かえん》が見えるほどで、島全体が揺れとった」

「それで、いまは？」

「もう何も残っていやしない。ところどころに瓦礫《がれき》があるだけさ」

「場所はどこなんです？」

島民は、道を教えてくれた。

こうして、執念の男フーゴ・レグルスは、ドイツ帝国礼賛オリンピック開催のため、ヒトラーが世界最大級のスタジアム建築を命じたとされる場所を訪れた。それにしても、リューゲン島に造らせるとは、なんという計画なのだろう……。

だが洞察力の鋭いレグルスは、スタジアムなど建築されていなかったことを、ひと目で見抜いた。もう何か月も前から探し求めていたものを目の前にして、彼の胸は、深い感動に震えた。

海中まで続く、陥没したような地盤。ぼうぼうと生い茂る草や、飛び散った敷石、かつての塀やコンクリートの破片、ねじれた鉄材、壊れた壁などが一面に散らばっている。その上から、雑草や灌木が、哀れむようにすべてを覆っていた。

レグルスは、船台の長さを目算した。軽く五百メートルはあるだろうか。さらに、幅や深さなども測った。残骸には、レールやクレーン、浮き台、鉄板、ビームなども混じっている。泥に埋もれた榴弾の薬莢《やっきょう》まで見つかった。あたりには、戦艦特有の、しつこい臭いがまだ残っていた。あちこちの港で嗅《か》ぎなれた臭いだ。油、塗料、焼けた鉄板、むせかえるような船員たちの熱気……。

間違いなく、ここが《作戦第９０００号》の秘密基地だったのだ。

ここで、これまで誰も考えなかった規模の船が造られ、この船台で組み立てられ、進水した。だが、いまとなってはそれを語る者もいない。すべてが極秘でおこなわれ、たとえ知る者がいたとしても、固く口を閉ざしている。名誉と命をかけた神聖な誓いだったのだろう。いや、もしかすると全員が死んだのかもしれない。何千人もの命が、地中に、あるいは海底に沈められ……。

よく見ると、有刺鉄線や周囲を取りかこむ長い塀、工場、バラック小屋などの跡もあった。何年ものあいだ、世界から完全に孤立したひとつの町が、ここに存在していたのだ。なんらかの方法で巧みに偽装され、ドイツ海軍の有力者さえ、その存在を知らなかった場所だ。

しかし、いまレグルスの足元にあるのは、誰も訪れることのない、石ころだらけの荒れはてた土地だった。中央に、もはや意味を失った宿命の窪地。上空では、カラスに似た鳥が数羽、もの哀しい鳴き声をあげながら、輪を描いて飛んでいる。そのうえをバルト海特有の灰色の空がすっぽりと覆い、青白い光が北へ北へと郷愁をそそる。

眼前には、永遠に波が打ち寄せる、力強く厳しい、鉛の灰色の海。水面に、白く長い波頭があらわれては消えてゆく。その動きを目で追っているうちに、視線はだんだんと遠くに運ばれ、やがて彼方の水平線に行き着く。どこを見わたしても、人の気配はない。

ようやく、《作戦第9000号》をめぐる謎が現実味を帯び、これまでにも増して焦燥感を煽《あお》るものとなった。これ以上深入りするのはよそうと必死に思ってみても、引き下がることはできなかった。残された全人生を賭けてでも、真実を突きとめるしかない。時は、一九四六年五月。

それが、ある日とつぜん、これほど不可解に入り組んだ謎が、ひとりでに解けだしたのだった。ハンブルクの新聞に、男が公園で自殺未遂事件を起こしたというキール発の短い記事が載った。発見されたとき、男は意識がなく、頭に重傷を負っていた。右手には、ピストルが握られたままだった。男の名は、ヴィルヘルム・ウンターマイヤー。元海軍下士官であり、抑留されていた南アメリカから帰還したばかり。自殺未遂に至った原因は、不明。

それはまさしく、長いあいだレグルスの部下として働いたのち、《作戦第９００号》に連れ去られた、あのヴィリー・ウンターマイヤー准尉に違いなかった。キールの病院にレグルスが見舞いにゆくと、彼は頭に包帯を巻かれた状態で、とめどなく喋りつづけていた。医者の投与する精神安定剤も効果はない。ときどき昏睡状態におちいるが、やがて目を覚ますと、ふたたび喋りはじめる。それも、ちょっと聞いただけではまったく理解できない内容だった。そのため、誰もがうわ言を言っているものと思い込んでいた。医師の話によると、傷は重く、助かる見込みはほとんどないということだった。

この不遇な男の父親も妻も、なぜ彼が自殺しようとしたのか、まったく見当がつかないらしかった。ウンターマイヤーは一か月以上も前に帰還していたが、口数がめっきり減り、誰とも付き合わなくなってしまった。戦時中の体験については、ほとんど口を閉ざしたままだったらしい。

話したのは、戦艦に乗り組んだこと、そしてその戦艦は終戦とともに自沈し、自分はアルゼンチンで抑留されたこと、抑留生活はそれほどひどいものではなく、やがて釈放され、祖国に送還されたこと、それだけだった。どんな戦艦に乗っていたのか、いつどこで自沈したのか、そのときの状況はどんなだったかなどは、いっさい語らなかった。

あれほど慕っていたレグルスにさえ、帰還したという知らせをよこさなかったというのも、奇妙な話である。妻は一度「なぜレグルス少佐にお知らせしないの？　わざわざ探しにいらしてくださったのよ。あなたが無事に帰還したとわかればきっと喜んでくださるわ」と、訊ねたこともある。だがウンターマイヤーは、「ああ、そうだな、手紙を書こう」と言ったきり、何もしなかったそうだ。

病室に入ってきたレグルスを見て、ウンターマイヤー准尉は、かつての上官だとわかったのだろうか？　レグルスは、あまり定かではないと記している。それでも、彼の問いかけのほとんどに、ウンターマイヤーは的確な答えを返したそうだ。

とはいえ、話しかけることを医師に禁じられていたので、たいした質問ができたわけではなく、ウンターマイヤーが一方的に喋っているだけだった。抑圧された状態で胸のうちにたまっていた数多くの言葉が、一気に溢れ出すかのように。あまりにも長いあいだ胸に押し込められ、彼を苦しめていたものが、ピストルの一撃によって開けられた穴から噴き出したのかもしれない。

ウンターマイヤーの独り言は、死の一時間前までえんえんと続いたが、まったく脈絡のない話ばかりだった。順序などはお構いなしに、ありとあらゆるところから記憶が怒濤《どとう》のようによみがえり、ひとつのエピソードの次に、何か月も昔にさかのぼる別のエピソードが続くということもあった。

したがって、彼の独り言をもとにレグルスがまとめた記述には、足りない部分や、つじつまの合わない部分がある。それでも、ウンターマイヤーの口から語られたことはすべてが真実で、妄言などではないと、レグルスは確信していた。たしかに断片的ではあったが、細部にいたるまで確固とした根拠に基づいており、《作戦第９０００号》をめぐる主だった疑問を、あますところなく説明するものだった。いずれにしても、今世紀最大の驚異を直接体験した者による、唯一の信頼できる証言であることは間違いない。

ここからの話は、レグルスの著作の第二部に相当する。出来事の核心をなす部分だが、残念ながらもっとも短くもある。レグルスは、勝手な空想を加えてウンターマイヤーの話を長くする気も、たとえ論理的にはじゅうぶん可能であったとしても、一連の断片的データを関連づけて独自の解釈をするつもりも、なかったのだ。ウンターマイヤーの独り言を転記するにあたり、レグルスは出来事を年代順に並べなおし、瀕死の人間の口から語られた支離滅裂な文章や、方言、重複に訂正を加えるにとどめた。以下が、その話である。

リューゲン島の造船所――その名もまさしく《第９０００号造船所》――では、暗号課の青白い官僚たちも妬《ねた》むほど極秘に、国民の血を最後の一滴まで搾りだすつもりかと思えるほどの総力を結集して、計画が遂行されていた。そのため、関係者はみな、この作戦は常軌を逸したものではあるまいかと恐れていた。

作業現場は広大なトタン屋根で覆われ、そのうえに、兵士たちが毎朝、緑の葉の茂る枝や、黄色い枯れ草、雪の塊などを季節に応じて敷きつめた。軍人や工兵の出入りは固く禁じられ、関係者全員の厳粛な誓いに守られて、一九四二年の六月から一九四五年の一月にかけて、戦艦《フリードリヒ二世号》が造られていたのである。

同艦は、英米の連合艦隊を撃沈するため周到に準備された、ドイツ第三帝国の秘密兵器だった。哀れなのは、神に祈りを捧げる暇もなく海中に沈められる運命にある、敵国艦隊の乗組員だ。彼らの魂が安らかに眠らんことを……。

同艦の排水量は十二万トンと設計され、その通りに造られた。最高速度は三十ノット。船底は二重の対魚雷防御構造になっており、三十発の魚雷を受けても傾くことはない。ウォータージェット推進装置と、二機の補助タービンを搭載。船底は厚さ四十五センチ、甲板は三十五センチの特殊鋼板で、装甲が施されている。

二〇三口径の三段砲塔が四基、七五口径高射砲が三十六門、装備されている。だが、戦艦の主力兵器は、見たことも聞いたこともないような装置だった。それが三基一組となって、合計十二基配備されている。

巨大な大砲にも見えるが、そうではないようにも見える。ウンターマイヤーは、それを「超破壊兵器《フェニヒトゥングスゲシュッツェ》」と呼び、半径四十キロ内にある水上艦隊を数秒で壊滅しつくす威力を誇る武器だと説明した。艦の全長は約二百八十メートル、乗員二千百名。三本の巨大煙突を備えている。

病室のウンターマイヤーは、病状が比較的落ち着いているとき、革のケースに厳重にしまわれた書類を妻に持ってこさせた。そして、中から海の怪物《レヴィアタン》の小さな写真をとりだすと、レグルス少佐に差し出した。背景には比較できるようなものがひとつも写っていなかったので、大きさを把握することはできなかったし、写真撮影に慣れていないアマチュアが急いで撮った、質のよくない写真である。

船の輪郭はおおよそ、鎌状にカーブした舳先《へさき》を特徴とする、これまでのドイツの巨大戦艦の形を踏襲したものといえよう。ただし、本来ならば大口径の砲塔があるべき位置に、少なくとも二十メートルはあろうかと思われる金属製のポールか、あるいはチューブのようなものが数本突き出していた。

回転盤がついており、それぞれ独立した角度調整も可能なようだ。たしかに、大砲かもしれないし、そうでないかもしれないとしか言えなかった。見たかぎり、一連の兵器には防御用の装甲板はいっさい装備されておらず、前甲板のあたりから、急角度で上方に伸びていた(少なくとも写真にはそう写っていた)。レグルスは、核兵器の可能性は否定しつつ、単なるミサイル発射装置でもないと述べるにとどまり、技術的な描写は避けている。

戦艦は一九四四年の十月に進水したものの、航行準備が完全に整うまでに、さらに数か月を要した。近海での砲撃訓練を実施したかどうかは不明である。ほぼ絶望的な戦況にありながら、なお処女航海の日を待つこの時期の同艦の動静については、ほとんど何も明らかにされていない。いずれにしても、敵軍には《第９０００号造船所》の存在すら知られていなかったので、爆撃されることもなかったし、敵の偵察機も、悠然と上空を通りすぎてゆくだけだった。

やがて二月が過ぎ、三月が過ぎ、四月となった。ドイツ軍の防衛線は破られ、ソ連軍がベルリンに迫る。もはや司令部も敗北を隠そうとはしなかったが、《フリードリヒ二世号》の乗組員たちは落ち着きはらっていた。まるで、外で吹雪が吹きすさぼうとも、花崗岩でできた頑丈な家のなかなら安心だとばかりに。ドイツ民族の技術を結集した傑作、新しい巨大戦艦は、それほど無敵に思われたのだ。

それにしても、なぜボイラーを焚《た》こうとしないのか？　いったい何を待っているのだろう。泥まみれになったソ連軍の偵察隊が背後に姿をあらわすまで、ここに留《とど》まるつもりなのだろうか。

ベルリンの陥落も、時間の問題だった。いや、すでに陥落しているのかもしれない。ある晩を境に、ドイツ軍司令部の戦況発表も途絶えてしまった。

そのときになって、ようやく技師や工兵たちが下艦をはじめ、三本の煙突の上の空気が揺らめいた。ついにボイラーに火が焚かれたのだ。煙突を見つめる乗組員たちの胸に、相反する思いや希望が交錯した。惨敗を認める屈辱と引き換えにしてでも、和平を熱望する思いがあるいっぽうで、一度も戦わないうちから驚異の戦艦を放棄するのは、あまりに苦痛だった。

艦長であるルペート・ゲオルゲ大佐が、招集ラッパを鳴らした。ゲオルゲ大佐は、すらりと背が高く、澄んだ瞳に金髪という貴族的な面持《おもも》ちの美男子で、非常に繊細な心の持ち主であった。だが、そんな自分の心を軍人の恥と思い、鉄の意志で隠し通していた。

時あたかも、一九四五年六月四日、午後三時。乗組員全員が後甲板に集結すると、艦長が訓辞を述べた。

「士官、下士官、水兵諸君。これから諸君に告げることは、多くはないが、緊要である。おそらく諸君もすでに想像しているとおり、ドイツ陸・海・空軍は、戦いを放棄しつつある。今晩中にも、休戦協定が結ばれるだろう。休戦協定には、第三帝国の全軍人が従わねばなるまい」

ここまで述べると、艦長は言葉を切り、自分の前に整列している兵士たちを、澄んだ瞳でしばらく見つめた。

「だが、われわれの運命はこの類《たぐい》にはあてはまらない。最高司令部の命令により、戦艦《フリードリヒ二世号》は、いかなる休戦協定に従う義務をもまぬかれている。同命令を記した文書は、かなり以前に私のもとに届けられていた。のちほど艦内に掲示するので、諸君の目で確認してもらいたい。

したがって当艦《フリードリヒ二世号》は、今宵、出航する。目的海域は口外できない。祖国ドイツは、全土を敵に踏みにじられることになるが、われわれは自由かつ独立したドイツを象徴する存在として残るのだ。もはや、われわれから敵を攻撃するようなことはないが、自衛のための戦いなら辞さない覚悟である。当艦こそが、祖国ドイツ最後の、無傷の砦《とりで》となるのだ。

あらかじめ告げておくが、諸君を待ち受けているのは、幾日、幾週間、幾月、いや幾年に及ぶかもしれない苦しい犠牲であり、その先にあるものは死かもしれない。だが、心してほしい。千々に引きちぎられたドイツ国旗の最後のひと片《ひら》が、ほかでもない、われわれの手に託されたのだ。最後の、そしてもっとも厳しい戦いこそが、われわれの任務なのである。戦いから得るものがあるとすれば、それは栄誉のみ。もはや、勝利の見込みはいっさいない。

同時に言っておく。諸君を強制する権限は、私にはない。諸君は完全に自由であり、どうするかは、ひとえに諸君の選択に任されている。

祖国の運命はもはや断たれたものと考え、ドイツ国民と運命を共にすることを希望する者は、今晩ただちに下艦してかまわない。下艦後は、軍務を解かれたものとする。個人としての感情や家族への思いなど、下艦を正当化する理由は多々あろう。それを、こちらで詮索するつもりは毛頭ない。

いっぽう、自らの自由意志で当艦にとどまる者は、この先、喜びなどいっさいないことを覚悟してもらいたい。任務はきわめて長期にわたるものと思われ、終わりが、いつ、どのような形で訪れるかは予測できない。諸君を待っているのは、不安や孤独、家族との完全なる離別であり、自らの運命もまったくわからない生活なのである。自由を手に入れるために、これほどの犠牲を払う価値があるのだろうか。決めるのは、諸君ひとりひとりだ。自分の本心に、しっかりと耳を傾けてほしい。私の心は、ずっと以前から決まっている。

この至高の善である自由を、いったいいつまで保持できるのか。われわれが最終的に目指すところは果たしてなんなのか。今後、決戦に臨むことはあるのか……。私にもわからないことばかりである。だが、たとえ知っていたとしても、教えることはできないだろう。

ゆえに、艦内にとどまる者は、未知にむかって出航するさい、あとに残す祖国の地を見つめ、別れを告げるがよい。おそらく、ふたたび目にすることはないのだから」

ゲオルゲ艦長の訓辞は、だいたいこのような内容だった。ただちに解散となったが、乗組員たちはみな、いったい何が起ころうとしているのか理解できずにいた。それでも、艦長の言葉は彼らの胸にふしぎに力強く響き、離艦を申し出たのは、わずか二百二十七名だった。

その日、まだかすかな明かりの残るうちに、戦艦《フリードリヒ二世号》は、長いあいだ身を隠していた巨大な覆いの下から姿をあらわし、外海にむかって滑りだした。直後、島は大音響に包まれた。船台や造船所や作業場などをすべて破壊し、証拠がまったく残らないようにするため、あらかじめ爆薬が仕掛けられていたのだった。さまざまな思いを焼きつくす火焔は、艦上からもしばらく見えていたが、しだいに遠くなっていった。島の土を踏むことは、二度とないだろう。

話はここで、大きく飛ぶ。どのようにして戦艦が、誰にも気づかれずにバルト海を抜け、何ごともなくスコットランドを越え、敵軍に出くわすことなく大西洋を北から南へと縦断できたのかについては、ひと言も触れられていない。

次の記述における同艦は、いきなり、アルゼンチンのサン・マティアス湾の東沖に碇泊している。海底の比較的浅いところに固定されたブイのようなものに繋留されているのだが、誰が、どのような方法でブイを固定したのかは明らかでない。

艦上では、二千人近い乗組員たちが世界から完全に隔絶され、存在すら知られぬまま、奇妙な日々を送っていた。艦上での生活は、どこかの軍港に碇泊しているのと変わりなく、規則的なものだった。ただし、埠頭もなければ動かない陸も見えず、白い波しぶきをたてる海面が、気の遠くなるほどどこまでも続いているだけである。

日の出の時刻に起床し、艦内の清掃をおこなう。その後、各種の訓練。ごくたまに、接近しつつある船や航空機をレーダーがキャッチすることもある。すると巨艦はただちに特殊装置で濃い霧を発生させ、姿を隠す。先方の船乗りは、海の真ん中に浮いているおかしな雲などたいして気にとめもせず、通りすぎてしまうのだった。

航空機も同じだった（なぜ《マリア・ドロレス三世号》の乗組員だけがその存在に気づいたのかは、ウンターマイヤーの説明からはよくわからなかった）。

ときどき、大型のモーターボートが海面に降ろされ、西の方角へ消えてゆく。数時間もすると、食糧を積んで戻ってくる。このように、食糧の調達は、アルゼンチンから来る船とあらかじめ打ち合わせ、外洋で受け渡すという方法でおこなわれていた。

相手がドイツの船なのか、外国の船なのか、どのように偽装されていたかなど、細かいことはわからない。モーターボートの代わりに、小型タンカーが降ろされることもあった。その場合は、食糧ではなく燃料が補給された。

そのあいだにも、ラジオからはドイツ崩壊のニュースがあいついで報じられ、艦上では、異論を唱える声や反乱の計画がひそかに持ちあがったが、ゲオルゲ艦長が姿を見せるだけで、苦痛に耐えきれなくなった乗組員の心に、畏敬の念がふたたび芽生えるのだった。

それでも、艦上での生活が長くなるにつれ、形式を重んじる規律や、さまざまな厳しい軍事教練をもってしても、乗組員の焦燥感を打ち消すことはできなくなった。士官室での論争は夜ごとに激しさを増し、艦内のそここで、謀反が企てられるようになった。

いったい何を待っているのか？　いまなお希望が残されているのだろうか。乗組員に出航を決意させた英雄幻想は、もはや鳴りをひそめていた。みな悪夢のような孤独感に苛《さいな》まれ、来る日も来る日も同じ場所にとどまることに嫌気がさしていた。何を待てというのか。遅かれ早かれアメリカ空軍に発見され、皆殺しにされることか？

あるいは、この常軌を逸した流刑の地でいつか朽ち果ててゆくことか？

さまざまな噂や陰口、中傷や疑念、ありもしない作り話が口から口へとひろまった。しまいには、ゲオルゲ艦長は正気を失っていると公言する者まで出てきた。艦長がシュテファン・ムアルッター副艦長と激論を交わしていたという噂も流れた。副艦長は、冷淡と思えるほど冷静沈着な男だった。ムアルッターが艦長に、艦を自沈し降伏すべきだと進言したという。乗組員の大半も、これに賛成だった。

いっぽう、ゲオルゲ艦長に味方する者もいた。とりわけ、少尉、中尉といった若手の士官らは艦長側についた。われわれ少数の選ばれし者が、祖国ドイツに大きな汚点を残した不名誉な罪をつぐなって然《しか》るべきだと考えたのだ。言ってみれば、彼らは純粋な理想主義者であり、禁欲主義者だった。

そんなふうにして、いったい何か月が経ったろうか。艦上では時が矢のように過ぎていった。ちょうど、毎日単調な日々を過ごす病人が、しだいに日にちの感覚を失い、過去の奥行きを感じられなくなってしまうように……。

十一月になり、十二月になり、クリスマスがやってきたが、果敢に戦い、あたりを破壊しつくすために造られたはずの無敵戦艦は、あいかわらず、怠惰に浮かんでいるだけだった。クリスマスの晩には――アルゼンチン沖は夏の盛りだったが――、哀愁をおびた「聖しこの夜《シュティレ・ナハト》」の調べが甲板から流れだし、こだま’ることもなく、虚無の海へと消えていった。

奇妙な噂も流れた。たとえば、補給船で女性が極秘に連れてこられたというもの。しかも女性は三人で、下士官用の船室に匿《かくま》われているらしい。あるいは、機関室の担当官がボイラー係を煽動し、反乱を企てているという噂もあった。なかには、戦闘が間近に迫っているという者もいた。だが、誰を相手に戦うというのか？　答えは誰にもわからなかった。

それまできわめて規律正しい生活を送ってきた乗組員だったが、ここにきて頻繁に苛立《いらだ》ちを見せるようになった。理由もなく過剰な警戒をする。哨兵は、ありもしない航空機を見たといい、たんなる蜃気楼を砲煙だと言って騒ぐ。たとえ真夜中だろうが、とつぜん抑えようのない動揺が艦内に蔓延することもあった。海兵たちはハンモックから飛び起き、上着をはおり、大慌てで戦闘態勢を整える。レーダーが何かをキャッチしたとか、水平線で照明弾が光ったとか、潜水艦が接近してきたとか、まことしやかにささやかれるのだが、事実だったためしはない。

乗組員の士気がしだいに荒廃してゆくなか、ゲオルゲ艦長が病に伏した。レオ・

トゥアバ上級医務官がチフスと診断したというニュースが広まると、艦内の悲観論にますます拍車がかかった。

八日もすると、ゲオルゲ艦長は熱にうなされるようになる。ブレーメンの自宅にいるものと思い込み、妻の名を呼んだり、馬に鞍をつけるよう命じたりした。

九日目、正気にもどった艦長は、ムアルッター副艦長と長いこと話し合った。乗組員が動揺しているとの報告を受けた艦長は、ボイラーを焚くよう命じる。翌日出航するというのだ。

命令を受けた乗組員たちは、にわかに活気づいた。ところが、艦が舳先を南にむけ、祖国ドイツからさらに遠ざかりはじめるのを見ると、以前よりも落胆の度合いを強めていった。それでも、長いこと目にしていなかった陸地の影が見えてくると、みな気も狂わんばかりに喜んだ。

ただし、それもぬか喜びだった。近づいてきた海岸線は、南アメリカ大陸の最南端、フエゴ島であり、巨艦は入り組んだフィヨルドで身を隠すように錨《いかり》をおろしたのだ。あたり一面、人をまったく寄せつけない過酷な自然。ごつごつの岩、巨大な氷河、植物はひとつも生えておらず、凍《い》てついた寒さのなか、ペンギンが群れをなすだけ。

いつしか、艦を本来の名前で呼ぶ者はひとりとしていなくなり、戦艦《死《トート》》がこの艦の呼称になった。

一九四六年一月二十三日、ゲオルゲ艦長は、帰らぬ人となる。指揮権がムアルッター中佐に引き継がれると、大方の者が安堵《あんど》した。中佐が艦を沈め、降伏するつもりでいることを、誰もが知っていたからだ。

ゲオルゲ艦長の葬礼がしめやかに営まれ、送る者たちは心を揺さぶられる思いだった。楽隊が国歌を奏でるなか、国旗にくるまれた柩《ひつぎ》が、滑るようにゆっくりと海の底へ沈んでゆく。感きわまり、むせび泣く兵士も大勢いた。

それからさらに十日、巨艦は物憂げに静止したまま、パタゴニア特有のフィヨルドにとどまった。外洋に碇泊していたときより警報の回数が増え、昼間はほぼ続けざまに煙幕を張っていた。そのため、艦内は息をするのも苦しいほどだった。

乗組員はみな、針路を北にとり航行をはじめろというムアルッター新艦長の命令が下るのを、今か今かと待ちかまえていた。そしてついに、招集ラッパが鳴った。

しかし早くも胸をなでおろしていた乗組員たちは、三度目にして失意のどん底に突き落とされる。まるでムアルッターが故ゲオルゲ艦長から、指揮権とともに錯乱まで引き継いだかのようだった。乗組員は全員、最後の、そしてもっとも過酷な試練に立ち向かう覚悟をすること。それが、ムアルッター新艦長の命令だった。翌日は、戦闘に臨むことになるだろう。

軍服は擦り切れ、髭《ひげ》も伸びほうだいの乗組員のあいだに、怒りにも似たざわめきがひろがった。すると、ムアルッターが雷のような声をとどろかせた。

「もう一度言おう。明日はほぼ間違いなく戦闘となる。諸君の目が等しく問うている。『いったい誰と戦うのですか？』。答えは、わからない。敵の名など知らぬ。相手がどのような旗を掲げているのか、私も知らないのだ。だが、そんなことは、さして重要ではない。肝に銘じるがよい。諸君はみな、当艦を《トート》と呼んでいた。戦艦《死》とな！　まさか、冗談でそんなことを口にしていたわけではあるまい。

よいか、しっかり聴いてくれ。諸君のなかには、戦う意志のない者も少なからずいるだろう。該当者には、リューゲン島を出るとき、今は亡きゲオルゲ艦長が言ったのと同じことを言う。自由に決めてくれてよい。下艦を望む者は、かまわず下りてくれ。われわれは、その者たちなしでもじゅうぶんに戦える。いちばん近い村落に着くまでに必要な食糧と、燃料を積んだ船を与えよう。

その者たちの唯一絶対の義務は、いっさい口外しないということだ。いかなる理由があろうとも、当艦……戦艦《死》については、誰にも何も漏らさないと、厳粛に誓わなければならない。私は哲学者ではない。したがって、私には説明のつかないことも多々ある。だが、これだけは言っておく。すべてが内密に運ばれないかぎり、尊い犠牲が神の御許《みもと》に到達することはできない。諸君の慎みのないひと言により、われわれの行為のすべてが、無残にも崩れ去る。ゆえに、無言の誓いを破る者は、永遠に呪《のろ》われるだろう。

艦内にとどまり、戦いに挑む者には、栄光が待っている！　われらに栄光あれ！　戦艦《死》に栄光あれ！　逆境に見舞われた、遥かなる祖国に栄光あれ！」

新艦長の訓辞は、悲嘆に暮れた乗組員たちの心に、ごつい岩のようにのしかかった。ゲオルゲ艦長だけでなく、とうとうムアルッターまで錯乱したか。それが、彼らの頭を最初によぎった考えだった。とりわけ、痛ましいまでの熱意がこめられた最後のフレーズは、とても正気とは思えない高揚を帯びていた。

訓辞が終わると、ヘルムート・フォン・ヴァロリータ新副艦長が、気をつけの号令をかけ、乗組員を代表し、ムアルッター艦長に敬礼した。

ところがフォン・ヴァロリータは、右手を軍帽のひさしに持っていこうとした瞬間、右の目にはめていた片眼鏡を落としてしまった。場に不似合いなチャリーンという音とともにガラスのレンズが鉄板にぶつかり、割れるかと思いきや、弾みながら甲板の端へと転がってゆく。動こうとする者は誰もいない。

重苦しい沈黙のなかに、軽やかな音だけが響いた。一同の視線が、落ちたレンズの動きを追う。レンズはだんだんと回転のスピードをあげ、溝にはまった。しかしそこで止まらず、大きくバウンドし、海に落ちていった。

レンズが海面にあたって立てたポチャンという音が、言葉では説明のつかない作用を乗組員の心に及ぼし、抗いようのない孤独感が蔓延した。それは、地の果てに流された彼らでさえ、これまで感じたことのないほど、烈《はげ》しいものだった。行き場を失った彼らの視線は、そのまま暗鬱にそびえる山々や断崖、氷河へと向けられた。永遠に眠ったまま、微動だにせず万事を見守る自然。そして、それを見つめる彼らの目には、憎悪の光が宿っていた。

下艦を希望したのは、二名の士官、十二名の下士官を含む計八十六名だった。ウンターマイヤーも、そのうちの一人であった。

艦に残ることを決めた者のなかにも、人間社会にもどり、いつか祖国に帰ることを願う者は大勢いたにちがいない。だが、しょせん脱出しても無駄だと判断した。翌朝になれば、艦長自身が己《おのれ》の愚かさに気づくだろう。この過酷な自然のなかで、これ以上長くとどまることは不可能であり、いかなる妄執をもってしても、克服できまい。いずれ艦は降伏する……。

八十六名の下艦希望者は、けっして口外はしないと艦長の面前で誓ったうえで、所持品をまとめ、モーターボートに乗り込んだ。あたりはすでに暗かった。ボートは狭い湾を抜け、まもなく沖に出た。そのときになってはじめて、後悔する者もいた。良心の呵責《かしゃく》といったらいいのだろうか。自分たちの選んだ道が、卑劣なものに思えたのだ。この良心の呵責こそ、日が経つにつれ、ウンターマイヤーを追いつめ、自殺にまで追い込んだ元凶であった。

ボートは、凪《な》いだ海を東に向かって、ひと晩中進みつづけた。できるだけ沖合まで出て、暗礁に乗りあげないよう気をつけながら、ルメール海峡を目指さなければならない。澄みきった空を、朝日が昇りはじめる。水平線に靄《もや》がかかり、陸はほとんど見えなくなった。ボートの男たちは、しだいに互いの顔が見えるようになり、ぼうぼうの髭の下に隠されている表情を識別できるようになった。

「気をつけろ！　船尾方向に、正体不明の艦艇発見！」不意に叫び声があがり、一同は息を呑んだ。

「いや、あれは戦艦《死》だ！　おれたちと同じ航路をたどるつもりらしい。見ろ、こっちに針路を向けている……待てよ……離れてゆく。いったい、どこへ行くつもりなんだ？　外海に針路をとった……信じられない……全速で進んでゆくぞ！」

それは、すさまじい光景だった。明け方の薄明かりに包まれ、猛スピードで突進してゆく巨艦《レヴィアタン》の姿が見えた。不気味な触手をふりかざし、両脇に高い波しぶきをたてながら、鋭く強靭《きょうじん》な舳先で海面を切りわけて進んでゆく。みるみるうちに、ボートとの距離がひろがっていった。

戦艦《死》が、舷側方向に半マイルほど離れた沖合に達したとき、特徴のあるラッパの音が風に乗って運ばれてくるのを、ボートに乗っていた者たちは聞いた。

「ラッパの音が聞こえるか？」

「ああ、聞こえる」

「おれもだ」

「あいつら、気でも狂ったのか！」

「あれは、緊急戦闘態勢の合図だぞ！」

そのあと、えもいわれぬ恐怖のこもった、押し殺した怒声が続いた。

「なんてことだ！　あれを見ろ！」

指差された方角を見る八十六名、全員の血が凍りついた。南の水平線の彼方から、朝靄にかすんだおどろおどろしい軍艦の影が、隊列を組んで向かってくるのが見えたのだ。あれは、本物の艦隊か？　それとも、幻影にすぎないのか？

異様な輪郭の、鈍色《にびいろ》の巨体をそびやかす艦隊に比べると、巨艦であったはずの戦艦《死》も、子どもの玩具のようにみえた。

謎の艦隊の高さは数百メートル、重さは、数百万トンもあるだろうか。地獄から抜け出してきたとしか思えない。二艘《そう》、三艘、四艘、五艘、六艘……いや、靄の向こうに、まだ何艘も並んでいる。えんえんと連なる戦艦……。

どの戦艦も、ひとつとして同じ形のものはなく、奇怪なマストや、天にむかって斜めに張り出した司令塔が、尖塔《ミナレット》のように揺らめいていた。何枚もの長い軍旗が風にはためく姿は、不吉なたてがみを思わせる。すべてに、どことなく古めかしい雰囲気が漂っていた。

いったい何者なのだろう？　地底の深淵から、黙示の将官たちが姿をあらわし、洞穴のように暗く虚《うつ》ろな眼をむいて、人間どもを貶《おとし》めようというのか？　不気味な要塞に集っているのは、天使か、はたまた悪魔か。ゲオルゲ艦長が言っていた「最後の敵」とは、奴らのことだったのか。

戦艦《死》は、破滅にむかって、真っ逆さまに堕《お》ちていこうとしていた。ぐんぐん速度をあげ、艦隊との距離を縮めてゆく。それは、長いこと待ちわびたチャンスを逃すまいとしているかのように見えた。そのあいだにも、地獄の艦隊の恐ろしい船影が、水平線を埋め尽くす……。

戦闘は──ウンターマイヤー准尉は語った──十分ばかり続いただろうか。ボートに乗っていた者たちは、恐怖のあまり全身が硬直し、なす術《すべ》もなく凝視するのだった。

戦艦《死》が、超破壊兵器《フェニヒトゥングスゲシュッツェ》の十二本の長い砲身を高くもたげ、怨霊のごとき幻の艦隊に狙いを定める。三本の閃光が走り、あとに残された三すじの赤黒い砲煙が、波間に漂った。

砲口から飛び出した三つの灼熱の玉は、弧を描き、またたく間に目もくらむほどの高さに達したかと思うと、次の瞬間、標的めがけてまっしぐらに落ちていき、鈍色の艦隊の一艘の舷側に消えたように見えた。

「命中したぞ！」ひとりが叫ぶと、ボートは、むなしい希望に包まれた。弾を受けた敵艦の中央が裂け、火焰が噴きあがったのだ。艦全体が大きく揺れたかと思うと、傾いたままの姿勢をしばらく保っていたが、やがて瓦礫となって崩れ落ち、海の底に沈んでいった。

しかし戦艦《死》が二度目の狙いを定めたとき、敵も砲撃に出た。謎の艦隊の四艘から、黄色い閃光が同時に放たれた。

ボートに乗っていた者たちは、固唾《かたず》を呑んで着弾するのを待った。やがて、一人が口をひらいた。「何も飛んでこなかったぞ。奴らは、やはりただの亡霊だ！」

まさにその瞬間、あたり一面におそろしい爆音が轟《とどろ》き、戦艦《死》の舳先付近に、とてつもなく巨大な水柱が十二本、鉛灰色の海面からそびえ立った。

水柱は、泡を立てながらみるみる高くなり、とどまるところを知らないようだった。いったい、どれほどの高さになったろうか。六百メートル？　いや七百メートルか？　そのそれぞれが、驚異的なすさまじさだった。やがて水柱の勢いが衰えると、いちどきに落ちてきた大量の水で、戦艦《死》の姿が二分ほど見えなくなった。

それでも《死》は、水浸しになっただけで、ふたたび無事な姿をあらわした。すかさず第三、第四の攻撃を仕掛け、合計六発の灼熱の玉を放った。

うち三発は、弾道が近すぎて海に落ちたが、残りの三発は、高い七本煙突のついた霊柩車を思わせる輪郭の敵艦に突き刺さった。数秒後に烈しい爆発が起こり、敵艦の上半分がえぐられた。

黒光りする舷側がめくれ、恐ろしい裂け目から、猛烈な炎が噴き出した。海が怒号をあげて渦巻き、立ちのぼった水しぶきが雲となった。そして、骨組みがひしゃげ、見るも無残な姿となった敵艦を呑みこんでいった。

戦艦《死》は、地獄の武者にも、ひるむことなく立ちむかっていった。

だが、見事な砲撃など、いったいなんの役に立つというのだろう。間髪をいれず、戦艦《死》の周囲に何本もの恐ろしい水柱があがり、巨体が、まるで小舟のように揺さぶられた。なんとすさまじい砲弾だ！　いったい口径はどれほどなのか？　列車ほどの大きさ？　いや、家くらいもあるだろうか？　そんなものを撃てるのは、超人的な大砲にちがいない。

その瞬間、戦艦《死》の超破壊兵器が、一斉砲撃を開始した。十二発の灼熱の玉が、艦の上空に立ちこめる黒雲を飛び越えて疾走したかと思うと、稲妻のような速さで急降下する。三艘めの黒い敵艦が腹をえぐられ、空中に吹き飛ばされた。糸杉のような火焰が、天頂に届くほどの高さにまで上がる。

しかし、それが最後だった。

まさに戦艦《死》がいた場所に、いきなり、山のように海水が吹きあがった。途方もなく巨大で、滑らかな表面の、怪物と見まがうその山は、雲の高さを超え、虚空へとまっすぐのぼっていった。そのまま一秒ほど静止したが、大きく揺らいだかと思うと、滝のように崩れ落ち、鈍色の波の背とぶつかって……。

……そして、すべてが、忽然《こつぜん》と消えた。

ボートに残された者たちは、石のように身を硬直させていた。誰もが、わが目を疑った。一瞬にして、おぞましい奈落の艦隊は姿を消し、水柱が吹きあがっていた海面も穏やかになり、火焔も爆発もおさまり、戦艦《死》の姿まで消えていた。これまでのことは、すべて彼らの幻想にすぎなかったとでもいうように。

どこまでも単調に続く海の上には、影ひとつ残っていなかった。戦艦の残骸も、遺体も、玉虫色の油の塊も、いっさい浮いておらず、何もない海が、ひたすらひろがっていた（空のそこここに漂う黒い雲だけが、事実を物語っていた）。

そして、まるで虚ろな墳墓のように彼らの心に沁《し》みいる恐ろしい静寂のなか、ボートのスクリュー音だけが、リズミカルに響きわたっていた。

22

この世の終わり

La fine del mondo

ある朝の十時ごろ、とてつもなく大きな握りこぶしが町の上空にあらわれた。やがて、爪をかざすようにゆっくりとひらいたかと思うと、破滅へと導く巨大な天蓋《てんがい》のごとく、そのまま少しも動かなくなった。石に見えたが石ではなく、肉の塊に見えたが肉でもなく、雲に見えたが雲でもない。

それは、神であり、この世の終わりだった。ざわめきが、しだいに泣き声や怒声となって町じゅうにこだまし、ついにはひとつの凝集したおぞましい声と化し、トランペットのごとく、高く鋭く響きわたった。

ルイザとピエトロは小さな広場にいた。四方は、趣向を凝らした建物と庭で囲まれている。ちょうど日差しに温もりが感じられる時刻。しかし上空の、想像を絶するほどの高さのところに、あの手が浮かんでいた。

家々の窓が開け放たれ、注意を呼びかける声や驚愕《きょうがく》の叫びがあがるいっぽうで、先ほどまで町にこだましていた怒声は、少しずつおさまっていった。取り乱した様子の若い女たちが窓から顔を出し、この世の終焉《しゅうえん》を見つめている。走って家から出てくる人びと。居ても立ってもいられず、とにかく何かしなければと思うのだが、いったいどこへ行ったらいいのやら見当もつかない。

ルイザはわっと泣き出した。「わかってたの」としゃくりあげながら言った。「いつかこんなことになるんじゃないかって……。教会になんて、一度も行かなかったし、お祈りだってしなかった……。そんなこと、あたしには関係のないことだと思ってたのよ。それが、いまになって……。いつかこんなことになるんじゃないかって、気がしてた……」

ピエトロはなぐさめる言葉もなかった。それどころか、彼も小さな子どものように泣き出してしまった。多くの人たちが涙を流していた。とりわけ、女性はほとんどが泣いている。そんななか、二人の年老いた修道士が、まるで祭りのように楽しげな顔で、さっそうと通りすぎていった。

「小賢《こざか》しく立ちまわってきた連中も、これで終わりだな！」二人は足早に歩きながら身なりの立派な人びとに向かって、嬉しそうに声を張りあげるのだった。「利口ぶるのもこれまでだ。そうだろ？　これからは私たちこそが賢者だ！」そう言って、二人はけらけら笑った。「これまでいつだってバカ扱いされ、からかわれてきた。いまこそ、誰が本当に賢かったのかはっきりするというものだ！」

二人は、どんどん数を増す群集のあいだを縫って、下校途中の小学生のように、さも愉快そうに歩いてゆくのだった。人びとは、そんな二人を憎らしげににらんだものの、言い返すことはできなかった。

二人が路地の奥に姿を消してから一、二分も過ぎたころ、一人の男が、まるで貴重なチャンスを逃したとでもいうように、彼らのあとを追いかけようとした。

「なんてこった！」男は自分の額をたたいて叫んだ。「懺悔《ざんげ》ができたというのに……」

「ちくしょう！」別の男も、同調した。「まったくなんて間抜けなんだ。修道士が目と鼻の先にいたというのに、みすみす逃がしちまうなんて！」

だが、あの機敏な修道士たちに追いつける者は誰ひとりいなかった。

そのあいだにも、女たちだけでなく、それまでは威張りちらしていた男たちも絶望のあまり肩を落とし、口ぐちに文句を言いながら教会からもどってくる。優秀な聴罪司祭たちは、みなどこかへ消えてしまった――彼らはそう話していた――おそらく、権威ある役人や有力な企業家たちに独占されてしまったのだろう。おかしな話だが、世も末というときになっても、カネの威力が薄れることはない。もしかするとあと数分、いや数時間、うまくすると数日は猶予があるのかもしれなかった。

いっぽう、いまだに告解を受けつける聴罪司祭がいる教会には、これまでならば考えられなかったほど大勢の人が詰めかけた。

あまりに多くの群衆が押し寄せたために大事故が起こったとか、司祭の姿に変装し、懺悔を聴くといって各家庭を訪問し、法外な値段をふっかける詐欺が横行している、などといった噂がひろまった。

若いカップルは、もはや周囲の目などかまうことなく、急いで人ごみを抜け出し、せめて最後にもういちど愛を交わそうと、公園の芝に寝そべっている。

そうこうしているあいだも、太陽が輝いているにもかかわらず、例の手は土気色を帯び、ますます恐ろしげな様相を呈してきていた。この世の終わりがすぐそこまで迫っているという流言が飛び交い、正午まで持つまいと断言する人まであらわれた。

そのときだった。とある館の、道路よりも少しばかり高くなっている優雅な柱廊(扇形の階段をふたつばかり上ったところにあった)に、ひとりの年若い司祭の姿が見えた。両肩に頭をうずめ、怯《おび》えるように急ぎ足で立ち去ってゆく。派手な貴婦人の集う豪奢《ごうしゃ》な館に、そんな時間に司祭がいることじたい、おかしな話だ。

「司祭だ！　司祭がいるぞ！」誰かれとなく叫ぶ声がした。みな司祭を逃がすまいと、稲妻のような速さで立ちふさがった。「告解を！　告解をきいてくれ！」司祭にむかって大声を張りあげる。

司祭の顔が、青ざめた。彼は柱廊から説教壇のように張りだした、屋根つきのしゃれた壁龕《ニッチ》に引きずりこまれた。おあつらえむきの場所だった。たちまち、何十人もの男や女が口々に喚《わめ》きながら、葡萄《ぶどう》の房のように司祭の下に群がり、壁の装飾部分に足をかけ、柱や手すりにしがみつき、よじ登りだした。

たしかに、それほど高いわけでもなかった。しかたなく聴罪をはじめる司祭。見ず知らずの人びとの、息をはずませながらの告白を、次から次へと手早く聴いてゆく。他人に聴かれようと、まったくお構いなしだった。

司祭は、終わりまで聴きもせずに右手で短く十字を切り、赦罪し、ただちに次の罪《つみ》人《びと》の懺悔に移る。それにしても、いったい幾人いるのだろう。周囲を見まわした司祭は気が遠くなった。赦《ゆる》すべき罪が怒濤《どとう》のように押し寄せてくる……。

ルイザとピエトロも、必死になって柱廊の下に割り込んだ。そして、なんとか自分たちの順番を確保し、懺悔を聴いてもらうことができた。

「ミサになんか一度も行ったことがないんです。嘘だって吐《つ》くし……」途中で時間切れになったら困ると思ったルイザは、一気にまくしたてた。とつぜん、自分が罪だらけの人間のように思えてきたのだ。「それだけじゃなく、司祭さまがおっしゃる罪はすべて犯しました。あらゆる罪をあたしに被《き》せてくださって構いません。あたしがここに来たのは、恐怖に駆られたからではないのです。どうか信じてください。ただ、神のおそばにいたいという気持ちからなのです。誓って……」それこそが自分の正直な気持ちだと、ルイザは確信していた。

「汝《なんじ》の罪を赦す」そうつぶやくと、司祭はすばやくピエトロの告解に移った。

ところが、群衆のあいだには言い知れぬ不安がひろがっていった。「最後の審判まであとどれくらいなんだ？」誰かが訊《たず》ねる。すると、情報通らしき男が時計を見ながら「あと十分」と、自信ありげに答えた。

それを聞いた司祭は、にわかに後ずさりをはじめた。だが、満足することを知らない群集は、離そうとしない。司祭は熱にうなされているようだった。波のごとく押しよせる懺悔はどれも、彼の耳には意味のない、不明瞭なざわめきとしか聞こえていないことは明らかだった。それでも司祭は次から次へと十字を切り、「汝の罪を赦す……」と機械的に繰り返していた。

「あと八分！」群衆のあいだから、男の声が響いた。

司祭は、文字通り身体を震わせている。そして、わがままをいう子どものように、大理石の床で地団太を踏んだ。

「それで、私は？　私は？」

司祭は、絶望に打ちひしがれ、懇願した。この連中が、自分の魂を救済するチャンスを奪っているのだ。どいつもこいつも悪魔に連れていかれるがいい！　どうやってここから逃げ出そうか。どうしたら自分のことを考えられるんだ？　司祭は、いまにも泣きだしそうだった。

「それで、私は？　私はどうすればいいんだ？」

千人は下らない数の、懺悔を請う天国に飢えた者たちに向かって、司祭は問いかけた。だが、一人として司祭に構う者はいなかった。

解説

関口英子

二〇世紀のイタリア文学界において特異な存在感を放ち、「幻想文学の鬼才」と称されるディーノ・ブッツァーティ（一九〇六〜七二年）は、日本でも根強いファンが多い。短編の名手としての誉れが高いが、多才・多作な人物であった。死の前年まで、イタリアの有力紙「コッリエーレ・デッラ・セーラ」の名物論客として執筆を続けながら、小説、戯曲、児童文学、詩、評論など、幅広い作品を発表しただけでなく、自らの作品の挿絵を手掛けたり、ポップアートを思わせる漫画と詩を融合させた問題作『劇画詩』を発表したり、個展をひらいたりと、絵にも才能を発揮している。

ふとしたきっかけから心の片隅に芽生える不安が、やがて強迫観念となってつきまとい、登場人物の平穏を根底から脅かすという、幻想と現実とが交錯した強烈なテイストを持つ短編を、ブッツァーティは数多く残している。海に棲む正体不明の生物「コロンブレ」や、突如として上空にあらわれ爪をかざす「巨大な手のひら」といった空想の産物。「病」や「子どもの癇癪」などの、日常生活で人びとが実際に抱えている不安。果ては「戦争」や「破壊兵器」といった、国際社会がいまだ避けて通ることのできない脅威……。

作品によってモチーフこそ異なるものの、どれも抗《あらが》うことの不可能な、「破滅」や「死」と背中合わせの存在なのだ。ふりはらおうとすればするほどつきまとう悪夢の影を恐れながらも、破滅へと強烈に惹きつけられていく登場人物の焦燥感を描くことにより、ブッツァーティは、われわれをとりまく不条理な状況や運命ともいえる神秘的な力、そして残酷なまでの時の流れを前に、人間がいかに無力な存在であるかを語りかけている。そこからは具体的な舞台設定、登場人物の性格や特徴など、いっさいのリアリティーが排除されているからこそ、時代や国境を越え、古びることのない普遍的な価値を持ち続けているのだ。

ブッツァーティの作品が書かれてから半世紀近くの歳月が流れ、国際情勢や社会システムは変化したものの、われわれ人間をとりまく不安や不条理は、軽減されるどころかますます多様化し、威力を増す一方に見える。ブッツァーティは、そんなわれわれが無意識のうちに心の奥底に抱えている心象風景を、類まれな感性でえぐりだし、目の前に容赦なく突きつけるのだ。現代でもなお、世界の多くの読者を引力のような不可思議な力で惹きつけて離さないのは、それゆえであろう。われわれはそこに、一人ひとりの体験に即した、異なった既視感《デジャヴュ》を持ち、ぞくりと身を震わせる。

＊　＊　＊

ディーノ・ブッツァーティは、一九〇六年十月十六日、北イタリアのドロミティ・アルプスが眼前にそびえるベッルーノの近くの、サン・ペッレグリーノという小さな村で生まれた。由緒ある家柄で、広大な屋敷と庭、そして祖父の代からの貴重な資料が収められた書斎が、幼少のころのディーノの遊び場だった。父のジュリオ・チェーザレは国際法の教授で、ミラノの名門ボッコーニ大学やパヴィア大学で教鞭をとっていた。父の仕事の都合上、もっぱら冬はイタリア最大の都会であるミラノのアパートメントで過ごし、夏はベッルーノの屋敷で過ごしていたらしい。だがブッツァーティが十四歳のとき、父は亡くなっている。父との思い出が希薄だった分、母のアルバ・マントヴァーニに精神的に依存していったようだ。

法学者だった父を意識したのか、大学は法学部へ進む。アルピニストとしても知られるブッツァーティは、生まれ故郷であるドロミティ山系の山に、大学生の頃からよく登っていた。ブッツァーティにとっての山は、単なる趣味にとどまらず、創作の原点でもあった。

大学在学中の二年間、兵役に就いている。がんじがらめの規律、細かく定められた時間割や服装、逆らうことのできない命令からなる軍隊生活に、ブッツァーティは悲壮感の漂う美意識を感じ取っていたらしい。代表作長編の『タタール人の砂漠』や本書所収の「戦艦《死》《トート》」など、軍隊を舞台とした作品の随所に、軍隊に対する憧れにも似た思いが感じられる。

一九二八年に大学を卒業すると、ミラノを拠点とするイタリアの有力紙「コッリエーレ・デッラ・セーラ」に入社し、作家としての地位が確立されてからも、生涯ジャーナリストの仕事を続けた。

ブッツァーティは記者としての経験を積みながら、山を舞台にした小説を書こうと試みる。何年かかけてようやく形になった『山のバルナボ』が、当時の上司の目にとまり、一九三三年に小さな出版社から刊行された。また、その二年後には、森の自然やそこに息づく精霊などの姿を寓意的に描いた小説『古い森の秘密』を発表しているが、いずれも当初はほとんど注目されていない。一九三五年といえば、ファシズムの圧政のもと、イタリアがエチオピアに侵略をはじめた年であり、リアリズムが主流となっていた当時のイタリアの文壇において、ブッツァーティのとった幻想小説という作風が受け入れられる素地はなかったのだ。

だが、これはブッツァーティ自身も覚悟のうえだったようだ。二十二歳にして『無関心な人びと』を発表し、実存主義文学の先駆としてもてはやされた一歳年下のモラヴィアを意識しながら、「古典的な恋愛小説にしろ、モラヴィアの書く小説にしろ、現在さかんに書かれている実存主義的な文学は、真の存在意義を持たない」とし、イタリアの文壇とは自ら一線を画す姿勢を示していた。こうして、デビュー当初から、ブッツァーティは時流におもねることなく、自己の感性だけを信じ、独自の道を歩むことを選ぶ。そして、真に価値のあるものを書きたいという強迫観念に憑かれたように、書き続けていった。

ブッツァーティの名をイタリアの内外に知らしめることになったのは、一九四〇年に発表された『タタール人の砂漠』である。これは、砂漠の砦にこもり、いつ攻めてくるかもわからない敵をひたすら待つ兵士たちの、不安や焦燥感を描いた作品である。当時ブッツァーティは、毎晩遅くまで新聞社で仕事をしており、「単調でつらい仕事の繰り返しに、歳月ばかりが過ぎていった。私はこれが永遠に続くのだろうかと自問していた。希望も、若者ならば誰しも抱く夢も、しだいに萎縮してしまうのではないだろうか」と感じていたと述べている。

そのような彼の焦燥感と、重苦しい時代の空気が、この作品を生み出したといえるだろう。そこには、その後の作品のなかに繰り返しあらわれる漠然とした不安や虚しい期待、生の不条理、抗いがたい運命、死や破滅への憧憬といった一連のテーマが、すべて凝縮されている。

この作品がリッツォーリ社から刊行されると、「近年イタリアで発表されたもののなかでもっとも特異な作品である」（ピエトロ・パンクラーツィ）と評され、ようやくブッツァーティは世間に注目されはじめる。高度に詩的で寓意に満ちた幻想世界のなかで、生の不条理を描いたその作風により、ブッツァーティには「イタリアのカフカ」というレッテルがついてまわるようになるが、本人はあまりこれを好ましく思っていなかったようだ。「カフカはもはやわたしが一生背負わなければならない十字架だと考えている」と、のちに彼は述べている。

『タタール人の砂漠』を書き終えたブッツァーティは、特派員としてエチオピアに派遣され、一年間滞在している。その後、チフスを患い、治療のため帰国する。

一九四〇年には、第二次世界大戦へのイタリアの参戦を受け、従軍記者として巡洋艦に乗り組む。船という閉じられた空間で、海軍の生活を体験し、戦争という特殊な状況に生きながら、マタパン岬沖海戦やシルテ湾海戦などの大きな戦いの戦況を報道し、その手腕を高く評価された。エチオピアでの体験にしろ、従軍記者としての体験にしろ、若いころのジャーナリストとしての経験は、その後のブッツァーティの考え方や作品に影響を与えてゆく。

一九四二年、初めての短編集『七人の使者』を、イタリア最大手の出版社モンダドーリから刊行する（その後、彼の主要な作品はほとんど同社から出されることになる）。同書には、短編の名手としての彼の名を世界的なものとし、のちに戯曲化もされる「七階」をはじめ「護送大隊襲撃」、エチオピア滞在中に執筆された「七人の使者」など、ブッツァーティの現実と幻想が交錯した作風を象徴する代表作が収められている。同短編集が高く評価されたことにより、作家としての将来が期待されるようになる。こうして、ようやく望んでいた成功を手にしたかのように見えたが、恋愛における挫折感に、さらに日々深刻となる戦況が相まって、虚脱感に襲われる。

そんな折り、彼が没頭したのは『シチリアを征服したクマ王国の物語』の執筆だった。姪たちにせがまれて描いた数枚の絵をもとに書かれたとされる同書は、クマが大公の軍隊と戦うというファンタジーで、挿絵も自ら描いている。画家としてのブッツァーティの才能が、はじめておおやけにされた作品として知られるだけでなく、韻を踏んだ詩を多用した文章は耳に心地よく、いまでもなおイタリアの子どもたちの愛読書となっている。だが、大公軍の横暴が風刺ととられ、部分的な削除を命じられたり、子ども新聞「コッリエーレ・デイ・ピッコリ」での連載が中断されたりと、発表当初は苦難続きだった。

戦後のイタリアでは、エリオ・ヴィットリーニの『人間と人間にあらざるものと』（一九四五年）や、ネオレアリズモ文学の傑作とされるイタロ・カルヴィーノの『くもの巣の小道』(一九四七年)など、独裁体制下で口をつぐむことを余儀なくされていた作家たちが、相次いでパルチザン闘争の体験を語る作品を発表する。歴史的責任を見つめ、戦後の社会参加を求めた多くの知識人たちを横目に、ブッツァーティはあえて政治的な立場をとることを避けつづけた。

イタリアが政治的緊張にあった一九四八年には、「既存の秩序を転覆させ、新しい秩序を打ち建て」ようとする共産主義の脅威に怯えるミラノのブルジョア階級の暗喩である短編「スカラ座の恐怖」を発表している。同作品は、「戦の歌」や「この世の終わり」などと一緒に短編集『スカラ座の恐怖』として、翌年に刊行。またこの年『タタール人の砂漠』がフランス語に翻訳され、独自の世界を鮮烈に印象づけた。

五〇年代は、ブッツァーティが大きな成功を手にした時期といえよう。日曜版紙「ドメニカ・デル・コッリエーレ」の副編集長を務め、手腕を発揮する。また、日記に綴った文章、記事や短編をまとめた『ちょうどその時』（一九五〇年）が、ガルガーノ賞を受賞している。同書には、もともと発表することを意図していなかった文章が多数収められており、ブッツァーティの率直な思考がうかがえて、たいへん興味深いものである。

一九五三年には、「七階」を翻案した戯曲『とある臨床例』がミラノのピッコロ・テアトロで上演される。演出は、イタリア演劇界の巨匠ジョルジョ・ストレーレル。ブッツァーティは、この作品があまり演劇という形態に適したものではないと懐疑的であったが、観客からも批評家からも絶賛された。これがヨーロッパ各国で話題となり、一九五四年にはベルリンで、翌五五年にはパリで上演されている。とくにカミュがフランス語版を監修したパリでの公演は大成功を収め、すでに『タタール人の砂漠』で多くのファンを獲得していたフランスでのブッツァーティ熱が、ますます高まることになる。

この時期、ブッツァーティは二つの文学賞を受賞する。一九五四年に刊行した短編集『バリヴェルナ荘の崩壊』でナポリ賞（一九五七年）、さらに、これまでに書きためた短編から六十篇を選り抜いて一冊にまとめた『六十物語』（一九五八年）が、イタリア文学界で最高の栄誉とされるストレーガ賞に輝いた。こうしてイタリア文学界も、遅ればせながらブッツァーティの真価を正式に認めたことになる。

一方で、ミラノの画廊で初の絵画の個展「描かれた物語」を開くなど、文筆活動にとどまらず、あふれんばかりの創作意欲を発揮した。

一九六一年、ブッツァーティが精神的に依存し、それまでずっと生活を共にしていた母親が亡くなる。母の亡骸を故郷に運ぶ日の心境を描いた、自伝的短編「二人の運転手」（*I due autisti*）に、母は「わたしの生の意味そのものであり、わたしの唯一無二の支えであり、わたしを理解し、愛してくれる唯一のひとであり、わたしのために血を流すことも厭わない唯一の心である（たとえ私が三百歳まで生きながらえたとしても、ほかに同じような存在を見いだすことはけっしてないだろう）」と書き、深い喪失感を吐露している。じっさい、母親が死ぬまで別の女性と家庭を持つ必要性を感じないと公言し、独身を貫いていた。

母親に対する偏愛の裏返しなのか、ブッツァーティは女性に対して強いコンプレックスを持ち続けていたらしい。成就されない恋愛の悩みを書き綴った友人宛の手紙が多く遺されている。母親の死の前年にも、若い女性に前後の見境がなくなるほど惚れ込んでいる。だがその恋が実ることはなく、執拗な強迫観念《オブセッション》から逃れるためにブッツァーティが選んだ手段が、書くことであった。これは『ある愛』（一九六三年）というタイトルの小説に結実する。アントニオ・ドリーゴという名の、地位も名声もある初老の建築家が、若い街の女に恋をするという設定だ。

　それまで情欲とは無縁のテーマを扱い、映像的で美しい幻想世界を描いてきたブッツァーティのファンにとって、六〇年代のミラノという実在の場所を舞台としたリアリスティックなこの作品は、一種の裏切りともとられた。『ロリータ』など、当時の流行の文学の流れにくみしたものと見なすむきもあった。むろん、この作品の発表にはそのようなリスクが伴うことも、承知のうえだった。だが、『ある愛』は、彼にとって正直な告白であり、必然ともいえる作品だったのだ。

『ある愛』の苦悩を乗り越え、一九六六年の十二月、ブッツァーティは六十歳のとき、三十四歳年下のモデル、アルメリーナ・アントニアッツィと結婚する。母親以外の女性と暮らすのは、彼にとって初めての経験だった。結婚により、私生活だけでなく、仕事面でも円熟期の充実を見せる。詩集を続けて発表し、六〇年以降に書きためた短編を集めた『コロンブレ　ほか五十篇』（一九六六年）を刊行する。「コッリエーレ・デッラ・セーラ」で美術評論も担当しはじめる。

　舞台や映画の世界にも活動の場をひろげていた。ブッツァーティの作品世界に魅了されたフェデリコ・フェリーニが、一九六五年、共同での脚本の執筆を持ちかける。

フェリーニが描くイメージをブッツァーティが文章にするという形で、「あの世」を舞台にした脚本の執筆が進められた。けっきょくこの脚本は日の目を見ずに終わっているが、ブッツァーティの亡きあとも、マストロヤンニを起用して撮影を試みるなど、フェリーニは長いあいだこの作品を温めつづけていた。

巨匠フェリーニとの映画こそ実現することはなかったものの、ブッツァーティの作品は、さまざまな映画監督のインスピレーションを刺激し、『ある愛』（一九六五年）、「七階」（映画のタイトルは *Il fischio al naso*『鼻の鳴る音』、一九六七年）、『タタール人の砂漠』（一九七六年）の三作品が映画化されている。

晩年のブッツァーティは、作家としてよりも画家としての活動にエネルギーを注いでいたようにもみえる。一九六八年にミラノで開いた個展の『誤解』と題されたカタログには、痛烈なアイロニーをまじえながら、次のように記している。

「じつのところ、わたしは酷《むご》い誤解の犠牲者なのだ。本来は画家なのだが、趣味として、残念ながらずいぶんと長いこと作家やジャーナリストもしていた。ところが、世間の人びとはそれを逆だと思い込んでいるゆえに、わたしの絵を真面目に捉えてくれようとしない。［中略］いずれにしても、絵を描くのも、文章を書くのも、わたしにとっては同じことだ。絵を描くときにも、文章を書くときにも、わたしが追い求める目的はひとつ。物語《ストーリー》を語ることなのだから」

　賛否両論、大きな話題を呼んだのが、ポップアート風の漫画に詩的な文章を加えた『劇画詩』（一九六九年）である。これは、死と背中合わせの愛と性をテーマに、主人公オルフィ（オルフェウス）が、愛するエウラ（エウリュデケ）を探しに地獄を旅するという、ギリシャ神話のパロディともいえる作品だ。妻をモデルとし、ともすればポルノととられそうな女性のヌードも織り込みながら、ブッツァーティは、「印象派とシュールレアリスムとポップアートが融合された世界」（クラウディオ・トスカーニ）と評される作品をつくりあげた。翌年に、同書は、「パエーゼ・セーラ」紙の最優秀漫画賞を受賞している。

　この作品について、ブッツァーティはこう語る。

「なぜ、わたしが漫画という形式を使って小説を書いたかって？　なぜならわたしは、言葉ではあまりはっきりと伝えられないことでも、絵を描くことによって表現できるのではないかという幻想を抱いたからだ。世の中は、ますます視覚的なものを求める情報社会へと向かっている」

　一九七〇年には、それまでのいくつかの短編で扱ったテーマを描いた画集『モレル渓谷の奇蹟』（一九七〇年）を発表している。「コロンブレ」をはじめとする短編の数々が、ブッツァーティの頭のなかで織りなしていた光景を視覚的にとらえることができ、じつに興味深い。

画集の発表から二年後の一九七二年、ブッツァーティは六十五歳の若さで癌に冒され、亡くなっている。その死は、初期の短編集で発表した「七階」を思わせるものだったと、最期を看取《みと》った知人たちは語っている。「どういう死に方をするかは、けっきょく書いたものが導いてくれる」と、ある日本の作家が言っていたが、ブッツァーティは死の三十年も前に、自分の死にざまを予告したのだろうか。

ブッツァーティ亡きあとも、彼の残した記事や短編を編んだものが、数多く刊行されている。とくに死の翌年に刊行された『自画像』は、イブ・パナフィウとの対談をまとめたもので、生前はあまり知られることのなかったブッツァーティの素顔を伝えるものとして話題を呼んだ。

生誕百年にあたる二〇〇六年には、生まれ故郷のベッルーノを中心とした大掛かりなシンポジウムや展覧会がひらかれた。また、モンダドーリからは、貴重な写真、直筆の日記やスケッチが数多く収められた『アルバム・ブッツァーティ』（ロレンツォ・ヴィガノ編）が出版され、ブッツァーティの足跡を知るうえで、欠かせない一冊となっている。

＊　＊　＊

こうしてブッツァーティの歩みをなぞってみると、彼の生と作品とが、後になり先になりしながら、密接に絡《から》み合っている様子がわかる。彼が作品の舞台として好んだすべてを包みこむ山や、「雑踏、喧騒、渋滞、アスファルト、ネオンで埋めつくされた」都会、「悠久の深遠を目の当たりにし、自分がちっぽけな存在であることを思い知る」砂漠、壮烈なエレガンスを漂わせる軍隊といった場所は、それぞれ象徴的な意味を持って、実際のブッツァーティの人生とかかわっていた場所でもある。

ブッツァーティの作風を特徴づけるもののひとつに、ジャーナリストとしての視点がある。「ジャーナリズムは、わたしにとって、けっして副業ということではなく、わたしの仕事のひとつの側面なのである。ジャーナリストの最高傑作は、文学の最高傑作と一致する」という言葉通り、彼の語りには、新聞記事を書くときの手法に相通ずるものがある。

「幻想物語を書くときも、それがあたかも実際におこった事件のように書くことにしている。テーマが幻想的であり、あり得ないことであればあるほど、より平易な、まるで警察の調書なみの事務的な言葉遣いが、必要となってくるのだ。このような明確な言葉遣いによってのみ、それ自体は馬鹿げたストーリーに、説得力を持たせることができるのだから」

文学とはまったく対極にある、三面記事を書くのと同じタッチで幻想の世界を描くことにより、ブッツァーティは読者の隙をつき、まるで現実の世界と虚構との境が存在しないかのような錯覚に陥《おとしい》れる。そこでは、この世とあの世の隔たりもなくなり、生と死さえも平気で入り交じってしまう。

もうひとつ、ブッツァーティの作品に大きな影響を与えているのは、「わたしは、性格的に、骨の髄からペシミストである」と語っているほどの、屈折したペシミズムである。「田舎のように、のどかで静かな場所にいると、とつぜん何か大惨事が起こるのではないかという気がするのだ。たとえば、流星や隕石が地球に衝突し、地球が崩壊するだとか、そんな類のことを考えてしまう」要するに「この世の終わり」に象徴されるような世界観は、彼の性格そのものなのだ。それは、あれほど切望した文学的な成功を手にしながらも、けっして満たされることはなく、憑かれたように新たな創作の形を求めた姿勢にもつながっている。

「わたしは記憶を持たない。己の胸の内をのぞくとき、そこにあるのはただ、目もくらまんばかりの空洞なのだ」

＊　＊　＊

本短編集『神を見た犬』は、ブッツァーティが残した膨大な数の短編のなかから、代表的なものを選び、学生向きに編まれた短編集『コロンブレ ほか』（エリカ・ガドラ編、一九八五年、モンダドーリ）のうちの二十二篇を訳したものである。

二十二篇中、十二篇はすでに邦訳されたことのある作品であるが、そのほとんどが入手不可能となっている現状を踏まえ、ひろく日本の読者にブッツァーティの全体像をつかんでもらうため、あえてこの短編集を選ぶことにした。奥の深いブッツァーティ・ワールドのポータルサイトにあたるだけあって、彼の幻想世界の特徴を幅広く網羅しているだけでなく、政治、戦争、宗教、家族、科学、病、死といった多岐にわたるテーマが扱われており、深く考えさせられるものばかりである。また、初期の作品から六〇年代に書かれたものまで、創作時期も広くカバーされている。

蛇足のそしりを覚悟で、おもな特徴を挙げておこう。

映像的な幻想と現実とが交錯し、両者が入り交じった特有な世界における、はかなさや哀しさにみちた美。そこでは、現身《うつしみ》の人間と死せる者とが別れの挨拶を交わし、実在の戦艦が幻の艦隊に攻撃をかけるのだ。

繰り返し描かれる、破滅への憧れ。「コロンブレ」が自分を呑み込むためにつけ狙っていると知りながら、どうしてもその姿を見ないと気がすまないステファノも、一見勝利へと向かって進軍を続けているように見える「戦の歌」の兵士たちも、運命的な力で破滅へと吸い寄せられてゆく。それは、「七階」や「この世の終わり」に描かれているような着実に近づきつつある死を前にした、人間の虚しいあがきと、表裏一体の関係にある。

純キリスト教ではなく、汎神論的な神人同形の世界。「聖人たち」では、海や煙ですら神になるし、「神を見た犬」では、犬が擬人的に扱われるにとどまらず、神を象徴する存在ともなっている。さらに「クリスマスの物語」では、神が物質化し、聖堂からはみ出したりもしてしまう。一方で、「天地創造」にしろ、「わずらわしい男」にしろ、神の慈悲に限界が生じてしまうなど、本物であるはずの神は、じつに人間的に描かれている。

人情や感情に訴えかける妙。「驕らぬ心」や「風船」「天国からの脱落」には、読者の感動をそそり、泣かせるうまさがある。また「マジシャン」のように、ブラックユーモアや皮肉に見せかけながらも、じつは暖かい人の心が描かれている作品もある。「ブッツァーティ流」とまで称される痛烈な皮肉。「七階」の医師たちや「この世の終わり」の司祭のように、人間の偽善やエゴイズムを体現していると思われる登場人物から、「天地創造」の神の台詞にぽろりとこぼされている知識人への皮肉まで、さまざまな形で随所にあらわれている。

そして、全作品に共通して見られるのが、アイデアの奇抜さとプロットの巧みさである。無比のストーリーテラーとしての技《わざ》で、読む者に終始緊張感を強いるだけでなく、最後には、戦慄とともにあざやかに脳裏に刻みこまれる光景が用意されている。

各編の原典は次のとおりである。

「七階」「護送大隊襲撃」　『七人の使者』（一九四二）
「戦の歌」「クリスマスの物語」「この世の終わり」　『スカラ座の恐怖』（一九四九）
「グランドホテルの廊下」　『ちょうどその時』（一九五〇）
「アインシュタインとの約束」「神を見た犬」「小さな暴君」
　『バリヴェルナ荘の崩壊』（一九五四）
「聖人たち」「戦艦《死》」　『六十物語』（一九五八）
「天地創造」「コロンブレ」「風船」「呪われた背広」「一九八〇年の教訓」「秘密兵器」
「天国からの脱落」「わずらわしい男」「驕らぬ心」「マジシャン」

『コロンブレ　ほか五十篇』（一九六六）

「病院というところ」　『ミステリーのブティック』（一九六八）

なお、本稿を書くにあたっては、ブッツァーティの著作、およびそこに所収されている解説・解題のほかに、主に以下の二冊を参照した。

・*Album Buzzati*（アルバム・ブッツァーティ）、Lorenzo Viganò 編、Arnoldo Mondadori 出版、二〇〇六年

・*Invito alla lettura di Buzzati*（ブッツァーティ作品への招待）、Antonia Arslan 著、Mursia 出版、一九七四年

ブッツァーティ年譜

一九〇六年
北イタリアのドロミティ・アルプスの南に位置する町ベッルーノの近郊（サン・ペッレグリーノ）で生まれる。父は国際法の教授。

一九二〇年　一四歳
父の死。

一九二二年　一六歳
（イタリアでムッソリーニによるファシズム政権樹立）

一九二四年　一八歳
ミラノ大学法学部入学。

一九二六〜二八年　二〇〜二二歳
兵役に就く。

一九二八年　二二歳
ミラノ大学法学部卒業。イタリアの有力紙「コッリエーレ・デッラ・セーラ」の記者となる。

一九三三年　二七歳
処女作『山のバルナボ』（*Bàrnabo delle montagne*）が刊行される。

一九三五年　二九歳
小説『古い森の秘密』（*Il segreto del Bosco Vecchio*）刊行。（イタリア、エチ

オピアを侵略）
一九三九年 三三歳
特派員としてエチオピアを始めとする東アフリカ各地に滞在。
一九四〇年 三四歳
小説『タタール人の砂漠』（*Il deserto dei Tartari*）刊行。（イタリア、枢軸国側として、第二次世界大戦に参戦する）。従軍記者として巡洋艦に乗り込み、マタパン岬沖海戦やシルテ湾海戦の報道に携る。
一九四二年 三六歳
初めての短編集『七人の使者』（*I sette messaggeri*）刊行。
一九四五年 三九歳
童話『シチリアを征服したクマ王国の物語』（*La famosa invasione degli orsi in Sicilia*）刊行。ブッツァーティ自身が挿絵も担当する。
一九四九年 四三歳
短編集『スカラ座の恐怖』（*Paura alla Scala*）刊行。
一九五〇年 四四歳
エッセイ、短編集『ちょうどその時』（*In quel preciso momento*）刊行。
一九五三年 四七歳
短編「七階」を翻案した戯曲『とある臨床例』（*Un caso clinico*）をミラノで上演。
一九五四年 四八歳
短編集『バリヴェルナ荘の崩壊』（*Il crollo della Baliverna*）を刊行。

一九五七年　五一歳
『バリヴェルナ荘の崩壊』でナポリ賞を受賞する。

一九五八年　五二歳
短編集『六十物語』(*Sessanta racconti*)を刊行し、イタリア文学界最高の賞とされるストレーガ賞を受賞。ミラノで初の個展「描かれた物語」(*Le storie dipinte*)を開く。

一九五九年　五三歳
ストラヴィンスキーのバレエ『カルタ遊び』(*Jeu de cartes*)のミラノ・スカラ座公演で舞台美術を担当。

一九六〇年　五四歳
『偉大なる幻影』(*Il grande ritratto*)を刊行。社会批評『拝啓、遺憾ながら申し上げます……』(*Egregio signore, siamo spiacenti di...*)刊行。

一九六一年　五五歳
母の死。

一九六三年　五七歳
小説『ある愛』(*Un amore*)を刊行。

一九六五年　五九歳
初めての詩集『ピック大尉ほか』(*Il capitano Pic e altre poesie*)を刊行。

一九六六年　六〇歳
短編集『コロンブレ ほか五十篇』(*Il colombre e altri cinquanta racconti*)刊行。十二月、アルメリーナ・アントニアッツィと結婚。

一九六八年　六二歳
短編集『ミステリーのブティック』

(*La boutique del mistero*)刊行。

一九六九年　六三歳
漫画『劇画詩』(*Poema a fumetti*)刊行。

一九七〇年　六四歳
『劇画詩』が、「パエーゼ・セーラ」紙の最優秀漫画賞を受賞。画集『モレル渓谷の奇蹟』(*I miracoli di Val Morel*)刊行。

一九七一年　六五歳
過去に発表した文芸批評を編んだ『難しい夜』(*Le notti difficili*)を発表。

一九七二年
ミラノで癌のため死去。享年六五。
ブッツァーティの記事を編んだ『地球発の記事』(*Cronache terrestri*)が刊行される。

一九七三年
対談集『ディーノ・ブッツァーティ自画像』(*Dino Buzzati : un auto ritratto*)が刊行される。

訳者あとがき

「幻想文学」という体裁を借りながら、ブッツァーティの作品はどれもわたしたちの存在の本質をついてくる。彼の作品を読んでいるうちに、いてもたってもいられない、言葉にはできない奇妙な感覚に襲われるのは、わたしたちの心の奥に存在しながら、見まい、考えまいとしている不安や恐怖心を、ぐいとつかまれるからではないだろうか。それは夜中、はっと目覚めたときに断片的に脳裏に焼きついている悪夢の残像や、ニュース映像で見た惨劇の光景に、どこか通じるものがある。

とあるイメージからインスピレーションを得て、何枚ものタブローをつなぎ合わせながら物語を作る。画家でもあったブッツァーティの創作過程が透けて見えるほど、彼の文章は視覚的である。登場人物の心の襞や難しい哲学的概念などといった、目に見えないものをくだくだと書きつらねることはない。すべてが、グレーを基調とした映像なのだ。

それを日本語で忠実に再現するのは、想像していたよりもはるかに困難な作業だった。パンをくわえて悠然と立ち去ってゆく犬の姿、張りつめた空気のなか甲板を転がってゆく片眼鏡のレンズ……。そんな個々の情景が読者の皆さんの頭のなかで焦点を結び、映像となって浮かんだとしたら、わたしの翻訳はいちおうの成功といえるだろう。はなはだ心もとなくもあるが、ブッツァーティの、無駄のない、計算しつくされた文章から放たれる強烈な力にひきずられるようにして、なんとかここまで来られたような気がする。

一見したところ冷酷に思える彼の作品世界にも、ブッツァーティの「ひと」を感じさせる温もりがある。それはちっぽけで愚かな人間たちを、つねにシニカルに、そして愛おしそうに見下ろしている聖なる眼差しだ。ブッツァーティも、そんなお情けたっぷりの眼差しで、数十億光年もの高さにあるらしい「彼《か》の国」のクリスタルガラス越しに、わたしの拙い作業を見下ろしてくれているといいのだけれど……。驚愕のあまり、爪をかざしたまま固まっているというようなことがありませんように！

適切な訳語を考えあぐね、これ以上眉間《みけん》に皺を寄せるスペースがなくなるころ、朗らかな笑顔と温もりを携えて帰ってきては、「えーこ、お茶にしよう」と現実世界に引き戻してくれた悠平くん、季節ごとにさまざまな小動物や花や水音に姿を変え、わたしの心を包み込んでくれる奥武蔵の雄大《グランデ》なナトゥーラさん（でもあの超弩級のムカデだけは遠慮してもらいたいなあ）、ありがとう。あなたたち二人がいなかったら、わたしはいまごろブッツァーティの執拗な誘惑に負けて、この世の深淵をのぞきに行ってしまい、帰る道を見失っていたかもしれません。

そして、足を踏み入れれば踏み入れるほど深くなるイタリア語の森で、いつも道しるべとなってくれるMarco Sbaragliにもずいぶんと助けてもらった。なかなか一人歩きのできないわたしだが、どうかこれからも見捨てずにお付き合い願いたい。

最後になりましたが、畑違いという以前に、畑すら持たない一介の雑草を（どういうわけだか）かたくなに信じ、「ブッツァーティはいいぞぉ……ブッツァーティはすごいぞぉ……」と妖術とも催眠術ともつかぬ呪文を耳元で囁きつづけ、適度な水遣りも欠かさず、このような思いもかけない実が生《な》るまでじつに楽しげに見守ってくださった、光文社の川端博氏には、ほんとうに感謝の言葉もありません。

二〇〇七年　早春　　関口英子

光文社古典新訳文庫

神《かみ》を見《み》た犬《いぬ》

著者　ブッツァーティ
訳者　関口英子《せきぐちえいこ》

2007年4月20日　初版第1刷発行

発行者　篠原睦子
印刷　萩原印刷
製本　ナショナル製本

発行所　株式会社光文社
〒112-8011東京都文京区音羽1-16-6
電話　03（5395）8162（編集部）
03（5395）8114（販売部）
03（5395）8125（業務部）
www.kobunsha.com

ISBN978-4-334-75127-2 Printed in Japan

いま、息をしている言葉で、もういちど古典を

長い年月を生き抜いてきた古典作品には、現代の人々を導く叡智や、生きるヒント、本物の喜びがあるはずだ。私たちはそう考えました。とっつきにくい、面白くない、難解だ、などと思われてきた古典の世界に、私たちは「新訳」という新しい光を投げかけていきます。

いま、息をしている言葉で訳された古典は、面白い。この翻訳なら楽しく読める。それが、私たちの目指すところです。

困難な時代を生きている現代人は、読書に何を求めているのか。その答えがここに！シリーズの中心は、ヨーロッパやアメリカなどの、文学作品。もちろん、アジア系やラテン系の古典も、視野に入れています。

さらに哲学や思想など、人文・社会科学の著作も、ラインナップされます。じつは翻訳の質の向上がいちばん望まれているのは、このジャンルなのです。

これまでの「名作全集」の枠にとらわれない、自由でフレッシュな作品選びと翻訳。時空、分野を超えた知恵の宝庫の扉を、いっしょに開けてみませんか。

古典新訳文庫は、感動と知的興奮の世界に、読者を誘います。

このシリーズについてのご意見、ご感想、ご要望をハガキ、手紙、メール等で翻訳出版編集部までお寄せください。今後の企画の参考にさせていただきます。
メール　info@kotensinyaku.jp

箱舟の航海日誌

ウォーカー／安達まみ・訳

解説より——この物語は失われゆくイノセンスへの哀歌でもある。閉じられた息苦しい空間のなかで、小さく無力な生き物たちをじわじわと追いつめる悪の影が、箱舟のなかに実存的な不安を醸しだす。

作品について——神の命により、ノアは洪水に備えて箱舟を造り、動物たちとともに漂流する。しかし禁断の肉食を知る動物・スカブが箱舟に紛れ込んだことから、無垢で平和だった動物の世界は、確実に変化していくのだった。聖書では語られない、箱舟の〝真の物語〟——本書は漂流する箱舟のサバイバル小説であり、共同体に広がる悪の物語でもある。児童文学の枠を越えた傑作ファンタジーを完全版で。

定価：本体価格552円＋税

猫とともに去りぬ

ロダーリ／関口英子・訳

解説より——知的ファンタジーと言葉遊び、現実社会へのアイロニーが見事に織りなされた一連の短編からは、ロダーリの人間観や社会観がストレートに伝わる。彼のユーモアの真骨頂ともいえよう。そこから生まれる〝笑い〟は、じつに高尚であり、物事の本質と向き合うことを読む者に余儀なくさせる。

作品について——人間がいやになり、ローマの遺跡で猫になってしまうおじいさん。魚になってヴェネツィアを水没の危機から救う一家。ピアノを武器にするカウボーイ。ピサの斜塔を略奪しようとした宇宙人。捨てられた容器が家々を占拠するお話……。あふれるアイデアで綴るイタリア的奇想、十六の短編。

定価：本体価格533円＋税

海に住む少女

シュペルヴィエル／永田千奈・訳

解説より——シュペルヴィエルの作品には、子供、とりわけ少女がしばしば登場する。「海に住む少女」そのほかに共通していえるのは、彼女たちが、実に真剣に自分の置かれた不条理な状況を悲しみ、何とかしようと必死であること。彼女たちはただ可愛らしい存在として描かれるわけではない。

作品について——「フランス版・宮沢賢治」ともいえる幻想的な詩人・小説家の短編ベスト・コレクション。表題作のほか「飼葉桶を囲む牛とロバ」「セーヌ河の名なし娘」「バイオリンの声の少女」「ノアの箱舟」などを収録。不条理な世界で必死に生きるものたちが生み出した、ユニークでファンタジーあふれる佳品の数々。定価：本体価格476円＋税

ちいさな王子

サン＝テグジュペリ／野崎歓・訳

訳者あとがきより——ぼく自身は、「小さい」という形容詞がタイトルから消えているのはまずい、とも考えてきた。なぜなら、「望遠鏡でも見えないくらいの」小さな星からやってきた、小さな王子の、小さな物語、それが本書だからだ。「大きな人」つまり大人の考え方や発想の彼方で、子どもの心と再会することが本書のテーマである。

作品について——危険な任務をこなす、経験豊かな飛行士にしか描きえなかった世界。砂漠に不時着したぼくに、とつぜん話しかけてきた王子は、ヒツジの絵を描いてくれとせがむ。わかりあい、かけがえのない友人になったとき、王子は自分の星に帰ることを告げるが……。定価：本体価格552円＋税

プークが丘の妖精パック

キプリング／金原瑞人・三辺律子・訳

訳者あとがきより——本国イギリスでは『ジャングル・ブック』と同じくらい、いや人によってはそれ以上に評価が高く、時代を超えて読み継がれているのが『プークが丘の妖精パック』。歴史的背景などなにひとつ知らなくても、エピソードのひとつひとつが楽しく読めるはずだ。

作品について——ダンとユーナの兄妹は、丘の上で遊んでいるうちに偶然、妖精のパックを呼び出してしまう。パックは魔法で子どもたちの前に歴史上の人物を呼び出し、真の物語を語らせる。伝説の剣、騎士たちの冒険、ローマの百人隊長……。兄妹は知らず知らず古き歴史の深遠に触れるのだった。

定価：本体価格667円＋税

飛ぶ教室

ケストナー／丘沢静也・訳

訳者あとがきより——『飛ぶ教室』は、これまで児童文学として翻訳されてきた。（……）児童文学は子どもを大人から区別するようになってから生まれた。だが、私たちは「子ども」や「わかりやすさ」を必要以上に配慮することによって、逆に、子どもを小さな枠のなかに囲いこみ、子どもと大人の垣根を必要以上に高くしてしまったのではないか。

作品について——ギムナジウムの寄宿舎で起こるたくさんの悲喜劇。正義感の強いマルティン、読書家ゼバスティアン、弱虫ウーリら五人の生徒たちと、正義先生、謎のピアニスト・禁煙さんとの交流が胸に迫る。マルティンはなぜ、クリスマス休暇に残ることになったのか……。

定価：本体価格476円＋税

★続刊

カラマーゾフの兄弟4 ＋エピローグ別巻 ドストエフスキー／亀山郁夫・訳

世界文学の最高峰が完結。全4部＋エピローグという原作者の意向を生かし、全5冊で刊行。4巻にはあまりに美しい「少年たち」と最終編「誤審」が入り、別巻は「エピローグ」に、詳細で画期的な解説、伝記、年譜などが加わる。

地下室の手記 ドストエフスキー／安岡治子・訳

理性の支配する世界に反発する主人公は、地下室へ閉じこもることで社会との関係を絶ち、人間の内面を探求し、自分を軽蔑した世界をあざ笑う。『罪と罰』など後の長編作品へとつながり、著者の転換点となった重要作品。

秘密の花園 バーネット／土屋京子・訳

両親を亡くし、ヨークシャーの叔父に引き取られたメアリ。病弱な従兄弟コリンや動物と会話するディコンと出会い、屋敷にある秘密の庭園に出入りするうちに、次第に快活さを取り戻していく。自然を通じて再生する子供の姿を描いた名作。